ANURADHA ROY

Le Cheval en feu

roman traduit de l'anglais (Inde)
par Myriam Bellehigue

ACTES SUD

pour Myriam

Je suis bol
Et je suis plat
Je suis homme
Et je suis femme

Je suis pamplemousse
Et je suis limette
Je suis hindou
Et je suis musulman

Je suis poisson
Et je suis filet
Je suis pêcheur
Et je suis temps

Je ne suis rien
Dit Kabir
Je ne suis ni parmi les vivants
Ni parmi les morts.

KABIR, XVe siècle, date incertaine
(traduit de l'hindi par Arvind Krishna Mehrotra).

UN

Jeudi 11 octobre
C'est l'automne et je suis étudiante dans une université anglaise. Je n'ai jamais connu d'automne. Là où j'ai grandi, la baisse des températures qui suivait la mousson annonçait un hiver doux pour lequel les feuilles ne prenaient pas la peine de changer de couleur puis, en quelques jours, c'était de nouveau la fournaise infernale de l'été. Ici, la lumière est verte et dorée et, dans le rectangle d'arbres que découpe ma fenêtre, des feuilles orangées et rougeoyantes tombent du ciel en virevoltant, vivantes dans un souffle d'air. Tout est tellement silencieux que j'entends le bruit léger qu'elles produisent au contact du sol ainsi que le frottement de la pointe de mon stylo sur l'aérogramme bleu. *Je vais bien, tout s'est bien passé dans l'avion. Vues du ciel, les maisons étaient toutes les mêmes, on aurait dit des jouets. L'herbe est d'un vert un peu différent.*

"Tu te débrouilles toujours pour partir, tout est si facile pour toi." La voix de ma sœur résonne encore dans ma tête, ses mots d'adieu à l'aéroport, qu'elle n'a pourtant pas prononcés à voix haute.

Tia, qui a encore trois ans de lycée devant elle, perd chaque jour son combat contre les livres. Elle n'obtient guère plus que la moyenne aux évaluations.

— Quel est l'intérêt de lire tous ces trucs sur les gauchos et le flamenco ? s'emporte-t-elle. Moi, c'est aller en Argentine que je veux !

Elle a d'autres projets qui, même s'ils changent sans cesse, présentent une constante : il y est toujours question de verre et non de papier. Miroirs, objectifs photographiques, danse sur tessons de verre, préparation de cocktails… Elle a une voix grave et profonde si bien qu'il lui suffit d'entonner mollement *La Fille d'Ipanema* pour que tout le monde tende l'oreille. Ses pieds longs et fins laissent deviner qu'elle va prendre encore beaucoup de centimètres. Elle voudrait sauter d'un bond les études et découvrir la jeunesse, le métier d'actrice, celui de réalisatrice, sans avoir à décrocher un diplôme universitaire.

— Comment ça, quoi de neuf ? Y a jamais rien de neuf dans ce trou ! a-t-elle gémi l'autre jour au téléphone quand j'ai appelé. Maintenant que tu n'es plus là, je ne pourrai jamais partir, moi. Je vais être coincée ici, à m'occuper d'Amma pour le restant de mes foutus jours.

— Arrête ton cinéma, Tia, lui ai-je répondu. Tu vis dans quel bouquin en ce moment ? Sûrement pas *Les Quatre Filles du docteur March*. Elle est où Amma, d'ailleurs ?

— Encore au boulot. Et moi aussi j'ai des trucs à faire, a-t-elle hurlé en raccrochant.

L'air renfrogné, elle devait décocher des coups de poing en direction de son reflet dans le miroir au-dessus du téléphone, comme si ces coups m'étaient destinés. Aucun doute là-dessus.

J'ai passé le reste de la journée à regretter amèrement mes sarcasmes et à imaginer Tia enfermée dans sa chambre, musique à fond, faisant la tête et me détestant un peu davantage à chaque nouvel accord hargneux de guitare électrique. Ma mère aurait beau tambouriner de plus belle sur sa porte – *"Tia, sors de là et viens manger… Tia, qu'est-ce qui se passe ? Dis-moi ce qui ne va pas"* –, elle refuserait d'ouvrir jusque tard dans la soirée. Si j'avais été à la maison, je me serais précipitée à l'extérieur pour aller courir, poussée par le besoin de m'échapper, quelles que soient l'heure ou l'intensité de la chaleur.

J'ai de bons résultats aux examens mais Tia se trompe : tout n'a pas été facile quand je les ai passés, et tout n'est pas facile maintenant non plus. Ici, je suis totalement fauchée – la bourse que j'ai obtenue vise à inculquer la vertu à travers l'austérité. C'est une bourse financée par une institution au nom ronflant de "Fonds Farhana Abdulali pour l'éducation des filles", destinée aux jeunes musulmanes – ce qui n'a pourtant pas découragé la bégum Tasneem Khan qui, durant toute ma dernière année de lycée ou presque et sans que j'en sache quoi que ce soit, m'a tenue à l'œil. Un après-midi, j'ai été convoquée dans le bureau de cette principale, où je suis entrée terrorisée et d'où je suis ressortie formulaires d'inscription à la main.

— Pourquoi ne pas candidater ? avait-elle suggéré. Tu ne perds rien à essayer.

Les gens qui gèrent la bourse sont liés à elle par tout un système féodal et je suppose que face à l'imposante grandeur qu'elle incarne, ils n'ont pas osé évoquer le sujet de ma religion. Ou bien ils se sont dit que les années passées dans une école musulmane avaient fini par faire de moi une fille un peu comme ceci, mais forcément aussi un peu comme cela.

Un des entretiens incluait un dîner avec les personnalités de la ville, lesquelles, m'avait expliqué ma mère, tels les parents d'un garçon à la recherche d'une belle-fille, m'observeraient pour voir si je savais distinguer une fourchette d'un couteau, si j'étais capable de converser avec esprit et de rire, mais pas trop fort. Pour la nourriture, elle m'avait conseillé d'éviter les cuisses et les ailes, limitant ainsi les risques d'envol de mon assiette. Le soir du dîner, j'ai aperçu la bégum Tasneem tout au bout de la table qui avait été dressée dans une salle de banquet, de l'autre côté d'un champ de bataille paré de blanc sur lequel étincelaient argenterie et cristal. Elle était entourée de nombreux convives à l'air solennel. Elle n'a pas regardé dans ma direction quand un vieux serveur bienveillant m'a chuchoté à l'oreille que le service se ferait toujours du côté gauche, jamais à droite. Lors de son incursion suivante, il a murmuré :

— Tiens-toi droite, petite, et prends une serviette.

J'ai alors compris que les fleurs à plis rigides placées ostensiblement sur des supports en argent étaient censées être utilisées. J'ai observé furtivement les autres et tenté d'imiter leurs bonnes manières, me tapotant délicatement les lèvres de temps en temps, et lorsque ma serviette a glissé de mes genoux, je me suis retenue de céder à la panique et de plonger sous la table. Quand enfin s'est dissipé le flou qui nimbait les bougeoirs, les soieries et l'argenterie, j'ai remarqué une fille assise un peu plus loin, au moment précis où celle-ci gonflait les joues, louchait et me faisait un grand sourire avant de retrouver son sérieux. Nous n'avons pas échangé un mot mais après cet épisode, la soirée s'est poursuivie de manière plus décontractée.

Des semaines plus tard, la bégum Tasneem m'a convoquée dans son bureau aux multiples fenêtres. Je me souviens du vase émaillé bleu posé sur une table d'appoint et rempli de lis araignées, des rangées de photographies de groupe accrochées au mur, de mon cœur qui battait à tout rompre. Dans la lumière du matin filtrée par des voilages, elle était cernée d'un halo surnaturel, les lis embaumaient l'air. C'était le grand jour. J'avais l'impression d'avoir été transportée dans une de ces légendes où un dieu lance à un humain abasourdi : "Parle. Que désire ton cœur ? Ce que tu désires, tu l'obtiendras."

La voix de la bégum Tasneem semblait me parvenir des lis, elle avait leur parfum. J'avais obtenu une bourse pour aller étudier dans une prestigieuse université anglaise, je devais partir à la fin du mois de septembre et ils s'occuperaient également du billet d'avion. Les rideaux ont arrêté de se balancer, la lumière a scintillé pendant quelques secondes. Quasiment dans le même souffle et dans un sourire ironique, elle a ajouté :

— Mais tu sais, tous ces gens du Fonds ne vont pas laisser cette bourse te monter à la tête. Ils ont estimé la somme de façon que tu reviennes, éduquée certes, mais en ayant aussi appris la frugalité, la vertu et la reconnaissance. Une fille bien sous tous rapports.

Elle m'a ensuite congédiée d'un mouvement de main las et élégant, tout autant un au revoir qu'une manière de m'indiquer la sortie.

— Si je ne me trompe pas à ton sujet, Sarayu, tu n'es pas du genre à laisser un certain dénuement t'empêcher de prendre du bon temps.

Son regard bleu-vert d'ordinaire vigilant et impersonnel paraissait amusé ; peut-être souriait-elle même un peu quand elle s'est replongée dans le dossier ouvert sur son bureau.

Les dépenses couvertes par la bourse Farhana Abdulali sont clairement réparties : les frais de scolarité sont versés directement à l'université, ceux d'internat au *college* qui m'accueille ; le reste, ce qui doit suffire pour la nourriture, les livres et une sortie occasionnelle au cinéma, est remis chaque mois par un certain Abdulali, monsieur d'un certain âge qui vit au bord de la mer près de Brighton. Je ne l'ai pas rencontré, j'ignore comment le joindre. Chaque fois que je me rends à un cours magistral et que je passe à bicyclette près des lampions japonais à l'entrée d'un merveilleux restaurant, ou chaque fois que je scrute un panneau d'affichage couvert d'annonces pour des concerts et des pièces de théâtre, j'ai envie de lui dire qu'une centaine de livres sterling supplémentaires ne changerait strictement rien à sa vie à lui mais transformerait la mienne.

L'austérité façon Abdulali signifie qu'il m'arrive de ne pas avoir assez d'argent sur mon compte pour passer un appel de trois minutes à l'étranger ; j'insère donc une pièce de 50 pence dans le téléphone de la cabine, puis j'attends que ma mère décroche et dise bonjour. Je sais que la communication va être immédiatement coupée. Mais elle saura que c'était moi et moi, je sais qu'elle se tient près de la porte, à côté du long miroir – c'est là qu'elle devait se trouver pour prendre cet appel qui s'est interrompu alors même qu'elle décrochait. Le temps d'un souffle, nous sommes ensemble, chacune à un bout d'un petit fil qui traverse des continents et des océans.

À la fin de la journée, si je ne parviens pas à me forcer à retourner dans ma chambre vide, je vais à la bibliothèque et, si je ne vais pas à la bibliothèque, j'utilise la clé qu'on m'a confiée pour me rendre au sous-sol d'une église, au pied de la butte sur laquelle mon *college* a été construit. Là se trouve un atelier de poterie que les étudiants peuvent utiliser gratuitement à la condition d'être inscrits au club de poterie. J'ai l'impression d'être tombée par un trou de terrier dans un antre secret où il y a toujours de la lumière, où des elfes invisibles s'occupent des fours, des outils et des tours, où les réserves de matériaux sont réapprovisionnées par magie et où l'on peut venir à toute heure du jour ou de la nuit. Je n'ai jamais rien connu d'aussi luxueux.

Durant toutes ces heures que je passe au tour, je n'ai pas à rencontrer de nouvelles têtes. Je n'ai pas besoin de leur dire ce que j'étudie, ni d'où je viens. Pas besoin de sourire d'un air surpris et ravi quand ces personnes m'annoncent qu'elles ont toujours rêvé d'aller en Inde. Par ailleurs, il y fait chaud, il y a une bouilloire et des sachets de thé, une boîte métallique toujours remplie de biscuits au gingembre, épais et moelleux. Le tour fonctionne, je place une balle d'argile sur le plateau, je recouvre l'argile de mes mains et, si je ferme les yeux, c'est la planète qui tourne sous mes paumes au rythme du bourdonnement d'un moteur. Je n'ai pas envie de quitter cet atelier, j'ai envie d'y apporter un lit de camp, des livres et d'y vivre en ermite.

Mardi 16 octobre

Ma solitude a été de courte durée. Ce soir, après seulement une semaine dans mon antre, j'ai su qu'il y avait quelqu'un d'autre à peine la porte poussée.

J'ai senti une présence avant même de voir qui que ce soit, et j'ai éprouvé comme un affront – on empiétait sur mon territoire. Une odeur d'après-rasage avait remplacé celle de terre humide. La radio gazouillait, un robinet était ouvert.

Les atomes du monde qui m'entourait se sont réagencés pour former un motif inconnu. Je m'apprêtais à tourner les talons quand le bruit de l'eau a cessé et qu'une voix a retenti, demandant qui était là.

J'ai d'abord été décontenancée par la personne que j'ai vue arriver de l'évier. C'était de toute évidence une fille, grande et mince, mais sous les manches retroussées de sa chemise, on devinait plutôt les épaules et les biceps d'un jeune homme. Ses longues jambes musclées étaient fermement plantées dans le sol comme si elles venaient d'en pousser. Dans ce sous-sol bas de plafond où je m'étais déjà habituée à être seule, elle occupait tout l'espace. C'est quand elle m'a souri que j'ai commencé à me détendre.

Ce sourire offert n'a pas été suivi de mots. Elle est retournée travailler, d'un air assuré, comme si elle avait fait de la poterie toute sa vie. Elle a sorti trois ou quatre pains d'argile de la réserve, les a malaxés de toutes ses forces pour n'en faire qu'une seule grosse balle qu'elle a ensuite débitée à l'aide de son fil. Elle s'est alors dirigée vers la droite pour atteindre la balance posée sur une table et a divisé l'argile en portions de six cents grammes chacune. Concentrée au point d'oublier le reste du monde.

Après avoir consciencieusement aligné toutes ses balles de taille égale à côté du tour, elle s'est installée sur le siège et a sorti un foulard noir et blanc de la poche de son jean. J'essayais de poursuivre ce que j'avais entamé mais j'avais de plus en plus de mal à la quitter des yeux. Elle a plié le foulard en triangle et l'a placé devant son visage avant de faire un nœud bien serré de manière à avoir les yeux bandés. Elle a alors attrapé à tâtons une balle d'argile qu'elle s'est mise à centrer en réglant le tour sur la vitesse maximale. En quelques secondes et contre toute attente, une forme parfaite a surgi sous ses doigts, capables tout à la fois de toucher et de voir.

Ce sous-sol était devenu mon havre de paix. Après l'irruption de cette inconnue imposante et musclée aux yeux bandés, le lieu vibrait d'une énergie nouvelle, menaçante. La radio qu'elle avait allumée diffusait une chanson qui incitait chacun à toujours emporter la météo avec soi. Ce qui me paraît totalement impossible dès lors qu'une seule présence étrangère suffit à modifier un lieu de cette façon-là.

Lundi 22 octobre

Elle s'appelle Karin Wang. Elle a reçu à sa naissance, en Malaisie orientale, un autre prénom d'origine chinoise, mais comme elle n'en aimait pas les consonances, elle s'en est débarrassée. Alors que je transporte en permanence avec moi mon ancienne vie tel un sac à dos qui me fait souffrir tellement il pèse, Karin semble avoir surgi de terre, libre de parents, de frères et de sœurs, libre de toute famille, de passé. Délestée de tout cela.

— Je suis l'espoir olympique de la Malaisie, voilà comment on m'appelle là-bas, m'a-t-elle expliqué la deuxième fois qu'on s'est retrouvées, assises côte à côte devant deux tours voisins, les mains pleines de terre.

Cette fois-là, elle a travaillé sans son bandeau, et son silence du premier jour a laissé la place à un bavardage ininterrompu.

— Chaque fois que je gagnais un truc, il y avait une photo de moi dans le journal. La fille en or, c'est moi.

Son père conservait toutes les coupures dans un album qu'elle n'ouvrait jamais. Son album à elle contenait des photos d'avions dont elle traçait les contours du bout des doigts, convaincue qu'un jour, elle s'envolerait à bord d'un long courrier pour s'éloigner de ce père qui la réveillait à l'aube même quand elle n'avait pas cours et la conduisait sur la plage où elle devait courir, pieds nus sur le sable, aussi loin et aussi vite que possible. Il installait des anneaux et des barres métalliques pour qu'elle puisse s'entraîner. Tous les matins, elle devait ingurgiter deux œufs durs et du poisson salé tandis que son frère s'efforçait de ne pas lever le nez de son petit bol de riz. Son père veillait à ce qu'elle avale ses vitamines, il la pesait et surveillait sa taille en la mesurant contre un mur.

— Pour mon père, je suis une créature à mi-chemin entre le cobaye et le cochon qu'il engraisse avant de le tuer, grosso modo. J'ai franchement envie de perdre, mais ce salaud me fout tellement les jetons que je ne sais que gagner.

La manière dont elle parlait de lui me choquait. J'ai essayé de me souvenir s'il m'était arrivé d'avoir eu peur de mon père. Je n'avais aucun mal à l'imaginer assis à côté de Karin, comme s'il était vraiment là à l'écouter, plissant le front d'un air désapprobateur quand il l'entendait parler comme ça. Durant la dernière ou les deux dernières années, c'était l'air qu'il avait pris avec moi ou Tia lorsqu'il avait su avec certitude que ses jours étaient comptés et qu'il se demandait comment nous faire grandir, en accéléré.

Karin ne veut ni courir ni participer à des compétitions. Elle veut faire des études d'aéronautique et piloter des avions. Mais il y a un prix à payer pour pouvoir s'échapper : elle a obtenu une bourse de sportive de haut niveau. On lui offre une place, de l'argent, un encadrement psychologique et physique, et même ses repas, à condition qu'elle poursuive ses entraînements d'athlétisme et qu'elle remporte quelques médailles pour l'université.

— Plus je m'éloigne de la course au pas de course, plus on me fait courir. Si je ne cours pas, je ne peux pas étudier, a-t-elle résumé dans un rictus à mi-chemin entre la grimace et le sourire.

Elle a augmenté la vitesse du tour qui s'est emballé frénétiquement jusqu'à brouiller le bol à rebord évasé qu'elle avait entre les mains, lui faisant perdre toute forme. Elle a éteint la machine et donné un coup de poing dans l'argile informe.

Sa présence dans cet atelier a quelque chose d'improbable. Les rares fois où d'autres étudiants occupent aussi le lieu, ils font des efforts pour ne pas la dévisager quand elle entre en trombe, muscles bandés sous les collants fluo qu'elle porte dans de grandes bottes. Elle n'a pas encore franchi la porte qu'elle commence à retirer son manteau de velours vert bouteille, acheté d'occasion chez Oxfam comme je l'ai appris. Elle a les cheveux coupés très court, seule une frange vient barrer le côté de son petit visage carré. Une semaine, elle a du vernis à ongles rouge vif, la suivante, du bleu foncé, et chaque séance est précédée du même rituel : elle enlève toutes ses bagues, doigt après doigt, et scrute ses mains avant de se ronger les ongles pour ne pas laisser de marque dans l'argile. Je lui ai donné un coupe-ongle peu après notre rencontre mais je ne l'ai jamais vue l'utiliser.

Il s'avère que nous sommes dans le même *college* et quand il nous arrive de descendre au centre-ville ensemble, on dévale la côte à toute vitesse – grisées par le risque, on lâche nos guidons, aéroportées. Je n'ai jamais eu le courage de faire ça toute seule. Un soir, à une heure de pointe, la pompe fixée à mon porte-bagage s'est détachée. Propulsée par la vitesse, j'étais déjà trop loin pour me rendre compte de quoi que ce soit, mais Karin est descendue de sa bicyclette au beau milieu de la circulation. Elle a levé le bras et toutes les voitures se sont arrêtées dans un crissement de pneus. Elle est allée récupérer ma pompe en courant, a remercié de la main les conducteurs qui patientaient et enfourché son vélo pour venir me rejoindre.

— Si tu te lances dans ce genre de cascade là d'où je viens, lui ai-je fait remarquer, je suis bonne pour venir te ramasser à la petite cuillère sur le bord de la route.

Dimanche 28 octobre

Là d'où je viens. Je pensais savoir d'où je venais, ce qui constituait ma maison. La maison, c'était là où mon père nous demandait de ne pas faire de bruit parce qu'il voulait écouter les résultats de cricket. C'était le son dominical de la voix snob du présentateur du journal, les trompettes dissonantes d'un orchestre de mariage, ma mère qui travaillait sur sa machine à écrire dans sa chambre – un crépitement semblable à une pluie de cailloux, ses doigts tapaient si vite… C'était l'époque où Tia et moi étions encore proches, l'époque où n'importe quel lieu pouvait devenir notre maison à partir du moment où nous étions ensemble, accompagnées de la voix rassurante de nos parents qui se disputaient à la manière d'un vieux couple.

Assise ici, par-delà les océans, à une table d'où je ne distingue rien dans l'obscurité en dehors du cercle de lumière projeté par ma lampe, je vois le reflet de mon visage dans la vitre, et c'est comme si j'étais dans la pièce mais que mon visage, lui, resté à l'extérieur, demandait à entrer. Je ne connais pas ce visage. Je dois trouver le moyen de me recomposer.

La crémation de mon père a eu lieu il y a quatorze mois et dix-huit jours. Ensuite, on s'est retrouvés au bord de la mer, à la Porte de l'Inde, et je dis "retrouvés" car je ne sais plus comment on est arrivés là, ni pourquoi on y est allés. Je me souviens seulement qu'il était tard, qu'il y avait beaucoup de coins sombres et qu'un vieux monsieur de la famille nous a expliqué qu'il fallait être vigilant, se méfier des pickpockets. Il y avait du vent. De grosses vagues s'écrasaient contre les parapets et des amoureux se blottissaient l'un contre l'autre quand l'écume d'un rouleau les aspergeait dans un nuage d'eau. Des types nous balançaient des cosses de cacahuètes, des toxicomanes apparaissaient brièvement dans la lueur d'une flamme qui chauffait un bout d'aluminium brûlant avant de disparaître de nouveau dans les ténèbres. À l'est de cette étendue de mer sombre se trouvait l'île d'Élephanta, où nous irions en ferry, avait promis mon père. Après son opération du cœur. Quand il serait sorti de l'hôpital, prêt pour un match de cricket, avaient prédit ses chirurgiens. Mon père avait trois passions : la géologie, le cricket et l'histoire ancienne. Cela faisait bien longtemps qu'il ne jouait plus au cricket mais jusqu'à la veille de l'intervention, il a écouté à la radio les commentaires frénétiques lâchés d'une voix aiguë. Tout en haut de sa liste de choses à faire après l'opération figuraient un test-match au stade Wankhede et une visite d'Élephanta car, en termes de beauté, il avait du mal à choisir entre un coup horizontal de Gavaskar et les temples hindous taillés dans le basalte datant du VIe siècle. Dans son cœur, ces deux mondes-là étaient unis, et s'il avait réussi à se rendre jusqu'à ces grottes, je suis sûre qu'il aurait reconnu dans l'attitude de certains dieux un joueur en position de *slip* ou de *mid-off*.

Quelques heures après sa mort, dans un miroir fissuré au-dessus d'un lavabo d'hôpital, j'ai aperçu mon visage. Mis à part quelques fêlures qui faisaient à présent partie de mon reflet, je n'avais pas changé. J'ai touché mes joues pour vérifier que ce visage inchangé m'appartenait vraiment – parce que si mon corps, mon cœur et mon esprit n'avaient fait qu'un, alors ma tête aurait été le cratère d'un volcan crachant du sang en fusion. Et je n'aurais pas eu d'yeux pour entrevoir mon reflet.

Alors que nous fixions ce monticule aux contours incertains qui se détachait sur la mer obscure et que la soustraction venait de reconfigurer, ma sœur m'a prise par la main. Ébauche d'un contact, aussitôt suspendu car aussitôt suspect. Notre proximité avait pris fin depuis longtemps. Au quotidien, c'était la guerre entre nous, pour des broutilles. J'ai compris ce soir-là, à sa main dans la mienne et à mon incapacité à la serrer en retour, ce que rien d'autre n'aurait pu me faire comprendre.

Mardi 30 octobre

Aujourd'hui, mon casier débordait d'aérogrammes bleus. J'en ai reçu trois d'un coup, dont un important de Fauzia qui m'annonce qu'elle a vu son premier homme nu. "Pourquoi fallait-il que ce soit un cadavre étendu sur une table de dissection ? Gros et poilu par-dessus le marché, avec la peau qui virait au marron verdâtre, là où tu sais. Voilà ce qui arrive quand on choisit médecine, m'écrit-elle. Tu as bien fait de t'en tenir à la poésie et aux trucs de ce genre. On te donne de l'argent pour que tu t'éclates. Alors que moi… Je me suis mise à fumer tellement la puanteur est insupportable."

Deux des lettres viennent de ma mère. C'est plutôt inhabituel – Amma n'est pas du genre à correspondre. Je l'imagine en train de se promettre qu'elle va m'écrire dans la journée, sans faute, puis de n'y repenser que tard le soir, quand elle a du mal à garder les yeux ouverts. Je la vois en train de m'écrire le lendemain matin, aux aurores, déterminée, échevelée, appuyée contre la tête de lit, oubliant de boire son café serré alors qu'elle cherche ses mots. "Te voilà donc en Angleterre, à étudier la littérature anglaise. J'ai intérêt à faire attention à chacune de mes phrases !" Je la vois ensuite en train de chercher de la colle pour refermer les trois volets avant de glisser dans son sac la précieuse missive qu'elle postera depuis le travail. Et découvrir au fond du sac celle de la semaine précédente, qu'elle a oublié d'envoyer. À la différence des aérogrammes épais et brillants qu'on trouve ici, ceux qui me parviennent de chez moi ont l'air malmenés et humides quand ils finissent par arriver. En les découpant, je dois prendre garde à ne pas déchirer les mots de ma mère.

Les lettres d'Amma me disent que Tia reste désormais à l'école le soir pour prendre des cours de guitare, que le sapotillier auquel était accrochée la balançoire de notre enfance a dû être coupé à cause d'un champignon. Shirin Khambatta, notre voisine, souffrait atrocement du ventre, elle est hospitalisée. "Dieu sait ce qu'elle a, poursuit Amma, mais j'ai l'impression qu'on est encore plus seuls maintenant qu'on ne la voit plus au bout du jardin."

Sur les cinq occupants de la maison, il n'en reste que trois : Amma, Tia et le chien. Je me demande ce que le chien comprend de la situation. Encore un abandon. J'imagine ma mère essayant de se blinder contre toutes ces absences. Elle tente de m'écrire des lettres amusantes, emplies de bribes de potins au sujet des gens qu'elle croise quand elle va aux nouvelles, mais ses efforts de légèreté ne sont pas forcément couronnés de succès. Dans sa dernière lettre, elle avoue qu'elle n'avait pas pris conscience du nombre croissant de questions-réponses sur l'absence, la mort ou la maladie qu'elle se retrouve à inventer pour le courrier des lecteurs paraissant le week-end dans son journal, rubrique qu'elle administre ainsi que le prévoit sa fonction. Le rédacteur en chef l'a convoquée. "Les histoires d'amour, ça marche mieux, lui a-t-il expliqué. L'amour, c'est l'espoir et le plaisir. La mort, c'est chiant. Ça arrive à tout le monde, alors que l'amour est réservé à quelques privilégiés. Tu n'es pas d'accord ? Douze lignes de moins pour les troubles cardiaques, douze lignes de plus pour les peines de cœur, et dans douze mois, on fait le point sur les ventes." Ma mère est retournée à son bureau et a demandé à ses jeunes collègues de lui confier leurs histoires d'amour, leurs problèmes de couple. Pour avoir de la matière. Elle analysait les complexités des romans à l'eau de rose tandis que je lisais Milton pour mes cours.

Quand elle est retournée travailler après la mort de mon père, j'étais encore à la maison. Trois semaines à peine s'étaient écoulées. Dans le bus, une collègue avait pris son calme pour du stoïcisme :

— Ça a été un choc, mais tu dois commencer à aller mieux, non ? lui avait-elle demandé.

Ça veut dire quoi aller mieux pour une femme qui perd celui qu'elle aime depuis l'âge de dix ans ? Celui avec qui elle est allée à l'école et à l'université, celui qu'elle a épousé et avec lequel elle a fait sa vie ? Aller mieux signifiait oublier, et oublier signifiait le perdre de nouveau chaque jour, ce qui engendrait chez ma mère une bataille intérieure complexe et épuisante, entre le besoin de se souvenir et celui d'oublier. Elle avait tenté de m'expliquer tout cela mais avait vite abandonné, au moment où nos regards s'étaient croisés. Elle s'était empressée de retourner à sa machine à écrire.

À présent, lorsque des lettres arrivent de la maison, pleines de nouvelles dont je ne suis plus le sujet, j'ai l'impression d'être à bord d'un train alors que Tia et Amma se trouvent à bord d'un autre, qui roule à côté du mien, de sorte que je les entraperçois et, l'espace d'un instant, malgré le bruit, rien ne bouge. Nous nous regardons depuis nos fenêtres respectives. Quand le vrombissement tempétueux cesse, je suis de nouveau seule, je m'éloigne d'elles, inexorablement.

À l'université, je n'ai personne à qui parler de tout cela, pas même Karin, ma nouvelle amie. Par où commencer ? Je suis une créature marine qu'on a transférée sur la terre ferme. Il me faudrait commencer par expliquer ce qu'est l'eau. Ma tutrice m'a invitée chez elle le week-end dernier. On a mangé du saumon grillé et une salade. J'ai joué avec ses jeunes enfants et leurs chats, et quand elle m'a demandé comment j'allais, j'ai répondu que j'allais très bien, merci. Si j'en avais dit davantage, j'aurais eu la même impression de futilité que lorsqu'on raconte un rêve.

Dimanche 4 novembre
Mes journées suivent désormais un rythme dissocié de la temporalité du trimestre, des cours et des amis. C'est le calendrier de l'argile qui détermine le mien. De jour comme de nuit, je pense à des formes, des couleurs et, au lieu de lire les livres au programme, je suis sans cesse plongée dans des ouvrages sur les émaux et la terre. J'y croise des termes qui me rappellent de lointains souvenirs. Quartz, feldspath, calcaire, dolomite. Cobalt, chrome, titane, pétalite.

J'ai déjà entendu certains de ces noms. Ce sont comme des notes qui flottent dans l'air depuis des jours heureux. Je connais le massif des Dolomites – j'ai promis de rendre visite un jour à celles qui ont accompagné mon enfance, *Piccole Dolomiti*, les Petites Dolomites –, quelque part entre Trente et Vérone. Mon père nous en parlait, désireux de nous faire partager sa passion pour l'univers. Certains soirs, il passait beaucoup de temps à nous lire à voix haute des livres de géologie, sans se rendre compte que Tia et moi décrochions au bout de cinq minutes. Mais sa voix nous imprégnait et ses discours étrangement réconfortants sur la tectonique des plaques, qui nous échappaient en grande partie, se déposaient en nous et nous donnaient forme, de la même façon que le calcaire se constitue à l'abri des regards, dans des fonds marins chauds et calmes, à partir de sédiments de coquillages et d'algues dont les débris sont conservés sous la forme de fossiles. On s'endormait au son de ces plaques qui divergeaient, convergeaient, glissaient l'une contre l'autre, provoquant ainsi la naissance d'une chaîne de montagnes, le mouvement des fonds océaniques, la formation ou la séparation des continents. Bien que mon père n'ait pas vécu au-delà de ses cinquante-sept ans, les repères temporels qui structuraient son esprit se définissaient en milliards d'années. Dans son atlas personnel, la Pangée, le Gondwana et la Laurasie étaient tout aussi réels que l'Asie et l'Afrique, et une ammonite fossilisée dont la spirale se déroulait depuis des millions d'années n'était pas si vieille. Un de ses fossiles himalayens se présentait sous la forme d'une coquille dont la face convexe était striée de vagues ; sur un autre, on devinait une certaine créature marine. Il était fasciné par l'idée qu'à une époque, une soixantaine de millions d'années à peine, l'Himalaya avait été immergé et peuplé de créatures marines. En sa compagnie, il devenait aisé de visualiser la collision de la plaque africaine et de la plaque européenne, au ralenti et au son du fracas de vagues colossales alors que surgissaient des montagnes, déplaçant avec elles des poissons privés d'oxygène et des poulpes bientôt lentement pétrifiés.

Je me dis aujourd'hui que si des créatures marines ont poursuivi sur la terre ferme une vie de fossiles, ce doit être la même chose pour mon père, qui a simplement rejoint un autre élément, un lieu où je vais le retrouver, sous une forme différente. Sa chair chaude et vivante a été transformée en cendres qu'on a répandues dans un fleuve – et j'ai pensé à ce moment-là qu'il s'agissait de la manière la plus radicale possible d'effacer toute trace physique de son être. Mais maintenant que je m'informe sur les émaux, je m'interroge sur sa réaction, amusée ou consternée, si je lui annonçais que l'envie me prend de temps à autre de transformer ses cendres en émail. Savait-il que ses roches et ses fossiles, tout comme ses propres os, pouvaient servir à colorer la terre ? J'aimerais tant le retrouver dans l'élément qui est désormais le sien, lui offrir du thé dans la tasse bleu cobalt que je viens de terminer. Dans la solitude de l'atelier, je me surprends à converser avec lui, à lui poser des questions sur les matériaux que j'utilise, à lui demander conseil sur les points de fusion et les flux. Je n'obtiens aucune réponse. Il n'y a que moi dans ce sous-sol, tous les autres tours sont éteints. J'entends seulement un bruit assourdi de pas dans l'église au-dessus de ma tête ainsi que le cliquetis cadencé du thermostat d'un four électrique.

Mardi 6 novembre

Aujourd'hui, j'étais seule à l'atelier. En semaine, le lundi et le mardi surtout, quasiment personne ne vient ici. Moi, j'y passe, même brièvement, histoire de toucher et sentir cette terre humide et malléable dont j'ai besoin, tout comme d'autres ont besoin de manger et de boire. Où que l'on se trouve, l'argile a la même texture et cet antre, avec ses outils et ses fours, c'est un bout de mon enfance, transporté dans une contrée lointaine.

Je ne connais pas beaucoup d'autres ateliers. Tout ce que je sais de la poterie, je l'ai appris dans la cabane d'Elango, près du *moringa* et de son tour en bois. Dans ce pays froid où je vis maintenant, l'odeur de l'argile est une manière de voyager, de traverser d'improbables couches de temps et d'espace pour retrouver cette maison basse, bleu turquoise, au fond d'une cour en terre battue, les trajets en *autorickshaw* jusqu'à l'école durant lesquels Elango inventait toutes sortes d'histoires incroyables et sans fin au sujet des bâtiments, des pierres et du fleuve qu'on dépassait.

D'aussi loin que je me souvienne, je l'ai toujours vu fréquenter notre maison. Son *autorickshaw* servait de bus scolaire à six enfants du quartier. Une des histoires qu'il aimait raconter aux autres était celle du jour où il avait décidé de m'apprendre à faire de la poterie, ce jour où il m'avait surprise devant chez moi, occupée à modeler un canard avec de la terre prélevée dans les plates-bandes. Il racontait, accompagnant ses paroles d'un grand mouvement de bras, qu'il avait su, à cet instant précis, qu'il devait s'occuper de moi sous peine de me voir perdre ce talent et devenir un autre rat de bibliothèque. Il souriait alors dans le rétroviseur et lançait en direction de Fauzia :

— Les bouquins, c'est pour les filles comme toi ! Pour ma part, je ne veux plus revoir un seul bouquin de ma vie. Vous croyez que je ne sais pas lire ? Sachez que je suis allé à l'école et à l'université. Je sais qu'Humayun a succédé à Babur, et qu'Akbar lui a succédé. Je peux même vous réciter des comptines : "Au clair de la lune, mon ami Pierrot / Prête-moi ta plume pour m'gratter le dos." Sans oublier les tables. 5 × 9 ? Alors, ça fait combien ? Attendez… 63, c'est bien ça ?

On répondait alors en chœur :

— 45, Elango-anna ! Que tu es bête ! Tu t'es encore trompé !

Une guirlande de clochettes suspendue en travers du pare-brise tintait quand on roulait, et si on donnait la bonne réponse, Elango l'effleurait de la main pour les faire sonner davantage. Il poussait des grognements exagérés en faisant mine de découvrir son ignorance, se frappait le front d'un air désespéré et comique, se lançait pour notre plus grand bonheur dans le récit d'une autre situation où il s'était ridiculisé. Le gardien disait que notre rickshaw était le plus bruyant de tous ceux qui amenaient des gamines à l'école.

Mon père avait connu Elango enfant, alors que celui-ci faisait du porte-à-porte avec son grand-père pour vendre des poteries. Ç'avait été une famille de potiers, maculés d'argile et sentant la sueur, jusqu'à ce que le père d'Elango choisisse d'abandonner cette activité impitoyable pour faire des études et travailler dans un bureau et que, le temps venu, il fasse découvrir à ses fils les ventilateurs de table, les lampes électriques et les livres. Certains jours, mon père regardait Elango parler tout seul dans son *autorickshaw* après nous avoir déposées. Il secouait la tête d'un air incrédule.

— Quand on pense que ce garçon est allé à l'école, et même à l'université. Mais il a toujours su qu'il voulait être potier comme son grand-père.

— Exactement comme je sais, moi, que je veux devenir chanteuse, Appa ! entonnait immédiatement

Tia. L'école, c'est une perte de temps pour les gens comme lui et moi.

Elango s'était rendu dans d'autres régions d'Inde pour exposer les gigantesques urnes en terre cuite qui faisaient sa renommée. Il avait même organisé un ou deux stages pour des étudiants à l'école d'art de la ville. Un potier coréen, rencontré lors d'une exposition à Delhi, lui envoyait tous les ans une carte, accompagnée une fois d'un superbe coffret d'outils et de brosses. Elango lui avait envoyé en retour une grosse enveloppe lourdement affranchie dont il avait refusé de révéler le contenu. Les liens qu'il tissait à l'extérieur de son misérable quartier lui conféraient le rayonnement d'une star de cinéma, mais au lieu de tirer profit de cette popularité, il s'entêtait à travailler seul, même si cela ne lui rapportait que peu d'argent. Il n'avait abandonné ni son *autorickshaw* ni son stand au marché, et il n'aimait rien tant qu'extraire de l'argile du fond d'un étang, enfoncé dans la vase jusqu'aux genoux.

— C'est un génie avec un grain de folie, disait mon père.

— Comme moi ! Vous verrez !

Tia ne manquait pas d'assurance, même haute comme trois pommes.

Au tout début de mon apprentissage, Elango apportait de petites balles d'argile et me montrait comment modeler certaines choses dans un coin de notre véranda où il avait installé une planche de bois et une bassine d'eau. Mon père adorait le regarder faire. Avec ces deux paires d'yeux braquées sur moi et sous le feu incessant de leurs remarques, je ne suis pas sûre d'avoir fabriqué quoi que ce soit de correct à cette époque-là mais, en grandissant, j'ai commencé à aller prendre des leçons chez Elango. Il m'a montré comment préparer l'argile, comment la désaérer en la malaxant patiemment jusqu'à la débarrasser de la moindre bulle d'air. Il m'a montré comment fonctionnait son tour. Reposant à même le sol, il était constitué de bois et d'un épais disque d'argile qui tenait en équilibre sur une pierre rainurée. Elango faisait tourner ce disque très rapidement à l'aide d'une baguette et, une fois lancé, celui-ci tournoyait comme une toupie : il se redressait sans cesser de tourner, ce que j'avais du mal à comprendre. Accroupie sur mes talons, j'essayais de fabriquer de petits objets sur ce grand tour. Le temps que je réalise un bol aux contours flous, Elango avait produit une rangée de grands pots.

Quand j'observe cet atelier en sous-sol, j'aimerais qu'Elango soit là lui aussi pour le voir. Ici serait satisfaite son obsession agaçante pour la méthode, l'ordre et la propreté dans l'espace de travail, qui le poussait à nettoyer et ranger chacun des outils que je mettais de côté après m'en être servi. Dans cet atelier, tout a son casier, son crochet ou son étagère. On y trouve tout ce dont on peut avoir besoin. Des outils en bois ou en métal, polis et efficaces. Des tours électriques qui bourdonnent doucement, une alimentation en électricité qui ne s'interrompt jamais. Un gros four à gaz installé dans une pièce attenante, tel un autel qu'il nous est interdit d'approcher. Des seaux d'émaux, de minerais et d'oxydes dans lesquels on peut puiser si on veut fabriquer ses propres émaux. C'est l'Occident. Un atelier dans une prestigieuse université occidentale, où tout est gratuit ou presque, où tout est à notre disposition. Hier, un agent de police m'a souri.

— Belle matinée, n'est-ce pas ?

Il n'avait pas l'air de vouloir me matraquer pour passer le temps. J'étais encore sur mes gardes. Comme Elango, je ne peux baisser la garde. Là d'où je viens, on sait depuis longtemps qu'une existence ordinaire peut exploser sans crier gare et vous laisser brisé, contraint de rassembler les morceaux épars sans savoir très bien par où commencer.

J'ai conservé de mon enfance une sorte de journal car ma mère avait l'habitude de noter d'un trait de crayon sur le mur de la véranda la taille de Tia et la mienne à chacun de nos anniversaires. Ce mur était aussi la zone réservée à nos gribouillages, là où nous avions le droit de faire des dessins, de peindre… Quand on rafraîchissait les murs de la maison, on ne touchait jamais à ce mur-là. À côté de la marque correspondant à mon dixième anniversaire figure une inscription de la main de ma mère : "S – a commencé avec Elango". Et pour mes douze ans : "S – tour de potier". Elle devait savoir que cette année-là serait décisive pour moi. Il se trouve que pour Karin aussi. Elle m'a raconté que deux avions se sont écrasés en Malaisie cette année-là et sa meilleure amie était dans l'un d'entre eux. Une image lui revenait sans cesse, celle du corps de cette amie dégringolant du ciel dans la mer. C'est à ce moment-là qu'elle a commencé à avoir peur du vide tout en ressentant pour lui une attirance irrésistible ; quand elle longeait le bord d'une falaise tombant à pic dans la mer, elle éprouvait un mélange d'exaltation et de malaise, tentée tout à la fois de repousser et d'embrasser, d'un pas de côté, la possibilité de sombrer dans l'oubli. L'année de ces accidents, elle a passé beaucoup de temps au bord de la mer près de chez elle, à scruter la surface de l'océan dans l'espoir d'y voir flotter des débris d'avion.

C'est l'année où mes parents ont acheté notre premier tourne-disque, accompagné d'enceintes et d'un lot de vinyles. Du jour au lendemain, Tia s'est prise pour une chanteuse de rock. Elle a immédiatement su comment faire semblant de jouer de la guitare et chanter dans un micro improvisé à partir d'un vieil entonnoir en aluminium. Peu de temps après – à croire que les événements sont connectés –, lorsqu'on a découvert Elvis Presley avachi sur les toilettes, bleu, froid et raide, elle est restée prostrée pendant des jours. Cette année-là, cinquante mille personnes sont mortes dans un cyclone pas loin de chez nous ; les personnes qui ont survécu ont raconté que les vagues de l'océan étaient surmontées de flammes. C'est la seule fois où il a neigé à Miami, sous des latitudes tropicales, et un immigré tunisien a été guillotiné en France pour avoir tué sa petite amie. De la même façon que les poulets continuent de marcher une fois décapités, les yeux du Tunisien n'ont pas cessé de regarder, durant une trentaine de longues secondes, toutes les personnes présentes à l'exécution avant de cligner lentement, bien après que la tête avait été séparée du corps. Ce fut la dernière exécution par guillotine en France et le fils du bourreau, qui espérait reprendre le flambeau, a dû trouver un autre travail. Ce qui fut aussi le cas pour les calligraphes et les allumeurs de réverbères.

C'était en 1977. Un sentiment de jubilation, que j'étais trop jeune pour comprendre, s'est emparé de notre pays cette année-là, à la chute d'Indira Gandhi. Tandis que nos parents évoquaient la fin des brutalités de l'état d'urgence, ma sœur et moi étions surtout intéressées par le successeur de Mme G., vieillard dépourvu d'humour, qui buvait sa propre urine en guise de fortifiant. On chantait une petite chanson le concernant :

Cher M. Desai, prendrez-vous une tasse de thé ?
Non, mes enfants, un peu de pipi, s'il vous plaît.

Mais plus encore que ma première poterie ou tout ce qui pouvait se passer dans le monde alors, c'est l'arrivée d'un chiot, trouvé par Elango dans la forêt, qui a modifié l'alignement des planètes en ces temps de prodiges inimaginables et d'atrocités glaçantes. C'était un chien à robe brun et noir, dont les oreilles hésitaient encore entre tomber ou se redresser et dont la queue avait la forme arrondie d'une virgule.

DEUX

1

Petit matin. Les vitres de la voiture sont baissées et la tête d'un chien dépasse. Oreilles au vent, museau en l'air, il engloutit le monde à chaque inspiration. La femme regarde la route, mains sur le volant. L'homme jette un œil par-dessus son épaule et murmure quelques mots en direction du chien qui, dans un élan d'amour, rassemble toutes ses forces pour sauter sur le siège avant. Il s'installe sur les genoux de l'homme et pose son regard grave sur la route. Il a une robe brun et noir, des sourcils châtains.

L'espace s'agrandit. L'horizon recule. Dans la lumière du jour qui point doucement, à bord de camions, de jeeps ou de voitures, des aventuriers sèment la ville. Ciel gris-bleu, air chargé d'effluves de gasoil, pylônes dont la partie supérieure disparaît dans la brume. Ils laissent derrière eux des groupes d'individus qui peinent sur leur bicyclette, des hommes accroupis derrière des buissons, des belles-de-jour pourpres à l'air rabougri, des vaches au regard absent perdues dans leurs pensées. La femme appuie sur l'accélérateur et tout est relégué dans le passé. Ils discutent, tendent parfois la main vers le siège d'à-côté pour s'effleurer et, au bout d'un moment, apaisé par le rythme du voyage et de leurs voix, le chien retourne à l'arrière.

Champs parsemés de gigantesques rochers. Huttes difficiles à distinguer sur fond de terre. Ronds de ciel enserrés dans des flaques. Des arbres, des arbres, encore des arbres. Chars à bœufs chargés de noix de coco, fillettes à nattes vêtues de blanc et de bleu. Le soleil fixe la voiture sans ciller. Aveuglés de lumière, ils roulent toute la journée, traversent des rivières qu'enjambent des ponts délabrés, des villes qui n'offrent aucun attrait. Le tableau de bord affiche un kilométrage à deux chiffres, puis à trois. À la tombée de la nuit, ils roulent encore.

C'est l'homme qui conduit à présent et le chien commence à lui donner des coups de pattes tout en gémissant. Ils passent sous le toit d'une cathédrale de verdure dont les feuilles filtrent le peu de lumière qui reste. Bien que la ville vers laquelle ils se dirigent ne soit plus très loin, ils ne voient pas encore le bout de cette route qui sinue parmi des bosquets de gommiers calcinés. Leurs troncs sont noirs de suie, leur partie supérieure plus pâle, et des feuilles couleur de jade luisent dans l'obscurité. Le chien donne un nouveau coup de patte, plus insistant cette fois. L'homme s'arrête, tourne la tête, ferme un instant ses yeux rougis par le soleil. La femme sort de la voiture d'un bond, elle tient le chien en laisse. "Ne va pas trop loin", lui lance l'homme. Il aperçoit les lueurs d'un hameau dans le lointain. Il suit des yeux la femme, qui dit au chien de se dépêcher mais le chien, désormais occupé à flairer une piste, tire sur la laisse et s'enfonce dans le bois. La voix de la femme s'estompe, les chants d'oiseaux emplissent le vide.

Lorsque la femme tourne la tête en direction de la route, les ombres projetées par la lumière crépusculaire ont envahi l'espace. Elle distingue cependant, dans des trouées parmi les arbres, deux hommes penchés vers la vitre côté conducteur. Ils doivent demander leur chemin, se dit-elle. Mais son cœur, telle une boule d'acier, tape fort dans sa poitrine. Elle voit s'ouvrir la portière côté passager. Elle s'est souvent retrouvée à cet endroit-là, dans ses cauchemars. Elle se met à courir sans pouvoir faire le moindre mouvement, incapable de se rapprocher de la voiture. Elle crie mais aucun son ne sort de sa gorge. La portière se referme d'un coup sec.

Le chien tire la femme, elle le retient plus fermement encore avant de lâcher la laisse et de s'élancer sans plus se soucier de lui. Quand elle arrive près de la voiture, deux hommes sont en train d'en extraire son mari. Il ne tient pas debout. Il y a du sang – la femme ne voit pas d'où il vient –, elle s'entend hurler, une paume rugueuse se plaque sur sa bouche, on la soulève, on la pousse dans la voiture. Elle essaie d'ouvrir la portière mais celle-ci est verrouillée. La voiture démarre en trombe. Elle cogne sur les vitres, griffe le visage de celui qui est assis à côté d'elle. Il la frappe à plusieurs reprises – elle va fermer sa gueule, cette chienne ou alors… Comment sortir de là ? Comment ? Le type tout maigre qui vient de la gifler annonce dans un souffle impatient que ça fait des jours qu'il n'a pas baisé, peut-être des semaines, il est prêt à tirer son coup avec n'importe quelle chienne ou bique errante tellement il n'en peut plus. Il n'arrête pas de geindre, on dirait un moustique acharné. D'une main, il saisit la femme par les cheveux, de l'autre, il la tripote entre les jambes. Alors qu'un passage à niveau se profile, le conducteur accélère pour passer avant que la barrière ne descende.

La route est un tissu de cratères reliés les uns aux autres par des rubans de bitume fissurés. Les cahots sont tels qu'elle en a l'estomac retourné, elle a l'impression que ses os vont se briser.

La femme voit que la barrière commence à descendre, elle voit aussi un tracteur et une camionnette en train de ralentir devant eux. Si la voiture s'arrête au passage à niveau, elle criera au secours, elle prendra la fuite. Le maigrichon raconte qu'il a assisté à un viol l'autre jour. Un viol collectif, cinq mecs et une fille, et putain, à la fin, la nana, elle tenait plus debout, ils ont fait ça à tour de rôle, un par-derrière, l'autre dans la bouche et – celui qui conduit donne un brusque coup de frein, descend, va ouvrir la portière arrière, attrape la femme et la projette sur le bas-côté. Elle tombe de tout son poids. Sa tête heurte quelque chose de dur. Une portière se referme et la voiture disparaît en direction du passage à niveau dans l'obscurité qui grandit.

Et le chien ? A-t-il fui vers le village ? S'est-il réfugié derrière un buisson en attendant de pouvoir sortir et d'aller caresser son maître de la patte, le tapoter de son museau humide ? Peut-être. Il lui a léché le visage, les mains, ainsi que la montre recouverte de sang, tombée à côté de lui, puis il a recommencé au niveau du front entaillé, des yeux amochés. Comme l'homme ne se réveillait toujours pas malgré ses efforts, le chien s'est peut-être blotti dans le creux de son genou, ainsi qu'il le fait chaque soir au moment du coucher. Il s'est gratté l'arrière des oreilles, a mâchouillé une puce à la base de sa queue.

Après quoi, il a calé son museau entre ses pattes et, sentant la proximité de son maître, a poussé un soupir de contentement. Les taches châtaines qui ponctuent son front se sont transformées en une paire de faux yeux, alertes, signalant qu'il ne dort jamais.

Ce sont des choses qui se produisent partout dans le monde, à chaque heure, peut-être même à chaque minute, plus fréquemment dans certains endroits que dans d'autres. Les variations sont infinies, les détails n'importent qu'à celles et ceux dont les vies sont affectées.

2

J'étais encore une fillette. Je ne savais pas grand-chose de l'incident qui s'était produit sur la route principale. Juste l'essentiel de l'histoire tel que rapporté dans un article signé en italiques minuscules du nom de Devika Nanaiya. Pour les autres, c'était une journaliste ; pour ma sœur et moi, c'était notre mère dont le nom apparaissait si souvent dans le journal qu'on prenait rarement la peine de lire ses articles. Les agressions, c'était son domaine. Elle connaissait bien les morgues, les hôpitaux, les postes de police. Elle écrivait sur les viols, les suicides, les meurtres à l'arme blanche ou les cambriolages, dans un style posé et factuel, s'appuyant sur ce qui était avéré, élaguant ce qui relevait de la supposition. Aux mystères évoqués dans ses articles, Tia et moi préférions ceux que nous offrait la fiction. Mais cette enquête-là était différente. Il y avait un chien dans cette histoire.

Si la femme n'était pas gravement blessée, rapportait l'article, les médecins n'étaient en revanche pas sûrs de pouvoir sauver le mari. On n'avait pas arrêté les agresseurs et il y avait peu de chances qu'ils le soient un jour. La voiture volée, probablement déjà repeinte, devait être équipée à cette heure d'une fausse plaque d'immatriculation. Ma mère exposait les statistiques concernant les agressions violentes, mentionnait le chien disparu, citait des extraits du rapport du commissaire dans lequel étaient répétées certaines banalités fort utiles à la police dans ce genre d'affaire. Un court éditorial fustigeait la soumission des policiers aux hommes politiques et à leurs mafias, prédisant une telle explosion des crimes de ce type que plus personne ne prendrait la peine de les dénoncer.

En reposant le journal, mon père avait haussé les épaules.

— Ce village près du passage à niveau… C'est comme un jardin d'enfants pour tous ces petits criminels. Un vrai nid de voyous. Tu fais bien de dire que Narsimba en est le caïd. Armes, alcool, êtres humains – dans quel trafic est-ce qu'il n'a pas trempé, celui-là ?

L'idée que Tia se faisait des voyous venait d'un film qu'on avait vu récemment, "Sholay". Répliques cinglantes et danses sur tessons de verre à s'en faire saigner les pieds.

— J'aimerais bien être un caïd que la police cherche à épingler, avait-elle déclaré.

— Toi, tu seras juste la copine du caïd, avais-je répondu. La fille dont on épinglera la photo sur une cible de fléchettes pour s'entraîner.

Je n'avais que onze ans mais j'étais déjà douée d'un certain cynisme quand il s'agissait de ce que les filles avaient le droit de faire ou pas. Et puis, je n'avais aucun intérêt pour les nids de voyous. Il y en avait partout ; il suffisait de sortir de la maison pour en traverser un. Moi, je voulais juste savoir une chose : où était passé le chien qui avait disparu ?

3

C'était un cheval en feu. Il errait sous la mer, crachant des flammes, et quand il secouait sa crinière, les vagues rougeoyaient, et quand il surgit hors de l'eau, il était haut comme un arbre et le feu qu'il crachait produisit un son de papier froissé. Il surplombait la maison basse d'Elango. Les flammes léchèrent d'abord les sabots de l'animal, puis ses canons longs et robustes, et quand elles atteignirent le museau, Elango se demanda avec inquiétude si le cheval n'allait pas exploser sous l'effet de la chaleur. Il avait bien fait un trou pour laisser sortir l'air ? L'angoisse finit par se frayer un chemin à travers son sommeil agité, il ouvrit les yeux d'un coup.

Il resta immobile, les bras repliés sous la tête, étourdi par ce rêve. Il n'avait pas besoin de réveil pour savoir qu'il était 3 heures à peine – l'heure à laquelle sont encore éveillés les petits malfrats et les anxieux de nature. Il referma les yeux pour observer de plus près son cheval en feu et en comprendre la signification. Aux premières lueurs de l'aube, les poules se mettraient à caqueter, glousser, et la femme de son frère reprendrait les monologues qu'elle leur adressait à longueur de journée, les incitant par ses roucoulades à venir picorer, essayant de les convaincre de pondre davantage. Le temps dont il disposait était compté, il pouvait en user à sa guise, il voulait reprendre le cours du rêve, s'accrocher aux fils ténus qui subsistaient.

Il s'attela à la fabrication de ce cheval le matin même. En short et débardeur, il traversa Kummarapet pour prendre la direction du terrain en friche non loin de chez lui, à proximité de l'étang dont il extrayait la terre pour fabriquer ses pots et ses idoles. Le jour où un propriétaire finirait par mettre la main sur cette parcelle, l'étang et le terrain attenant disparaîtraient, et l'argile avec eux… Elango savait bien que c'était le futur qui les attendait. Son grand-père avait travaillé cette terre et, pour autant qu'il pût s'en souvenir, son arrière-grand-père avant lui. Son grand-père lui avait expliqué quand il était enfant d'où Kummarapet tirait son nom – de leurs ancêtres les potiers, les *kummara*, dont c'était le village. "Si tu m'ouvres la peau, disait-il, tu verras que c'est de l'argile qui coule dans mes veines." De la terre à la terre – voilà ce qu'il avait reçu en héritage. Mais il y avait longtemps que leur atelier florissant avait périclité et seul Elango s'activait encore au bord de l'étang, même si l'essentiel de sa réserve d'argile arrivait par camion de chez un fournisseur. Or cette réserve avait un coût, et il pouvait difficilement puiser dedans pour fabriquer son cheval sans éveiller les soupçons de son frère.

Elango se disait souvent que si, comme les gens se plaisaient à le raconter, Dieu était potier, alors il les avait fabriqués, son frère et lui, sur deux tours différents, à partir de deux types de terre. "Pas de problème, pas de problème" était l'expression favorite de Vasu. Ce n'était pas pour rien qu'il œuvrait en tant qu'intermédiaire chez le magistrat local, soufflant aux gens comment éviter les enquêtes sur leur patrimoine, truquer les formulaires administratifs, falsifier les documents et échapper aux files d'attente.

S'il y avait une règle, il savait comment la contourner. Son regard s'éclairait, il grattait de son stylo son crâne huilé et lançait : "Détendez-vous, monsieur. Vous avez un problème, moi, j'ai la solution."

Alors que Vasu était une véritable calculette ambulante, Elango, lui, se souciait à peine de savoir additionner 2 + 2, et les lampes en terre cuite qu'il fabriquait, les dieux et les déesses, ainsi que tous ces objets du quotidien – pichets à eau, pots à crème, pots de fleurs et tasses à thé – qu'il vendait en grande quantité à des grossistes ne le mèneraient pas bien loin. Sa principale source de revenu, il la devait à Sudhakar, vieux camarade d'université responsable à présent de la décoration dans une chaîne d'hôtels. Il passait commande auprès d'Elango d'urnes en terre cuite pour orner les jardins et les halls des établissements. C'était lui qui avait réussi à faire venir Elango à l'exposition nationale de Delhi, lui qui avait promu avec enthousiasme ses créations lors d'expositions organisées dans des hôtels. Quand les deux amis se retrouvaient à fumer ensemble une cigarette tout en sirotant un rhum coupé à l'eau, Sudhakar soutenait qu'il fallait faire savoir au monde entier qu'il existait dans ce pays des artistes vivant dans le dénuement mais réalisant des choses extraordinaires. "De la boue doit surgir un lotus", concluaient-ils alors en chœur. C'était la phrase qu'un de leurs anciens professeurs, M. Murthy, se plaisait à répéter en balayant d'un regard désespéré cette classe de garçons qu'il traitait de fainéants et de voyous. Alors qu'ils riaient ensemble à l'évocation de ces souvenirs communs, Elango était parfois surpris par l'affection spontanée que lui témoignait cet ami. Il voyait secrètement en Sudhakar le frère que Vasu n'avait jamais été pour lui et il en ressentait une certaine culpabilité.

Les urnes d'Elango avaient déjà une dimension monumentale et intemporelle, mais ce cheval de terre trouvait son origine dans un passé plus ancien encore, quelque part dans les profondeurs de son être où gisaient souvenirs et histoires, tel un riche filon d'argile. Dans son rêve, le cheval s'était dressé tout seul, jaillissant comme une fontaine de terre. Il portait un collier de perles et ses oreilles ressemblaient à deux mangues plaquées de chaque côté de sa magnifique tête. Sur son front figurait un dessin qu'Elango avait encore du mal à distinguer. Sur son dos était posée une selle à pompons, puis venait la queue, flottant au vent comme un drapeau. La crinière ondoyait le long du cou, les yeux regardaient droit devant eux, fixant l'éternité. Elango savait qu'il ne serait satisfait que si son propre cheval parvenait à rivaliser avec l'animal qui lui était apparu en songe.

Armé de sa bêche et de sa barre à mine, il se pencha sur la surface de l'eau et se mit à creuser. Par endroits, la terre était ensevelie sous de la vase verte. Il y avait un autre étang plus près de chez lui, de taille plus modeste, recouvert d'une couche de détritus – on aurait dit une couverture en patchwork qui se déplaçait lentement. Mais le lieu où il creusait à présent, dans le sillage de ses ancêtres, était connu sous le nom d'étang des potiers – c'était la réserve de terre à partir de laquelle on avait toujours fabriqué les statues des dieux, cernée d'un mur de superstition qu'aucune enceinte de briques ne pourrait égaler. Cet étang était propre, il attirait les insectes et les oiseaux. Lorsque des nuages traversaient le ciel et qu'une brise soufflait doucement sur les joncs le long de ses berges, on avait l'impression que l'étang était là depuis la nuit des temps, fréquenté depuis toujours par les mêmes aigrettes blanches et prudentes.

Ce jour-là, il n'y avait pas un nuage dans la vaste étendue de ciel bleu. C'était le mois d'octobre mais on se serait cru en été. La tâche était rude, il faisait chaud, son débardeur était trempé de sueur. Elango se sentait pourtant parcouru par un courant d'énergie et d'espoir. Son rêve avait un sens. Ce cheval était tout à la fois un signe et un messager, venu lui dire que Zohra serait à lui, mais qu'il lui faudrait travailler dur pour que cela se réalise.

4

Depuis quand Zohra occupait-elle toutes ses pensées ? Il ne savait plus exactement car il en avait toujours été ainsi, lui semblait-il. La jeune femme et son grand-père avaient dû emménager dans le quartier à la fin de l'hiver précédent, presque un an plus tôt. Elango n'avait pas repéré la jeune femme tout de suite, même s'il l'avait certainement croisée du côté de Moti Block, ces logements grisâtres et délabrés au-dessus des boutiques où elle vivait avec son grand-père. Il avait à présent une impression de gâchis en repensant à cette première année. Quelle erreur de ne pas avoir gardé le souvenir de ces rencontres pour pouvoir s'en repaître par la suite !

Étaient bien gravés dans son esprit en revanche ces instants qui avaient déclenché son tumulte intérieur. La jeune femme s'était arrêtée devant son stand un jour de marché. Leurs mains s'étaient effleurées quand ils avaient tous les deux tendu le bras en direction de la même lampe.

— Elle est très jolie, avait-elle dit.

— Quand vous allez l'allumer, elle va projeter une ombre en forme de fleur, avait-il répondu.

— C'est vrai ? Une rose ou un hibiscus ? s'était-elle enquise d'un air naïf.

Alors qu'il se demandait encore si elle se moquait de lui, elle avait attrapé une autre poterie dont elle avait soulevé le couvercle. Elle avait regardé Elango d'un air interrogateur. Des yeux marron, avait-il remarqué, soulignés d'un trait de *kajal*.

— C'est pour conserver le lait caillé, lui avait-il expliqué. Le meilleur qui soit – aucun risque de fuite.

— Le meilleur lait caillé parce que c'est le meilleur des pots et le meilleur des couvercles, c'est ça ?

Elle lui avait lancé un regard malicieux avant de baisser à nouveau les yeux.

Ensuite, elle avait fait un commentaire sur les figurines, il ne savait plus du tout quoi. Ce sourire espiègle avait été fatal. Il savait qu'il avait envie de réentendre cette voix, de regarder ce sourire pendant des heures, des jours, des années, toute sa vie.

Elle était repassée la semaine suivante – pour quelle raison ? Que représentait-il pour elle ? Elle était revenue non pas pour acheter une cruche mais parce qu'elle aussi avait été troublée – voilà ce qu'il voulait croire. Et cette idée s'était muée peu à peu en certitude. Il avait essayé de comprendre comment sa perception de Zohra avait radicalement changé ce jour-là, comme si un plateau de théâtre avait été dégagé et un rideau levé pour qu'elle puisse en occuper le centre.

Dans la lumière jaune du soleil couchant, un *dupatta* de voile rose lui couvrait les épaules. Elle avait au cou un minuscule pendentif de couleur bleue.

— Et la lampe qui projette l'ombre d'une fleur quand on…, avait-elle commencé.

— Oui, oui, la voici.

Elango voulait la lui donner. Il voulait lui donner tout ce qui se trouvait sur la table. Elle pouvait prendre n'importe quoi, il lui suffisait de demander.

Quand elle avait tendu le bras pour attraper la lampe, son *dupatta* avait glissé dans le creux de son coude. Il avait surpris quelques ombres profondes entre deux courbes, le temps qu'elle réajuste ses vêtements. Elle s'était hâtée de le faire en s'excusant d'un petit coup d'œil. Il avait remarqué la trace de sueur qui obscurcissait sa blouse jaune au niveau des aisselles, la finesse de ses poignets, la fossette au menton, la peau fripée sur son bras droit qui devait être une brûlure. Alors qu'elle s'éloignait, il avait noté un drôle de déhanchement – elle boitait. Quelque chose dans ce boitillement l'avait séduit. Il s'était senti aspiré dans une spirale vertigineuse d'attirance et de désir dont il savait qu'il ne pourrait se libérer.

Une autre cliente aux narines percées d'un bijou en or avait lancé :

— Il y a quelqu'un pour m'indiquer le prix ou bien faut avoir dix-huit ans si on veut être renseigné ?

Sans lui prêter attention, Elango lui avait répondu avec affabilité comme il en avait l'habitude :

— C'est quatre roupies, Amma. Mais pour vous, et parce que c'est la plus belle soirée de l'année, ce sera seulement deux roupies.

Il n'avait rien pu faire d'autre ce soir-là que d'observer furtivement Zohra qui passait d'un stand à un autre dans cette rue bordée de camelots qui vantaient à en perdre la voix la qualité supérieure de leurs vêtements, jouets, cerfs-volants ou nourriture. Il y avait deux autres vendeurs d'articles en terre cuite et la clientèle était si âpre à marchander qu'il ne pouvait se permettre d'abandonner son stand pour courir après la jeune femme. D'ailleurs, s'il la suivait, reviendrait-il à son poste ? Il s'était forcé à se concentrer de nouveau sur ses affaires. Mais dès le lendemain soir, il s'était mis à fréquenter les échoppes de Moti Block pour y fumer une cigarette s'il repérait la jeune femme en train d'acheter du riz, du millet, du sucre ou de l'huile. Pour être à ses côtés pendant quelques instants, à faire semblant de ne pas la voir alors que chaque atome de son énergie mentale était consacré à souhaiter qu'elle reste là où elle se trouvait. Juste un peu plus longtemps. Cinq minutes supplémentaires. Trois. Il ne trouvait pas le courage de lui faire un signe de tête ni de lui adresser la parole. Les fois où il croisait son propre reflet dans la surface miroitante d'une vitre de voiture, le visage qui lui était renvoyé ne lui plaisait pas. Pourquoi plairait-il à Zohra ?

Elle n'était pas revenue vers lui, n'avait eu aucun geste qui aurait pu lui donner quelque espoir. Il avait commencé à se dire qu'il avait mal interprété son attitude. Ou que, tout comme lui, elle avait fait le point sur leur situation respective, tourné et retourné l'ensemble des enjeux, perçu les obstacles insurmontables et fait taire les sentiments qu'elle éprouvait pour lui. Elle avait réussi là où lui avait échoué.

Cela faisait des mois qu'il passait quasiment toutes ses journées à penser à elle. Il était incapable de faire quoi que ce soit d'autre, tout en sachant pourtant qu'il n'y avait aucun espoir. C'était la petite-fille d'un calligraphe renommé et lui était potier, dans un lieu qui n'était plus vraiment un village mais pas tout à fait encore une ville. Juste un endroit délaissé tandis qu'une métropole se développait aux alentours.

— Je ne suis rien du tout, se plaignait-il auprès de Sudhakar, le seul ami à qui il pouvait se confier. Ni un artiste à la mode qui aurait les moyens d'acheter la terre entière, ni un potier analphabète qui n'aurait jamais l'idée de rêver de choses insensées et impossibles.

— Juste un potier têtu comme une mule, répliquait Sudhakar. Tu ferais fortune si tu te mettais à fabriquer ce que les gens recherchent. Lance-toi dans de nouvelles pièces aux couleurs criardes. Multicolores. Faut diversifier tes produits.

Elango secouait la tête.

— Moi, je m'en tiens à la terre cuite, tu le sais bien. Parce qu'il n'y a que ça d'honnête.

— Oui, oui, je la connais, cette histoire.

Après quelques verres, Elango pouvait se montrer loquace et sombrer dans la sentimentalité ; même sobre néanmoins, il considérait cette position comme une sorte de vérité, qui s'appliquait tout autant à la poterie qu'aux êtres humains.

— Je suis sérieux, insistait-il. Prends une poterie : où que tu la coupes, elle est faite de la même matière.

Il n'osait pas dire à Sudhakar que puisque les articles en terre cuite étaient bon marché, les familles les plus modestes pouvaient lui acheter des pots et des pichets, ce qui le réjouissait. Cela signifiait toutefois qu'il devait souvent mettre les mains dans le cambouis et pas seulement dans la terre. Dans ses moments de temps libre, il réparait des pompes, des machines à coudre, des poêles, il transportait les gens à bord de son *autorickshaw*. Sa rencontre à Delhi avec un potier coréen qui l'avait invité dans son pays était de l'histoire ancienne ; il considérait les outils et les brosses en bambou qu'il lui avait envoyés comme des reliques qu'il n'osait pas utiliser de peur de les abîmer. Une pile d'ouvrages fanés était tout ce qui lui restait de ses études, alors que Zohra étudiait encore l'arabe avec son grand-père. La seule chose à laquelle il pouvait se raccrocher était qu'elle était quasiment aussi pauvre que lui, la calligraphie étant tout aussi démodée que les poteries artisanales.

Il se souvenait d'une matinée où il avait aperçu Zohra sur le balcon étroit qui filait le long de son appartement. Elle était apparue juste au-dessus de l'endroit où il attendait un client, à bord de son *autorickshaw.* Durant tous ces mois où il l'avait observée en train de faire ses courses, il avait remarqué qu'elle achetait régulièrement des graines pour oiseaux. Ce matin-là, elle était occupée à attraper un pot accroché au-dessus de la rambarde pour le remplir de millet. Les premiers rayons du soleil dont la source restait indistincte tombaient sur elle et éclairaient sa chevelure. Elle avait fermé les yeux puis levé le visage en direction du ciel matinal. À cet instant précis, il avait senti un petit souffle vrombissant, surgi de nulle part, lui effleurer le visage, ainsi qu'un battement d'ailes lui caresser les épaules. Du coin de l'œil, il avait aperçu une forme couleur émeraude qui le frôlait à vive allure. Quand cette forme s'était posée sur la rambarde, il avait compris qu'il s'agissait d'un oiseau aux teintes vives, presque aussi gros qu'un corbeau. Pendant quelques secondes, l'oiseau n'avait pas bougé, puis il avait sautillé pour venir se percher sur le bras tendu de la jeune femme. Elle n'avait pas ouvert les yeux ni fait le moindre geste. Sa paume emplie de grains était restée immobile. Il avait observé cette scène depuis la rue, subjugué. L'oiseau avait pris le temps de picorer avant de s'envoler. Zohra avait alors ouvert les yeux et continué de remplir de millet le petit récipient suspendu, comme si rien d'exceptionnel ne s'était produit.

Il s'était pourtant bel et bien passé quelque chose. Un événement si furtif qu'en y repensant, il se demandait même s'il ne l'avait pas rêvé. Il n'avait jamais revu l'oiseau. D'autres oiseaux brunâtres – moineaux, mainates, corbeaux et bulbuls – venaient sur le balcon, mais il n'avait jamais revu celui dont les couleurs, au fil du temps et dans son imagination, gagnaient chaque jour en intensité. Il avait surgi de nulle part et l'avait effleuré de ses ailes avant de se poser sur le bras de Zohra. Il avait soulevé un peu de poussière sur son corps à lui, qu'il avait ensuite transportée jusqu'à elle. Les jours suivants, ce mystérieux oiseau entraperçu était devenu une sorte de signe dans une langue qu'Elango ne comprenait pas.

Il voulait voir en cet oiseau le porteur du seul message dont il rêvait, celui lui annonçant que la faille infranchissable qui le séparait de Zohra serait un jour refermée, que la terre finirait par cicatriser et qu'il pourrait aller rejoindre la jeune femme de l'autre côté, là où elle l'attendait. Tout ce qui les séparait lui interdisait de parler de Zohra à qui que ce soit, hormis Sudhakar. Certains soirs, il se récitait à lui-même les mots qu'il choisirait pour annoncer la nouvelle à Vasu : "Il y a une fille qui me plaît – elle est..." Mais le désespoir dévorait la fin de sa phrase. Il lui était impossible de dire à voix haute ce qu'elle était. Musulmane. L'espace qui les divisait était un charnier empli de chair humaine calcinée et ensanglantée, une immense crevasse dans la terre, une gueule ouverte prête à l'engloutir.

Il lui était impossible d'imaginer une vie sans Zohra. C'était insupportable. Mais il n'osait pas non plus imaginer une vie avec elle. C'était inconcevable. Il s'était confié à Sudhakar.

— Laisse tomber, lui avait dit son ami. Dans ce pays, il n'y a que les vedettes de cinéma ou les joueurs de cricket qui peuvent épouser qui ils veulent.

— Espèce de salaud ! Moi qui pensais que tu étais un ami...

— Mais je suis ton ami. C'est pour ça que je te dis de laisser tomber.

— Attends... Il y avait quelqu'un, dans mon quartier justement... Aslam, qui avait l'âge de mon père. Souviens-toi, je t'ai raconté qu'il s'est enfui avec une fille hindoue de la rue d'à côté.

— Je me souviens. Et ça s'est fini comment ?

Elango s'était tu. La fin de l'histoire relevait d'une routine inscrite dans la pierre depuis la nuit des temps : le père d'Aslam et les frères de la fille avaient tous juré qu'ils tueraient le couple dès que celui-ci réapparaîtrait. Personne ne les avait revus.

Malgré tout, il n'y avait pas de mal à rêver. Le soir, allongé sur sa couche, tout comme la veille et le lendemain, il écoutait le grondement des ronflements de son frère, tellement puissants qu'ils lui parvenaient de l'intérieur de la maison jusque dans le coin de cour où il dormait à la belle étoile. Certains soirs, il avait l'audace d'imaginer que Zohra était allongée à ses côtés ; il s'inquiétait alors à l'idée de pouvoir lui aussi produire ces grognements de cochon alors que la jeune femme dormait, aussi calme qu'une déesse. Tournant la tête en direction des ombres floues, il la sentait toute proche, la tête posée sur sa poitrine, soufflant dans son cœur qui battait au ralenti. Délicatement, tendrement, il caressait de la main ses longs cheveux, l'accompagnant ainsi dans un sommeil plus profond. Lorsqu'elle se réveillait, elle se tournait vers lui. Encore et encore.

5

Il s'installait chaque jour devant son tour parce qu'il avait du travail mais son cœur était aussi froid et lourd qu'un tas d'argile. Si ce cœur peinait à s'animer, il en allait de même de sa main sur le tour. Elango se sentait distrait, affaibli. Il supportait stoïquement les tirades de sa belle-sœur sur la paresse ou bien s'échappait en plein sermon pour aller boire un verre de ce qu'on appelait rhum au coin de la rue.

Quand toutes ces pensées de désirs interdits menaçaient de lui faire perdre la tête, il essayait de se concentrer plutôt sur le cheval en terre cuite aperçu en songe. Il se remémorait alors M. Murthy, son professeur de première année d'université, âgé et ratatiné, qui prenait les effluves de gasoil du temps présent pour l'air des anciens mythes et sagas, chargé d'un parfum de saumure, de bois et d'herbe coupée. Murthy, tordu sous le poids du savoir, secouait futilement son index en direction de tous ces garçons assaillis de désirs et leur racontait comment les passions du seigneur Shiva avaient commencé à brûler l'univers. Pour l'apaiser et sauver la terre, les dieux avaient placé ses feux dans la bouche d'une jument qu'ils avaient ensuite conduite vers l'océan. "La jument brûle encore tranquillement sous l'eau, leur avait expliqué Murthy. Elle flotte et bouge au gré des vagues, se retourne et dérive vers les glaciers ; elle consume peu à peu l'océan en attendant l'Apocalypse, moment où elle sera libérée, lors du déluge final."

Plus Elango repensait à ce rêve, plus il était troublé. Désir, apocalypse, destruction – son amour pour Zohra n'avait rien à voir avec tout cela. Le vieux Murthy leur avait parlé d'Achille, de Pâris, d'Hélène, d'Hector et d'un cheval de Troie qui avait craché des soldats au beau milieu de la nuit. C'était peut-être là un mythe moins effrayant, plus en accord avec sa situation personnelle. Un potier pris au piège de sa propre épopée avec, en son centre, une femme, deux amants contrariés, une union empêchée par deux clans en guerre. Mais qui pouvait-il cacher, lui, dans le ventre creux de son cheval d'argile, pour le seconder dans la bataille qu'il aurait à mener ? Il n'avait pas d'armée. Jamais il ne s'était senti aussi seul.

Il avait vu autrefois les chevaux de cérémonie fabriqués par son grand-père, que l'on faisait défiler dans tout le village lors d'une procession annuelle. Lui vint alors l'idée de créer pour Zohra un cheval qui, tout en rappelant ceux de jadis, s'en distinguerait. Non pas un astucieux subterfuge, ni un présage en perpétuel mouvement dans les fonds marins, ni encore une sentinelle. Ce serait leur cheval de mariage, un étalon, sur lequel un mari pouvait installer sa femme avant de partir avec elle dans la lumière dorée et rougeoyante d'un coucher de soleil. Le cheval grandissait à mesure qu'Elango l'imaginait. Les gens en parleraient. On viendrait de partout pour admirer le travail de ce potier talentueux dont personne n'avait fait grand cas jusque-là. Zohra et son grand-père en feraient partie.

Souvent perdu dans ses pensées, il souriait, fronçait les sourcils, gesticulait, parlait tout seul. Il fallait une salve d'insultes fusant de la bouche de son frère pour le ramener dans le présent.

6

Un après-midi, à son retour de l'étang, Elango s'assit pour fumer et dessiner, le dos appuyé contre le tronc du *moringa* au centre de la cour. À certaines périodes de l'année, des centaines de chenilles faisaient leur apparition et, pendant des semaines, elles s'installaient dans l'arbre, envahissaient les pièces de la maison, se faufilaient dans les vêtements, laissant dans leur sillage les marques de cuisantes démangeaisons. Les chenilles finissaient par recouvrir l'ensemble du tronc, formant autour de l'arbre un tapis velu et vivant. À ce stade-là, les deux frères allumaient un feu à la base du tronc ; ils observaient la fumée et les flammes lécher les chenilles jusqu'à ce que celles-ci se décrochent de l'arbre et tombent dans le brasier par paquets, se tortillant au ralenti. Une odeur de chair brûlée emplissait l'air. Une fois les chenilles disparues, les fleurs se transformaient en longs fruits verts en forme de baguettes dont ils se nourrissaient pendant des jours. Certaines années, la récolte était telle qu'ils devaient vendre le surplus.

Ce rituel annuel était l'une des rares occasions où Vasu et Elango se rapprochaient. L'autre élément qui les reliait était l'admiration tacite et jalouse que Vasu éprouvait pour le travail de son frère. Même s'il faisait mine de se moquer de ce que gagnait Elango, multipliant les remarques caustiques, il supervisait les ventes, les intermédiaires, l'approvisionnement en terre. Quand Sudhakar exposait le travail d'Elango dans un hôtel, Vasu, tiré à quatre épingles, passait d'œuvre en œuvre, soulignant la beauté de chacune tel un visiteur qui aurait découvert un génie. "Si j'en avais les moyens, j'achèterais cette urne sur-le-champ", se plaisait-il à soupirer, scrutant chaque pièce comme un connaisseur, faisant claquer sa langue, secouant la tête d'un air désolé, espérant que sa comédie encouragerait d'autres personnes à sortir leur portefeuille.

Elango sourit en se remémorant l'attitude de son frère lors d'expositions, puis il attrapa un crayon. Il s'installa en tailleur sous l'arbre et croqua un cheval en quelques coups de crayon. Il le dessinait pour ne pas l'oublier. Avant de se lancer dans sa réalisation, il le dessinerait encore de nombreuses fois, par morceaux, de manière à avoir les idées claires au moment de plonger ses mains dans l'argile. Les yeux et les oreilles étaient les parties les plus difficiles à visualiser, ce n'était guère plus simple pour la mâchoire et la longueur des naseaux. La queue, elle, s'imposa sans trop de réflexion. Il réalisa cinq croquis, déchirant deux pages sur lesquelles son cheval avait tout l'air d'une créature hybride, entre un chien et un cochon.

Revathi finit par sortir.

— Tu vas aller chercher du bois ou tu comptes rester assis là toute la journée ? aboya-t-elle.

La femme de son frère adorait lui donner des ordres de sa voix tonitruante et agaçante, se prenant pour l'adjointe de Vasu. Elango veillait à ne jamais lui obéir immédiatement. Elle s'était plantée devant lui, les mains sur les hanches, et lui cachait le soleil.

— Oublie le bois, j'ai mieux à faire aujourd'hui, répliqua-t-il avec une lenteur délibérée. Tu veux savoir quoi ?

Elle saisit un balai et s'attela à la tâche avec une énergie farouche, le foudroyant du regard et maugréant tout en envoyant des nuages de poussière dans sa direction. Il l'ignora et poursuivit tranquillement ses dessins de cheval pendant cinq minutes avant de se relever. Il attrapa sa hache dans un coin de la cour ; il l'avait bien en main et chaque fois qu'il la soulevait pour fendre une bûche, résonnait à ses oreilles le halètement explosif de son souffle. Il se demanda quel effet cela ferait de l'abattre plutôt sur le cou d'une teigne.

7

Il fallait à présent une heure pour atteindre la forêt qui, du temps de son grand-père, commençait aux portes de Kummarapet. Au cours des ans, les arbres avaient reculé, abattus pour être remplacés par des bâtiments et des routes, et même après s'être aventuré aussi loin, Elango devait encore éviter les gardes forestiers, revenant les mains vides certains jours.

Les arbres se rapprochèrent à mesure que la lumière déclina. Les piaillements gutturaux des singes s'éteignirent tandis que s'élevaient les chants d'oiseaux. Les criquets entonnèrent leur chœur le temps d'une dizaine de respirations, puis ils s'interrompirent aussi mystérieusement qu'ils avaient commencé. Ce fut alors le silence, seulement rompu par le cri répété d'un oiseau solitaire. Elango avait du mal à comprendre ces choses-là. Il oublia pendant un long moment pourquoi il était venu et fit une pause – qu'est-ce qui avait déclenché la stridulation des criquets ? Pourquoi avait-elle cessé ? Pour quelle raison l'oiseau éploré poussait-il ce chant plaintif ? Était-ce pour un autre oiseau ?

Alors qu'il ficelait son dernier fagot de bois, il perçut un autre type de son, entre un gémissement et un miaulement de chat. Il aperçut ensuite quelque chose bouger près des buissons, à quelques mètres de lui. Il se figea.

Le même son retentit de nouveau, plus près de lui cette fois.

S'agissait-il du garde en pleine tournée ? D'un bandit ? D'un dieu de la forêt, furieux qu'on vienne couper son bois ? Les ombres des arbres en cette soirée l'empêchaient de penser rationnellement. Il regarda autour de lui, recula, fit un pas de côté, scrutant les ténèbres. Percevant un mouvement, il serra davantage sa hache.

C'était un chien.

Un chiot, qui s'était arrêté net. Lorsque Elango s'approcha, il se mit à remuer sa queue en tire-bouchon.

— Espèce de demi-portion ! murmura Elango avant de se taper le front, plus soulagé que contrarié, et d'éclater de rire.

Le chien avait des pattes brunes recouvertes de boue, éclaboussées de terre jusqu'aux coudes. Là où il n'y avait pas de boue, son pelage était noir avec, juste au-dessus d'une paire d'yeux ronds comme des boutons, des touffes châtaines dessinant comme des sourcils. Ce n'était pas un chien errant. Elango distinguait un collier ainsi qu'une laisse boueuse encore accrochée. Probablement abandonné par des gens de la ville. Les gens riches abandonnaient souvent dans des zones boisées, loin de chez eux, des chiots dont ils ne voulaient plus. Les malheureux laissés-pour-compte traînaient près des cahutes et des étals à proximité du passage à niveau ; on leur lançait parfois des bouts de nourriture mais, le plus souvent, on les chassait à coups de pied jusqu'à ce qu'ils finissent écrasés par un train. Même si celui-ci ne venait pas de naître, il n'était pas bien vieux – quelques mois peut-être.

Elango le prit dans ses bras, découvrant sous la couche de boue des pattes et une poitrine du même châtain que les sourcils. Il retourna l'animal et vit sur sa poitrine une trace pâle en forme d'éclair. Ou de Z. Il regarda entre ses pattes arrière. C'était un mâle.

Ce qui simplifiait considérablement certaines choses.

Il envisagea de le laisser dans les bois. Mais le chiot lui donnait des petits coups de pattes et de langue.

Comment pourrais-je le laisser là ? Il sera mort d'ici demain.

Et alors ? C'est ça, une vie de chien.

Ce n'est pas un chien, c'est un chiot.

Tu vas l'emmener chez toi ? Toi, comme un grand monsieur, flanqué d'un chien ? Tu crois que ça te ressemble ? Sors-le de cette forêt et largue-le chez un richard. Qu'il vive ou qu'il meure, peu importe.

Il farfouilla pour récupérer un sac en toile de jute qu'il conservait à l'arrière de son *autorickshaw* et, après l'avoir secoué pour le débarrasser des brindilles et du fumier restés au fond, il y installa l'animal. Alors qu'il bataillait pour fixer ce paquet qui gigotait à l'une des barres du véhicule, le chiot sortit la tête par l'ouverture du sac et le mordilla de ses petites dents pointues.

— Hé, toi, tiens-toi à carreau ! gronda Elango. Ou je te renvoie direct dans la forêt.

Le chien se fit tout petit et Elango se sentit obligé d'adopter un ton bourru mais conciliant.

— Ne t'avise pas de recommencer, compris ? Tu restes assis, OK ?

Il attacha la laisse à une barre entre les deux sièges.

Une fois sur la route, il jeta de temps en temps un œil à l'arrière tout en essayant de repérer où se débarrasser du chien. La première partie du trajet était trop isolée. Puis venait le passage à niveau avec l'échoppe de thé où il aperçut deux gros chiens – ils ne feraient qu'une bouchée de cette petite chose. Il continua de rouler, se rapprochant de la ville. Il atteignit les bungalows de la périphérie, entourés de hauts murs, mais pas un gardien à qui il aurait pu laisser le chiot. Pouvait-il le déposer en pleine nuit devant une grille fermée ? Il s'échapperait et se ferait écraser en un rien de temps. Elango devait se dépêcher de trouver un lieu s'il voulait pouvoir rentrer chez lui, mais la zone qu'il traversa ensuite était parsemée de gros rochers, des chacals y rôdaient certainement. Venait alors le pont qui enjambait le fleuve – pas idéal non plus. Il poursuivit ainsi jusqu'à se retrouver dans la descente qui menait à Moti Block. En passant, il essaya d'apercevoir Zohra comme à son habitude. C'était peut-être elle, debout sur le balcon filant. Il entrevit une touche de bleu et de rose dans la lueur d'une ampoule nue accrochée au plafond. Il s'arrêta quelques secondes, fit semblant de s'occuper du chien. Il leva de nouveau la tête. Elle était bien là, lui tournant le dos comme si elle n'avait que faire de lui. Quand elle rentra, il reprit sa route. Il était sur un petit nuage.

— C'est un bon signe, j'en suis sûr, dit-il au chien toujours dans son sac. D'abord toi, puis elle… Tu l'as vue toi aussi, hein ?

La tête du chiot ressemblait à un pompon surmontant le sac ; sa langue pendait sur le côté de sa gueule entrouverte et il avait le regard vitreux tellement il était apeuré. Elango cessa de le regarder. Les signes, c'était bien beau, mais qu'allait-il faire de ce foutu chien ?

Quand il arriva enfin chez lui, il était tard, il avait chaud et il s'en voulait d'avoir passé toute la soirée à s'occuper d'un chiot abandonné alors qu'il avait des tas de choses à faire, un cheval à réaliser. Il attacha l'animal dans un coin pendant qu'il rangeait le bois et vaquait à ses tâches avant de faire un brin de toilette et de s'installer pour dîner.

Il y avait beaucoup de choses qu'il n'aimait pas chez sa belle-sœur mais sa cuisine – contrairement à la cuisinière – était irrésistible. Il lui suffisait de jeter quelques ingrédients dans une poêle pour en faire un plat délicat, même si son frère ne suintait que de la bile quand d'autres salivaient, se plaignant sans cesse qu'il y avait trop de sel ou pas assez. Vasu tel qu'en lui-même… Chaque jour, le lent écoulement de cette bile finissait par inonder la cour au moment où la nuit tombait. Après ses plaintes habituelles, Vasu fit le tour pour éteindre les lumières, pestant contre le gaspillage d'électricité. Elango en ralluma une pour l'embêter. Il s'éloigna d'un pas nonchalant et s'assit en tailleur sur le sol de la véranda pour se pencher sur le journal que son ami Giri rapportait chaque jour du bureau. De manière aussi désinvolte que possible, il annonça :

— Laisse ce chien là où il est. Je dois le garder cette nuit.

Vasu jeta un coup d'œil en direction du chiot et haussa les épaules.

— Je travaille, moi, demain. Toute la journée, contrairement à d'autres. S'il fait un seul bruit, il est mort. Compris ?

Les petits gémissements du chien se fondirent bientôt dans l'arrière-fond sonore du quartier. L'ouverture des ronflements nocturnes de Vasu. Les voix d'une radio, le cliquetis des casseroles et des poêles chez les voisins, les sanglots aigus de la jeune veuve d'à côté qui se disputait violemment chaque soir avec sa sœur.

Elango arrêta de lire et s'allongea sous la véranda, essayant d'ignorer les cris et s'éventant à l'aide du journal. Il y avait bien un ventilateur à l'intérieur de la maison, mais c'était aussi à l'intérieur que se trouvait son frère qui ronflait. Les moustiques lui tournaient autour sans le piquer – il faisait partie de ces rares chanceux sur terre dont le sang ne plaisait pas aux moustiques. Peu à peu, ceux-ci abandonnèrent, la chaleur déclina légèrement et le bruit finit par s'estomper même si les sanglots persistèrent quelque temps. Il soupira et profita du calme de la nuit. Ce fut de courte durée.

Le chiot commença par pousser de petits geignements, qui se transformèrent bientôt en gémissements plus stridents avant de devenir des cris puissants qui semblaient tout transpercer. Il gémit et couina ainsi sans discontinuer jusqu'à ce que Vasu sorte en trombe, tire sur la laisse à laquelle il était accroché, l'empoigne et le balance à l'autre bout de la cour. Après un bruit sourd de chute et un jappement, ce fut à nouveau le silence. Quelques instants plus tard, le chien reprit ses hurlements aigus, encore plus pitoyables.

Elango étira ses jambes endolories et se leva pour aller le chercher. Il récupéra l'animal terrorisé près du *moringa* et l'attacha cette fois à un des poteaux qui soutenaient le toit en chaume de leur véranda. Il s'allongea à côté de lui. Vasu ne manquerait pas de revenir si les cris ne cessaient pas. Pourquoi ne laissait-il pas tout simplement cette fichue bestiole dans la ruelle ? Il ne s'intéressait pas aux animaux habituellement. Les chiens, les chiots, ça ne manquait pas dans les rues, et jamais il ne s'en était soucié. Quel point sensible celui-ci avait-il touché chez lui ? Était-il en train de s'amollir ? D'abord, une femme. Puis, un cheval. Et maintenant, un chien.

— Chinna, Chinna, susurrait-il à l'oreille du chiot dont les cris de détresse faiblirent au fil de la nuit mais gagnèrent en mélancolie.

Il lui caressait le dos, ce qui remua au plus profond de lui une chose dont il ignorait l'existence. Il se retrouva en train de murmurer, dans un demi-sommeil :

— Chinna, tu es ici chez toi désormais. Je vais m'occuper de toi.

Le chien gémit avant de glisser son museau dans la main d'Elango.

Mais qu'est-ce que tu fabriques, espèce d'idiot ! Comment vas-tu faire pour le garder avec toi ?

Mais comment le mettre à la porte maintenant ? Il ne survivra pas dix minutes, seul dans la rue.

Il continuait de caresser le chien tout en débattant intérieurement, dans une confusion grandissante à mesure que le sommeil le gagnait. Malgré les geignements assourdis, l'épuisement finit par engourdir ses membres ; sa main s'immobilisa sur le dos du chiot et il sombra dans un puits de sommeil, sans fond ni rêves.

Il se redressa d'un coup au milieu de la nuit, se souvenant qu'il ne lui avait rien donné à manger ni à boire. Se frappant le front, il s'invectiva vertement à voix basse.

— Tu croyais quoi, espèce d'idiot ? Que c'est une poupée ? Qu'il va vivre en se contentant de respirer ?

Il se glissa discrètement dans la cuisine. Il n'y avait pas de lait, ni de lentilles – Elango ne distinguait rien dans la pénombre. Aucun reste, hormis une galette desséchée et trop cuite dont personne n'avait voulu. D'habitude, ils mangeaient du riz – pourquoi fallait-il que Revathi ait choisi de faire des galettes, ce jour-là précisément ? Il vint retrouver le chien et s'allongea de nouveau à ses côtés. Il découpa un bout de galette qu'il lui tendit ; le chien approcha un museau curieux, prit la chose dans sa gueule et la mâchouilla avant de la recracher entre ses pattes, intacte.

— C'est trop dur pour toi, tu es encore un bébé, chuchota Elango. Il te faudrait du lait mais je n'en ai pas trouvé. Attends un peu.

Il glissa un morceau de galette dans sa bouche et, sous le regard impatient du chiot, le mâcha jusqu'à en faire de la bouillie qu'il recracha dans sa paume avant de la proposer au chien. Celui-ci lui lécha la main, avide et concentré. Elango mâcha alors un autre morceau de galette, qu'il lui donna, et ainsi de suite jusqu'à ce qu'il ne reste plus rien.

8

Le nom de Chinna était resté. Elango n'avait pas eu besoin de réfléchir longtemps – ses lèvres formaient ce mot dès qu'il apercevait le chien, maigrichon, impatient, les yeux brillants. Il s'adressait à lui avec une tendresse dont il n'aurait pas soupçonné l'existence. Quand il le faisait sortir de la cour, il accrochait à son collier une corde plus longue que la laisse pour pouvoir l'attacher en toute sécurité. C'était indispensable. Lors d'une virée dans la forêt pour sa collecte de bois, une semaine après qu'il eut trouvé l'animal, celui-ci avait disparu. Pendant des heures, lui avait-il semblé. Chinna était à ses côtés et brusquement, l'instant suivant, il n'y était plus. Elango l'avait cherché dans les moindres recoins, oubliant bois et hache, criant son nom, même si le chien ne savait pas encore que c'était le sien. Il avait fini par le retrouver, occupé à renifler un coin de terre à proximité de l'autoroute, grattant le sol et couinant comme s'il cherchait à en extraire un os. Après l'avoir gentiment grondé, Elango l'avait pris dans ses bras.

— Tu es trop près de la route. Et si une voiture arrivait et t'écrasait ? C'est ici que ces salopards t'ont abandonné ?

Il s'était agenouillé pour examiner le trou que Chinna venait de creuser.

— Qu'est-ce que tu as caché là ? Un paquet d'os en or ? avait-il chuchoté en scrutant le sol.

Il avait alors aperçu un objet brillant, qu'il avait attrapé et retourné. Une montre. Quelqu'un avait dû la perdre. Après l'avoir flairée, le chien lui avait donné quelques coups de langue.

— Tu sais qui a laissé tomber cette montre, Chinna ? Quelqu'un que tu connais ?

Elango avait continué de tapoter le chiot machinalement tout en frottant la terre qui recouvrait la montre. Jamais il n'avait eu d'objet si précieux entre les mains. Le bracelet était en cuir et, dans la semi-obscurité du crépuscule, les chiffres vert fluo du cadran indiquaient 18 h 40. Il avait eu jadis une montre bon marché, qui ne fonctionnait plus depuis belle lurette, si bien qu'il en avait oublié ce que c'était que d'avoir une montre. C'était bizarre d'avoir l'heure au milieu de la forêt – maintenant qu'il y pensait, il se rendait compte qu'il n'en avait jamais ressenti le besoin. Il se fiait au soleil, aux criquets et aux chants des oiseaux. Porterait-il un jour cette montre clinquante ? Vasu lui demanderait d'où il la tirait. Il le soupçonnerait alors de gagner plus qu'il ne le prétendait, de mettre de l'argent de côté en douce. Il lui prendrait la montre comme si c'était un dû.

Il l'avait enfilée.

— Chinna, tu es un petit malin ! s'était-il exclamé en caressant la tête douce du chien et en contemplant son poignet. Tu as trouvé un magnifique porte-bonheur ! Et tu m'as trouvé, moi ! Je suis dingue de toi mais tu n'y es pour rien, hein ? Espèce de bandit !

Le chien avait incliné la tête tout en le regardant, les yeux brillants. Tandis qu'Elango retournait la montre pour l'examiner de plus près, le chien, assis à ses pieds, s'était mis à mordiller le bas de son pantalon.

Une minuscule inscription en anglais était gravée en cercle au dos du cadran. Elango l'avait déchiffrée : *De JM pour ZM, avec amour, mai 1976.*

Quelles étaient les probabilités que figure au dos de cette montre l'initiale Z ? Il ne pouvait y avoir de signe plus clair : tout concourait à les rapprocher, Zohra et lui, le ciel lui envoyait une pluie de signes. Pendant quelques secondes, il avait été troublé à l'idée que quelqu'un à qui on avait offert ce bijou par amour ait pu le perdre – mais il refusait de se poser trop de questions sur l'identité de cette personne et sur les raisons pour lesquelles cette montre avait fini dans la forêt. Elle était là, de même que Chinna, le chien, et c'était ce qu'on appelait le destin. Mieux valait lui tendre les bras avec reconnaissance. Des choses mystérieuses se produisent, on ne peut pas tout comprendre. Voilà ce que croyait son grand-père, ce qu'il lui avait transmis.

— Toi, par exemple, avait repris Elango, on ne peut pas expliquer ce qui t'a mis sur mon chemin, ce qui t'a maintenu en vie, seul dans cette forêt jusqu'à ce que je te trouve. Mais tu es là, et si tu venais à disparaître à nouveau, je suis sûr que je ne m'en remettrais pas.

Les sages savaient qu'il valait mieux ne pas chercher à tout analyser, avait-il poursuivi. Personne n'était capable d'expliquer pourquoi une année, alors qu'une éclipse solaire avait obscurci le ciel en plein après-midi, la fille muette du maçon s'était mise à parler pour la première fois de sa vie, demandant pourquoi la nuit tombait plus tôt que d'habitude. Le maçon avait d'abord cru qu'il entendait des voix, avant de se rendre compte qu'il s'agissait bel et bien d'une voix. Elle avait continué de parler pendant cinq bonnes minutes, sans avoir conscience qu'elle faisait soudain sensation. Peut-être que dans sa tête, les sons gutturaux qu'elle avait produits jusque-là étaient des mots. Ne faisant visiblement aucune différence, la fillette avait continué de bavarder, sans se soucier du miracle. Après l'éclipse, elle avait de nouveau claqué toutes les portes et s'était tue pendant une semaine – puis, au moment où tout le monde ne voyait plus en cette brève prise de parole qu'une autre anormalité, elle avait annoncé : "Attention ! Ce garçon va se faire renverser par le bus." Et il avait été renversé le lendemain, tout comme elle l'avait prédit. Par la suite, il fut impossible de l'arrêter. Elle faisait tant de prédictions alarmantes, et tout à fait précises la plupart du temps, que le maçon, désespéré, répétait qu'ils étaient bien mieux lotis quand elle ne parlait pas. Comment expliquer tout cela ? Ouvrir une fleur de souci pour en percer les secrets, c'était la faire mourir.

Telle avait été la conclusion d'Elango quand il avait mis la montre de côté – conclusion qu'il répétait de temps à autre à son chien. Chinna lui avait porté bonheur. Sa vie avait été transformée. Son cœur lui paraissait plus grand, plus vivant, comme si une source d'eau claire avait jailli en lui pour irriguer une terre aride qui avait désespérément besoin d'eau. Des fleurs avaient surgi ainsi que de nouveaux brins d'herbe. Le désert était devenu jardin.

9

Pendant qu'Elango travaillait, Chinna s'asseyait à proximité sur un coin de terre battue, observant ce qui l'entourait, essayant régulièrement d'attraper une mouche. Il s'assoupissait parfois, bercé par le claquement monotone du tour en bois, mais certains mouvements ou bruits qu'il était le seul à percevoir lui faisaient brusquement relever la tête. Il dressait alors ses oreilles asymétriques – l'une redressée, l'autre tombante – et jetait des coups d'œil tout autour de lui en tentant de renifler ce qu'il pourrait bien attraper.

C'était de cette façon qu'il avait repéré pour la première fois les poules qu'élevait la femme de Vasu. Il y en avait sept, ainsi que trois coqs qui poussaient tous les matins leur chant fêlé, chacun déclenchant le chant du voisin. À certaines périodes de l'année, elles pondaient tellement que Revathi gagnait suffisamment d'argent pour remplir trois petits cochons en terre cuite d'Elango qu'elle cachait dans sa cuisine. Deux fois par jour, elle faisait sortir ses poules d'un poulailler grillagé en piteux état afin qu'elles puissent aller gratter la terre, courir un peu et picorer quelques grains. Chinna avait peur du coq parce qu'il faisait à peu près la même taille que lui et qu'il lui donnait de violents coups de bec. En revanche, il observait chaque jour la poule rousse, apathique et grassouillette. Même s'il l'avait pourchassée plusieurs fois, elle était toujours parvenue jusque-là à échapper à ses coups de patte maladroits dans un battement d'ailes.

Ce jour-là, il remarqua la poule à quelques mètres de lui, qui picorait ici et là, progressant exactement dans sa direction tout en picotant. Il sentait la victoire proche. Il baissa sa tête aux poils ébouriffés, se tapit au sol et patienta à la manière d'une panthère des neiges guettant sa proie. La poule s'approchait de lui tout en becquetant tranquillement, concentrée sur sa recherche de nourriture, quand éclata un caquètement strident accompagné d'une brusque volée de plumes et, à son grand étonnement, Chinna se retrouva avec la poule entre les pattes. Il regarda autour de lui, comme surpris d'avoir attrapé le volatile de ses rêves. La poule piailla de plus belle. Revathi sortit en trombe de la cuisine et, la voyant prisonnière, saisit un balai à côté de la porte avant de se ruer sur Chinna pour lui assener un coup sur la croupe. Le chien hurla de douleur. Le rêve avait pris fin.

Le tour d'Elango perdit de sa vitesse, la terre humide qu'il était en train de travailler tremblota et s'avachit. Il se releva d'un bond, arracha le balai des mains de sa belle-sœur et le brandit d'un air menaçant, les joues en feu. Il frappa le balai contre le mur. Le manche se cassa.

— La prochaine fois que tu touches à ce chiot…, vociféra-t-il se retenant d'en dire davantage.

Revathi ne broncha pas. Elle était plantée devant lui, le souffle court, les yeux exorbités de rage, les narines dilatées. Ses sourcils dessinaient une ligne de colère qui lui barrait le front.

— La prochaine fois que tu me menaces, lança-t-elle, je brise tous les os de ce sale clebs.

Elle le regarda droit dans les yeux pendant un moment avant de se retourner en prenant délibérément son temps. Elango avait toujours son balai cassé dans les mains.

En rentrant le soir, Vasu se dirigea vers la cuisine pour aller chercher son verre de thé. Il en ressortit assez vite après.

— Tu as une semaine, dit-il à Elango. Soit c'est ce chien qui vit ici, soit c'est toi.

— C'est aussi ma maison, tu n'as pas le droit de m'en chasser, répliqua Elango d'une voix posée. Je vivrai ici, avec mon chien, et si je me marie un jour, ma femme vivra ici elle aussi.

Le ton monta. De vieilles rancœurs exhumées du passé refirent surface. De l'autre côté du muret qui les séparait de la maison voisine, ils entendirent fuser les railleries d'Akka.

— Comme si trois chiens ne suffisaient pas, en voilà un quatrième ! Ils sont tous là à aboyer, à pisser et à chier… Regardez-moi toutes ces mouches !

Elango ne prêtait jamais attention aux remarques en provenance de la maison d'à côté mais quand il entendit Akka mentionner le chien, il riposta.

— La ferme, espèce de vieille sorcière immonde ! Retourne à tes mauvais sorts et à tes potions !

— Si ce chien se risque un jour de ce côté du mur, il y aura une potion pour lui aussi… Monsieur le potier, qui se croit si fort, devrait le savoir, cria-t-elle en retour. Je me suis occupée de plus d'un clébard dans ma vie, je peux vous le dire. Ils lèvent la patte dès qu'ils voient un mur. Les crétins ! Voyons combien de temps celui-ci va rester en vie !

Akka, ainsi qu'on l'appelait dans le quartier, côtoyait les prêtres du temple local, brûlait de l'encens et tous les soirs, sans exception, faisait tinter sa cloche en l'honneur de ses dieux. Elle demandait une petite fortune pour éloigner les mauvais esprits, prédire l'avenir, soigner l'herpès ou le déclencher. Ses pouvoirs l'autorisaient à donner son avis sur la politique du quartier, à interdire certains mariages ou à en arranger d'autres, à soutenir ou annuler certaines affaires grâce à une ou deux prophéties calamiteuses. Ils ne parlaient plus à cette voisine depuis des années mais cela ne l'empêchait pas de distiller en permanence des menaces, des remarques, des invectives. Les racines de cette vieille brouille étant difficiles à démêler, toujours vigoureuses, se renouvelant sans cesse, Akka lançait par-dessus le mur des accusations concernant un terrain volé ou faisait allusion à une possible vendetta. Elle pouvait empoisonner la vie de ceux qu'elle n'aimait pas. Le chien était un prétexte tout trouvé.

Tout en préparant son argile, Elango réfléchit et parvint à la conclusion que la meilleure façon de protéger le chien ainsi que sa propre santé mentale était d'éviter autant que possible toute acrimonie. Quand il travaillait, s'il devait quitter brièvement la maison, lorsque les poules étaient de sortie pour picorer ou lorsque Revathi était de méchante humeur, il attachait solidement Chinna dans un coin. Le chien, enchaîné la plupart du temps, s'agitait, geignait, grattait le sol. Elango avait le cœur serré de voir cette bête, qui débordait d'une innocente énergie, emprisonnée à longueur de journée. Il savait que la situation ne pourrait pas durer. Maintenant que les vacances allaient prendre fin, il passerait ses matinées dans son *autorickshaw*, occupé à ses ramassages scolaires. Il ne pouvait pas laisser le chien dans la cour. Seul pendant plusieurs heures… Un bout de viande empoisonnée balancé par-dessus le mur…

Cette pensée lui vint au beau milieu de la nuit, à trois heures du matin comme d'habitude, ce qui le réveilla d'un coup. Il tendit le bras. Le chien était bien là, poussant de petits gémissements dans son sommeil, et cette vulnérabilité saisit Elango d'effroi. Au-delà de l'étreinte dont lui-même protégeait le chiot, il y avait Akka, Vasu et Revathi, la ville trépidante, la forêt et ses chacals… Elango se dit à ce moment-là que le chien, plus encore que Zohra ou le cheval, avait déclenché en lui quelque chose dont la puissance le déconcertait. Il était parfois saisi d'une telle émotion qu'il en avait la poitrine serrée, et la peur de perdre ce petit animal trouvé le poussait à l'étreindre davantage encore tout en lui gazouillant des choses sans importance à l'oreille, tout en lui demandant son avis sur des histoires de poterie et d'argile ou sur la femme dont il était amoureux. Elango avait ignoré jusque-là qu'il recelait tant de mots.

Chinna frémit dans son sommeil et se mit à battre des pattes, comme engagé dans une course-poursuite frénétique et futile. Elango le caressa pour l'apaiser et pressa son visage contre son pelage doux qui sentait bon.

— Il ne t'arrivera plus aucun malheur. Je vais te protéger. Je ferai ce qu'il faut.

Le lendemain, il fit de nouveau ronfler le moteur de son *autorickshaw* puisque c'était la rentrée et prit Chinna sur ses genoux. Il était tôt, sept heures à peine. Il faisait encore frais et le chant des oiseaux était ponctué par le tintement de cloches, celles du temple préféré d'Akka. Les trois buffles du bout de la rue sortaient de leur étable maculée de bouse. Ils prirent la direction du pâté de maisons vers lequel Elango se dirigeait lui aussi, pareils à des montagnes noires ambulantes occupant toute la ruelle étroite. Il les contourna, tenant fermement Chinna d'une main contre son ventre, et parcourut les trois rues qui séparaient le quartier pauvre de Kummarapet de la zone pavillonnaire avec jardins. C'était là que vivaient deux des écolières qu'il transportait.

Il connaissait le père des fillettes depuis des années, depuis l'époque où, enfant encore, il allait de porte en porte pour vendre ses pots. La mère était une femme de petite taille, aux cheveux courts ; toujours vêtue d'un pantalon marron et d'une chemise blanche, on aurait dit une policière naine. Mais elle était plutôt du genre bienveillant, Elango le savait d'expérience. Par ailleurs, cela faisait quelques années qu'il encourageait la passion de la fille aînée pour la poterie. Celle-ci avait commencé par modeler des canards ou des lapins un peu grossiers avant de s'essayer à des pots simples sur le tour d'Elango. Il était donc devenu son professeur. Il était temps, se disait-il, de demander à tous ces gens un petit service. Ils lui devaient bien ça.

10

Voilà comment Chinna, le chien d'Elango, est arrivé chez nous depuis le quartier où il vivait, à quelques rues du nôtre.

Notre maison faisait partie d'un groupe de huit bâtisses construites autour d'une placette qui, dans le souvenir de mon père, avait été un grand jardin. Ce jardin ainsi que le bungalow qui en occupait le centre avaient appartenu à mon grand-père. Mon père se rappelait y avoir vécu jusqu'à ce qu'il soit détruit et que de nouvelles maisons surgissent de terre sous l'impulsion d'un propriétaire que tout le monde appelait Taatha. En télougou, ce mot signifie “grand-père”. Il devait avoir un vrai prénom, je ne l'ai jamais connu.

Nous avions toujours eu de Taatha l'image d'un vieux fourbe, qui guettait les faiblesses des autres avant de fondre sur sa proie pour l'achever. Mon père nous avait raconté comment son propre père, jamais très prudent en matière d'argent, était devenu une des victimes de Taatha, bien avant notre naissance. Taatha avait suivi de près toutes les crises financières dans lesquelles mon grand-père était empêtré et lui avait prêté de l'argent, le poussant à hypothéquer son terrain et sa propriété. Des prêts entre voisins, avait pensé mon grand-père avec gratitude. Des prêts qu'il ne pourrait pas rembourser dans les années qui lui restaient à vivre, Taatha le savait bien.

Après avoir fait main basse sur le terrain, il avait fait démolir la vieille demeure, promettant à mon grand-père une des nouvelles maisons qu'il allait faire construire. Il les avait édifiées autour d'une place poussiéreuse, quatre d'un côté, quatre de l'autre. Elles étaient toutes bâties sur le même modèle : un étage, quatre ou cinq pièces, deux vérandas larges et dallées. Des puits partagés dans des petits jardins, partagés eux aussi. La nôtre était la seule de plain-pied, couleur sable, avec une véranda fraîche au sol de pierres grises courant le long de la façade. Il fallait monter trois marches pour atteindre cette véranda, puis la porte d'entrée.

Ce matin d'octobre, en ouvrant la porte, prête pour la rentrée dans ma tunique verte, je trouvai Elango qui tenait dans les bras un chiot noir et brun. Dès qu'il le posa à terre, le chien se mit à tirer sur sa laisse. En quelques secondes, il était dans mes bras, à me lécher frénétiquement tandis que sa queue battait la mesure tel un métronome.

Il enfonça ses petites dents pointues dans ma main quand je le serrai un peu trop fort. Je dus pousser un cri – Tia et ma mère se précipitèrent pour venir voir ce qui se passait.

— Amma, commença Elango d'une voix enjôleuse, je vous présente mon Chinna. Si je ne suis pas avec lui, on lui fait du mal. Ma belle-sœur ne le supporte pas. Vous voulez bien le garder quand je dois sortir de chez moi ? Juste quelques heures par jour.

— Comment pourrais-je prendre un chien ici ? Je suis au bureau toute la journée. C'est hors de question.

Amma avait un ton sévère, elle regardait sa montre. Je retenais mon souffle. Je savais combien il était dangereux de la retarder, de la retenir à propos d'une histoire compliquée de chien à garder alors qu'elle devait aller travailler.

— Il n'a pas besoin de grand-chose, poursuivit Elango. Vous pouvez le laisser dans la cour. Il y sera bien, ça ira comme ça.

— S'il te plaît, s'il te plaît, plaidait Tia. Lakshmi reste ici quand tu es au travail. Oh, s'il te plaît, dis oui !

Amma lui répondit par un froncement de sourcils, comme elle le faisait habituellement pour décourager toutes nos revendications, quelles qu'elles fussent.

— J'ai besoin de réfléchir. On ne peut pas décider ce genre de chose sur un coup de tête.

— Mais réfléchir à quoi, Amma ? m'écriai-je. C'est juste pour quelques heures !

Je repris le chien et, alors même qu'il me léchait le visage, Tia me l'arracha des mains.

— C'est mon tour, fit-elle en virevoltant avec le chiot dans les bras.

— Attention, Tia ! s'exclama Elango en ramassant une de mes créations d'argile qui séchait au soleil sur le bord de la véranda. N'oublie pas que Sara a mis deux heures pour apprendre à façonner ce pot.

L'air dubitatif, ma mère l'observa lui d'abord, puis nous, et le regard qu'ils échangèrent alors qu'Elango reposait ma poterie là où il l'avait trouvée révéla comme une version cartographiée de toutes nos relations passées, avec l'ensemble des repères importants : les visites d'Elango quand il était enfant, l'immense affection de mon père, les heures passées à m'enseigner la poterie, toutes ces années de ramassage scolaire…

Tia sautillait à présent sur une jambe et hurlait.

— Sara, ce n'est pas juste ! J'ai pu compter jusqu'à vingt pendant que tu le tenais alors que moi, je suis à peine arrivée à neuf !

— Si je ne trouve pas d'endroit pour le chien, je vais devoir arrêter les ramassages jusqu'à ce qu'il grandisse un peu… Je ne peux pas le laisser tout seul à la maison tant qu'il est si petit. C'est juste une question de mois, Amma. Quand il sera un peu plus grand, il pourra se débrouiller tout seul.

Elango marquait des points. Nous connaissions l'histoire du chameau et de la tente, et nous connaissions aussi très bien notre mère. Sous son apparence humaine, c'était une truffe en chocolat dont l'enveloppe craquante cachait un cœur tendre et fondant.

Tia embrassa Chinna sur la tête.

— Dorénavant, tu habiteras avec nous ! Tu es à moi !

Ce à quoi Elango répondit :

— C'est juste pour quelques heures, le temps de ma tournée en *autorickshaw*, et seulement si votre mère est d'accord. Je sais que c'est beaucoup vous demander.

Il reprit le chiot des mains de Tia et le posa aux pieds de ma mère, attendant une réponse. Son regard avait une intensité qui aurait pu faire penser qu'il vous fixait. Mais ce n'était pas le cas – c'était l'air qu'il avait toujours lorsqu'il s'agissait de questions qui lui importaient, lorsqu'il concentrait la moindre parcelle de son attention et de son intelligence sur un sujet, qu'il s'agisse de poterie ou d'êtres humains. Mais la bataille était déjà quasiment gagnée. Alors que le chien faisait tourner sa petite queue tout en plongeant le museau dans l'ourlet du pantalon d'Amma, celle-ci finit par se baisser. Trois paires d'yeux étaient braquées sur elle.

— Arrête, fit-elle en regardant ses pieds et en attrapant le chiot. Ça chatouille.

Quand nous partîmes, elle était encore à la porte, le chien dans les bras. Elle affichait un air qui disait bien qu'elle était heureuse mais qu'elle n'était pas près de l'admettre.

Elango nous poussa dans son *autorickshaw* et tourna au bout de la rue. Il déposait sa cargaison dans deux écoles. Fauzia, Tia et moi descendions à Safar, établissement perché sur une butte, juste avant l'enceinte de la vieille ville. Dès qu'on traversait le fleuve qui coupait la ville en deux, on apercevait les dômes blancs de notre école. Il nous fallait environ trente minutes pour y arriver et, une fois que nous étions descendues, les trois autres filles poursuivaient un petit bout de chemin jusqu'à Sainte-Thérèse. C'était un long trajet et, comme Elango avait commencé à nous conduire lorsque Fauzia et moi-même étions très jeunes, il avait pris l'habitude, pour nous faire passer le temps, de puiser des histoires dans un coffre à récits sans fond. Après plus de sept années de récits, ce coffre avait encore des réserves.

Il était une fois, il y a fort longtemps… Ainsi commençaient les histoires d'Elango. Il était une fois, il y a fort longtemps, une fille sourde et muette qui se mit à parler à l'occasion d'une éclipse. Il était une fois, il y a fort longtemps, un dieu, Shiva, dont les feux de la colère durent être enfermés dans un cheval qui erre encore au fond des mers, crachant des flammes. Des navires remontaient le fleuve que nous traversons en ce moment, transportant des ours de soie et des tigres aux yeux d'opale. Durant nos trajets quotidiens avec Elango, la géographie et l'histoire étaient soumises à métamorphose. Il peuplait certains bâtiments qu'on dépassait d'amants éperdus, plaçait des loups-garous derrière certains rochers. Il remplissait le monde d'orphelins qui devenaient des stars de cinéma à Bombay ou de filles qui s'envolaient pour la lune à bord de fusées fabriquées à Sivakasi.

Ce jour-là, il nous raconta l'histoire d'un potier et d'un chien.

11

Elango avait une histoire au sujet de Laila et de ma grand-mère.

Enfant, il arpentait tous les jours les rues en compagnie d'un vieil homme pour vendre des poteries. Comme il n'y avait pas d'*autorickshaw* en ce temps-là, ils avaient un âne. Le vieillard grisonnant qui faisait du porte-à-porte avec cet âne était peut-être quelqu'un de sa famille, mais Elango n'était plus très sûr de son identité ; il ne savait pas non plus où il avait finalement disparu. C'était un des quatre ou cinq ouvriers de l'atelier de son grand-père. Après des années de labeur, il s'était voûté et il avait les doigts déformés par l'arthrose si bien qu'il ne pouvait plus fabriquer quoi que ce soit. On lui avait donc confié la tâche de charger des pichets et des pots de fleurs sur le dos de l'animal et de faire les tournées.

C'était une charmante petite ânesse qu'Elango appelait Laila. Elle était sanglée de cordes auxquelles était fixé un sac de jute. Alors qu'on chargeait toujours plus de poteries sur son dos, elle ne bronchait pas. Elle finissait par disparaître à moitié derrière cette cargaison. Ils l'entraînaient alors dans les rues désertes et écrasées de chaleur, lui donnant des coups sur la croupe pour la faire avancer. Elango avait pour mission de haranguer le chaland. Il avait un refrain qu'il reprenait d'une voix aiguë et chantante tout en marchant : *"Kundalamma kundalu, naanyamaina kundalu, manchi neeti kundalu !"* "Achetez nos poteries ! Pots, pichets ! C'est du solide ! Achetez, achetez !"

Un jour d'été, alors que personne ne semblait intéressé et que la cargaison de l'ânesse n'avait pas été allégée d'un seul objet, ils s'apprêtaient à faire demi-tour quand une femme ouvrit un des portails et les fit entrer.

— C'était votre grand-mère, nous expliqua Elango, à Tia et à moi. Cela s'est passé bien avant que votre père se marie.

"Avez-vous soif ? Est-ce que l'âne a soif ? avait demandé ma grand-mère à Elango. Qu'avez-vous mangé depuis ce matin ?"

Elango était resté sans voix, désarçonné par toutes ces questions.

Ma grand-mère les avait reposées, plus fort et plus lentement, encourageant d'un sourire l'enfant muet qui la regardait, fasciné qu'il était – mais elle n'avait aucun moyen de s'en douter – par l'ombre d'une moustache qui se dessinait sur son visage mielleux.

En entendant cette anecdote, ma sœur et moi roulâmes l'une sur l'autre sur le siège arrière, tordues de rire. Elango nous adressa un grand sourire dans le rétroviseur et poursuivit.

L'homme voûté avait poussé le garçon puis s'était avancé. "Amma, on est dehors depuis l'aube, sans une seule pause." Pour accentuer sa détresse, l'homme avait laissé échapper un petit gémissement tout en s'avachissant sur le sol de la véranda pour s'accroupir sur les talons.

Elle les avait fait patienter et avait demandé à un domestique d'apporter deux feuilles de bananier sur lesquelles on leur avait servi du riz blanc encore fumant, deux sortes de légumes et du *sambar*. Elango précisa qu'il n'avait autant mangé qu'une seule fois dans sa vie, lors d'un banquet de mariage. Une fois le repas terminé et alors qu'ils s'apprêtaient à repartir, ma grand-mère avait sorti son porte-monnaie et acheté toutes leurs poteries, deux fois plus cher que ce qu'ils en demandaient. Après réflexion, elle avait ajouté : "Et laissez cette ânesse ici. Elle est vieille et fatiguée. Il est temps pour nous tous d'implorer son pardon." Elle avait plongé une nouvelle fois la main dans ce porte-monnaie sans fond, fait signe au domestique de s'occuper de la bête avant de disparaître dans la maison.

Laila était toujours près du portail, tête basse. Des mouches bourdonnaient autour de ses jambes et elle agitait la queue pour les éloigner, mais c'était là sa seule activité. Le domestique qui leur avait donné à manger avait appelé du renfort et, à deux, ils avaient conduit l'ânesse dans le jardin, toujours chargée de ses pichets, pots et autres objets. Ma grand-mère n'y avait même pas jeté un œil.

Une fois l'ânesse à l'intérieur, ils avaient refermé le portail. Elango était si perturbé par tout ce qui venait de se passer qu'il continuait à le fixer, s'attendant à voir ressortir l'animal. Il avait fallu que le vieil homme, le poing fermé sur sa liasse de billets, le prenne par le bras et l'entraîne. "Je suis vieux et fatigué, avait-il marmonné. J'aurais aimé qu'elle m'achète moi aussi et qu'elle me mette dans son jardin ! Pour la première fois de ma vie, je me dis que je préférerais être un âne !" Sur le chemin du retour, il n'avait pas arrêté de glousser et d'exprimer sa désapprobation tout en mettant de côté quelques billets dans une poche intérieure de son gilet. Avant d'arriver à Kummarapet, il avait menacé Elango de faire fondre sur lui la peste noire s'il s'avisait de révéler un jour la somme que la femme leur avait donnée.

On avait à la maison une photo de ma grand-mère et, après avoir entendu l'histoire d'Elango, Tia et moi nous empressâmes de plaquer la loupe de mon père sur sa lèvre supérieure souriante pour tenter d'apercevoir la moustache. Aucune trace de moustache sur le vieux cliché qui avait été retouché – un peu de rose pâle sur les joues, un peu de bleu et d'or sur le sari.

Mon père confirma le souvenir de quelques poils disgracieux sur le visage de sa mère ainsi que la présence d'une ânesse dans leur jardin. Il se souvenait de ses yeux ourlés de longs cils, des petits bruits qu'elle faisait en ruminant l'herbe de la pelouse qu'elle avait tondue régulièrement de cette façon-là pendant des années. Sans les flamboyants accès de générosité de ma grand-mère et l'imprudence financière de mon grand-père, ajouta mon père, nous aurions probablement pu conserver notre ancienne demeure. Son ton était factuel, pas nostalgique, et il retourna à son livre sans s'appesantir sur le sujet.

12

Devika interrogea Raghav. Et si ce chien, dont ils avaient hérité, était celui que le couple, attaqué dans la forêt il y a quelques semaines, avait perdu ? La voiture avait été volée, l'homme laissé pour mort sur le bord de la route, la femme battue, mais il y avait aussi une histoire de chien disparu. Il ne se souvenait pas ? Plus elle y pensait, plus l'hypothèse lui semblait plausible.

Son mari dormait à moitié quand elle lui parla ainsi dans l'obscurité. Il marmonna quelques mots à propos de coïncidences avant de se retourner et de se rendormir, la laissant à ses inquiétudes. Les sujets délicats avaient l'art de venir la tourmenter alors qu'elle était sur le point de s'endormir. C'était ce qui arrivait quand on travaillait tard dans un journal : les faits divers se transformaient en vermine qui ne cessait de grouiller sous son cuir chevelu. Elle s'était rendue sur le lieu de l'attaque avec un photographe. Un long trajet à bord d'une voiture de fonction, une Ambassador poussive, à regarder la route se dérouler à la sortie de la ville, à essayer de ne pas se laisser distraire par le vent qui soufflait, par la beauté de ces masses d'arbres auxquelles elle n'était pas habituée. Elle avait pris des notes. Ils s'étaient arrêtés à l'échoppe de thé voisine pour poser des questions, avaient parlé au cheminot en poste ce jour-là. On lui avait raconté que la femme avait retrouvé son mari dans un état critique. Ils étaient restés tous les deux sur le bas-côté jusqu'à l'aube où un autobus à moitié vide, à destination de la ville, s'était enfin arrêté. Il y avait tellement de sang que les passagers avaient hurlé d'effroi. La femme s'était effondrée. L'homme avait fini par ouvrir les yeux à l'hôpital, après trois jours passés entre la vie et la mort. "Tashi" était le premier mot qu'il avait prononcé. Il appelait leur chien.

Un chien ordinaire, avait expliqué la femme à tous les inconnus croisés les jours suivant l'agression. Brun et noir, avec des taches plus claires au-dessus des yeux. Il portait un collier rouge à clochettes, ainsi qu'une laisse. Il avait environ six mois. Était-ce vraiment une coïncidence, se demandait Devika, qu'Elango ait trouvé un chiot à peu près du même âge et correspondant à cette description au moment où cette femme perdait le sien ? Était-il possible qu'Elango ait acheté le même collier ? Ils devaient rendre cet animal.

Allongée sur le lit, les yeux rivés sur le ventilateur de plafond, elle s'écrivait une lettre à elle-même. Chaque semaine, elle se frottait à toutes sortes de problèmes pour la rubrique du courrier des lecteurs de son journal intitulée "Demandez à Mme Vanamala Reddy". Elle proposait des solutions aux dilemmes divers et variés sur un ton qui oscillait subtilement entre l'absence de sentimentalité, la sollicitude maternelle et l'humour. Les semaines où les lettres des lecteurs étaient rares, elle inventait les questions et les réponses. Mais dans ce cas précis, elle n'avait pas de réponses à apporter à ses propres questions. Sa lettre n'en finissait pas. Telle une pelote de laine impossible à démêler, le problème devenait plus complexe encore à mesure qu'elle tentait de le résoudre.

Sara et Tia étaient folles du chien. Dès qu'elles rentraient de l'école, elles se ruaient sur lui. Chinna les accueillait par une danse endiablée, se roulant dans la terre, creusant des trous et se hâtant d'aller chercher la balle rouge qu'elles lui avaient achetée avec leur argent de poche. Son pelage avait gagné en douceur et en éclat, il s'était remplumé – on ne pouvait plus compter ses côtes quand on lui caressait le ventre. Elango patientait avant de pouvoir le ramener chez lui, arborant un air d'adoration perplexe.

C'était devenu un rituel quotidien, expliqua Devika au ventilateur de plafond. Ce n'était pas très bon pour un chiot d'être ballotté d'un endroit à un autre. Il faudrait que ce couple se trouve un autre chien.

Elle finit par sombrer dans un sommeil agité alors que la nuit était bien avancée et se réveilla aux aurores, de mauvaise humeur. Ses cheveux en bataille rappelaient les épines d'un porc-épic. Elle avait d'ailleurs l'impression d'en être un. Debout sur la véranda qui jouxtait la cuisine, elle tenait une tasse de café si noir et si fort qu'il la rendrait malade à coup sûr mais elle le but quand même.

De là où elle était, elle apercevait la maison voisine, au bout d'un jardin où se trouvait un puits. Ils partageaient ce jardin avec Mme Khambatta, locataire récemment arrivée qu'ils connaissaient à peine. Devika entrevit cette femme installée dans un fauteuil sur sa véranda, en train de boire dans un mug. Elle avait un journal ouvert sur les genoux et tenait un stylo au-dessus d'une page – certainement la grille de mots croisés que son collègue au tempérament irritable et aux dents jaunes, M. Seshadri, concoctait chaque semaine, se dit Devika. "– de chasse, chanson d'Elvis Presley (3)", avait-il donné comme définition cette semaine-là car il pensait être particulièrement doué pour établir des liens entre les mots croisés et les faits divers du moment.

Sentant le regard de Devika sur elle, Mme Khambatta posa son stylo et l'interpella.

— Bonjour ! Vous êtes tombée du lit ! Venez prendre un café !

Devika lui adressa un rapide sourire et leva sa tasse pour lui montrer qu'elle en avait déjà bu un avant de filer à nouveau dans sa cuisine. Sa solitude matinale avait pris fin.

S'ensuivirent alors, comme chaque jour, les retrouvailles agitées des filles et de Chinna. Devika attendit qu'Elango ait démarré pour partir à la recherche du chien, qu'elle repéra en train de flairer un parterre de cannas dans le jardin à l'arrière de la maison.

Elle l'appela furtivement.

— Tashi, Tashi…

Le chien dressa la tête et regarda Devika comme s'il avait déjà entendu ce nom en rêve. Ses yeux bruns s'éclairèrent, il se mit à remuer la queue et à agiter les oreilles d'avant en arrière. Tout en se maudissant férocement, Devika reposa sa tasse sur le plan de travail d'un geste si brusque qu'elle manqua de la briser. Elle tourna les talons et ferma la porte.

Plus tard au bureau, alors qu'elle jetait un œil par-dessus l'épaule du maquettiste en plein travail, l'inquiétude la saisit à la gorge. L'homme était en train d'insérer une photo dans un des encarts qui occupaient la dernière page du journal. Sentant une présence derrière lui, il se retourna.

— Tu imagines ? C'est la première fois que je dois mettre une annonce pour un chien. Perdu sur l'autoroute.

Un peu plus tard, toujours préoccupée, elle oublia de monter dans le bus quand celui-ci s'arrêta. Elle se mit à marcher en direction du pont et fit une pause pour observer le fleuve et son filet d'eau en ce début d'hiver. Cette fente luisante filant entre deux berges grises et dénudées dégageait une odeur putride mais le ciel était plus vaste à cet endroit, là où le fleuve trouait la ville et prenait la direction de l'horizon, vers des zones rurales où elle se rendait parfois pour des reportages. Les jours comme celui-ci en particulier, elle avait envie de s'échapper vers certains coins du plateau où une terre aride s'étendait à perte de vue, où des rochers de la taille de collines s'entassaient les uns sur les autres. Elle avait envie d'y planter une tente, de vivre au grand air, tannée par le soleil, survivante endurcie pareille à un arbre rabougri. Lui revint en mémoire le vieux berger allemand de Raghav, du temps où ils étaient enfants, et la façon dont Raghav, à la mort du chien, était brusquement sorti de classe pour aller s'enfermer dans les toilettes.

Il ne supporterait pas de perdre Chinna. Depuis la crise cardiaque de son mari cinq ans plus tôt, elle passait la moitié de ses nuits éveillée et, s'il ne bougeait pas pendant un moment, elle se rapprochait de lui et posait l'oreille sur sa poitrine pour s'assurer qu'il était encore en vie. Les battements réguliers de son cœur dissipaient la fébrilité qui l'empêchait de dormir, ils lui accordaient des bribes de repos.

Elle se remit à marcher, parlant toute seule. Merde au monde entier, merde aux voyous qui avaient massacré cet homme et agressé cette femme, merde aux vipères louches qui trempaient dans cette affaire, merde à la moralité et aux principes ! Ses filles adoraient le chien. Raghav avait besoin de lui. C'était tout ce qui importait.

Dans la soirée, Elango sourit en découvrant le nouveau collier de Chinna.

— Amma ? Quand avez-vous… ?

— Celui avec les clochettes était sale et usé, répondit Devika. Et comme je passais devant une boutique…

Après un silence de défi, elle finit par ajouter :

— Et j'ai brûlé le vieux collier, ainsi que la laisse. Finie son ancienne vie !

Chère Madame Vanamala Reddy,

Je n'ai jamais compris les gens qui écrivent au courrier des lecteurs. Je me suis toujours demandé comment ils pouvaient se confier à une inconnue, sachant que leurs amours interdites, leurs terribles maladies ou problèmes seraient ainsi rendus publics. Et pourtant, je m'adresse à vous aujourd'hui. Cela fait des années que je lis votre rubrique et, sans vous connaître, je ressens une forme d'affinité avec vous.

Mon mari et moi-même avons été victimes d'une agression sur l'autoroute. Il ne retrouvera peut-être plus jamais la vue du côté droit. J'ai juste quelques points à la tête et une contusion à l'épaule – tout le monde répète que j'ai eu beaucoup de chance. Ils veulent dire que je m'en sors plutôt bien. Mais dites-moi, madame Reddy, à qui puis-je confier que je suis moi aussi profondément meurtrie ? Dès que je ferme les yeux le soir, je les revois. Ces mains qui me tripotent de partout. Ces choses qu'ils m'ont dites et qui me donnent la chair de poule comme si une colonie de vers me courait sur la peau.

Et nous avons perdu notre chien. J'ignore où il se trouve, s'il est encore vivant ou s'il est mort. S'il a de quoi manger, si quelqu'un s'occupe de lui. J'ai fait passer une annonce, imploré la police de le retrouver, mais à ce jour, aucune nouvelle.

Mon mari passe encore beaucoup de temps sous sédation et on m'a conseillé de ne pas le stresser quand il est réveillé. Je n'ai personne à qui parler. Auriez-vous un conseil à me donner ? (S'il vous plaît, ne publiez pas ma lettre.)

TROIS

1

Comme à chaque changement de saison, une odeur de feu de bois planait dans l'air. Assis dans son *auto-rickshaw*, juste en face des immeubles de Moti Block, Elango savourait la fraîcheur ; il se sentait tellement bien qu'il ne bougeait plus, considérant la façon dont le temps lui filait entre les doigts comme de l'eau. Le chien était apparu un an plus tôt. Tout comme le rêve du cheval en feu, qui l'avait poussé à se précipiter vers l'étang pour récupérer de l'argile. C'était tout ce qu'il avait réussi à faire jusque-là même si ce cheval hantait son imagination, ressemblant de jour en jour davantage à une statue. C'était comme s'il attendait un signe lui disant que le moment était venu, que le cheval avait commencé à piaffer et que, les yeux bandés, il attendait d'être découvert et offert aux applaudissements.

Ce signe se manifesta dans les secondes qui suivirent. Dans sa brume de demi-sommeil, il perçut la voix de Zohra.

— Tu es libre ? Tu m'emmènes à la Poste ?

L'espace d'un bref instant, il garda les yeux fermés, persuadé que cette voix faisait partie de sa rêverie. Puis il sursauta.

C'était la première fois qu'elle lui adressait la parole depuis l'épisode du marché. Elango avait conçu tant de scénarios pour cette rencontre ! Mais celui-ci n'en faisait pas partie. Il aurait dû arborer un air désinvolte et stylé, se présenter dans sa belle chemise, bien coiffé, montre au poignet. Au lieu de cela, il dormait. Avait-il la bouche ouverte ? Était-il en train de ronfler ?

Il s'extirpa tant bien que mal du véhicule, lui adressant un petit sourire embarrassé. Il pria pour ne pas avoir laissé de traces de sueur sur le siège arrière et prit quelques secondes pour passer un coup de chiffon avant qu'elle ne monte. Le parfum de la jeune femme emplit instantanément tout l'espace – un mélange de savon et de talc, quelque chose de poudré et doux. Elle se pencha en avant pour bavarder tandis qu'il actionnait le levier de démarrage.

— D'habitude, j'y vais à pied. Je ne voulais pas te réveiller, mais je dois récupérer la pension de mon grand-père et aujourd'hui, je suis un peu en retard.

Entendue de si près, sa voix était douce et chaleureuse. Comme du rhum, pensa-t-il, déployant ses vrilles de chaleur et de plaisir au plus profond de son être.

— Je ne dormais pas vraiment, répondit-il d'un air penaud.

Cela faisait des mois qu'ils ne s'étaient pas parlé et pourtant, elle s'adressait à lui comme s'ils étaient amis. Il démarra et commença à se frayer un chemin dans la ruelle encombrée avant d'atteindre la rue principale où il put accélérer. Elle était à quelques centimètres de lui. Il l'apercevait dans le rétroviseur, plissant les yeux contre le vent, remettant en place des mèches de cheveux qui lui tombaient sur le front. Une cicatrice barrait un de ses sourcils et, sous son cou aussi fin qu'un fruit de *moringa*, il apercevait des clavicules saillantes. Dans le creux en forme de bol à la jonction des os se trouvait un pendentif bleu, accroché à une fine chaîne dorée. Elle tourna la tête dès que leurs regards se croisèrent dans le miroir.

Jamais il n'avait connu de course plus joyeuse. Il traversa le pont à une telle vitesse que son écharpe flotta au vent comme un drapeau. Il l'entendit rire.

— J'ai peur ! Ralentis, je ne suis pas si pressée !

Quand une femme est amoureuse, se dit-il, elle crie à l'homme de ralentir, de s'arrêter. C'était tout à la fois un appel au secours et un plaidoyer pour demeurer captive – en tous les cas, dans les films, c'était toujours comme ça.

Il jeta un coup d'œil par-dessus son épaule et ils échangèrent un regard entendu – ils pensaient tous les deux la même chose, il en était certain. Ces choses-là, ça ne trompait pas. Pourquoi était-elle tombée sur son *autorickshaw* à lui parmi tous ceux qui circulaient ? Il ne lui arrivait pratiquement jamais d'attendre des clients. Dès qu'il avait terminé son ramassage du matin, il retournait à ses poteries jusqu'à ce que ce soit l'heure d'aller récupérer les filles à l'école. Elle s'était mise en quête d'un moyen de transport au moment précis où il somnolait dans la rue. Chien. Femme. Cheval. Tout découlait des mêmes étoiles et des mêmes planètes. Elles avaient poussé Zohra dans sa direction du fait de la ferveur avec laquelle il avait souhaité que l'univers se réaligne afin d'accueillir son désir. Ne lui restait plus qu'à être patient, attendre le bon moment, lui ouvrir son cœur en gardant aux lèvres une prière pour les dieux d'argile.

Pour commencer, il insisterait pour la conduire où elle voulait – à la bibliothèque où elle travaillait, à la Poste, au bout du monde… Elle lui indiqua qu'elle avait seulement besoin de se rendre à la Poste certains jours ainsi qu'au dispensaire de Kuttipally pour récupérer des gouttes et des médicaments pour son grand-père. Ils décidèrent qu'Elango l'attendrait un peu plus haut dans la rue chaque fois qu'elle aurait besoin d'aller quelque part. Rapidement, elle en vint à se glisser dans l'*autorickshaw* aussi naturellement que si c'était le sien. Il ne lui demandait pas d'argent, elle n'en proposait jamais. Ils ne s'étaient fait aucune déclaration, aucune promesse, mais déjà entre eux, certaines choses se passaient de mots.

2

Même si Chinna n'avait pas encore perdu sa maigreur adolescente, il était en train de devenir un chien imposant, robuste au niveau des épaules et des pattes, gagnant quelques centimètres tous les mois. Elango estimait qu'il devait avoir un peu moins d'un an et demi – s'il avait bien six mois au moment où il l'avait trouvé. Sa queue était à présent une bannière qu'il agitait sans cesse et ses oreilles tordues étaient retombées pour former deux triangles qui lui encadraient la tête. Il était connu et aimé de tous dans le quartier où chacun lui donnait un nom différent. Giri, l'ami d'Elango, affirmait que sa tortue domestique, Hema Malini, avançait plus vite et toujours dans la direction de Chinna dès qu'elle le sentait à proximité.

Le chien se plaisait à escorter les gens ou leur rendre visite. Elango s'était résigné au fait que Chinna aime passer de porte en porte, faisant une pause devant chacune jusqu'à ce que quelqu'un sorte avec une bricole à manger. Le chien ne quémandait jamais. Il s'asseyait sur le perron, comme s'il contemplait le monde, rasséréné par la certitude d'être irrésistible. Même s'il n'avait plus besoin de passer ses matinées chez Devika, il s'y rendait encore par habitude – sans oublier les écuelles de viande et de riz qu'on lui servait. C'était à présent l'une des nombreuses maisons où il daignait s'arrêter durant sa ronde quotidienne, et ils avaient le privilège de le voir consentir à s'affaler sous leurs ventilateurs. Après une petite sieste, il allait et venait, s'assurant de renifler le moindre recoin sous l'œil des fillettes et de leur père, s'autorisant à se laisser caresser, donnant l'impression que c'était une faveur qu'il leur accordait.

Le soir, à Moti Block, Chinna attendait le vieux calligraphe qui vivait là. Le grand-père de Zohra. Dès qu'il atteignait les dernières marches de l'escalier menant des logements aux magasins, le vieil homme tendait la main et lançait courtoisement un "*Salam-aleikum*, Miya". Le chien glissait alors son museau dans sa main. L'homme tapotait le sol de sa canne et partait avec lui pour une petite promenade. Plus tard, il prenait congé de manière formelle, lui offrant une galette gorgée de beurre que Zohra avait laissée dans un endroit précis, en guise de digne conclusion de leur rituel quotidien.

Chinna s'attardait ensuite dans les ruelles, traînant un peu, flairant les traces de quelques femelles en chaleur et montrant les dents face à ses rivaux. Comme il était temps de se reposer une fois encore, il prenait tranquillement la direction de l'étang.

Elango y passait l'essentiel de ses journées. Son cheval sous-marin lui était de nouveau apparu pendant la nuit, déambulant sous la surface de l'étang alors que des flammes lui sortaient des narines. Le temps était venu pour ce cheval de surgir et de s'ébrouer, de la crinière jusqu'au bout du dos.

3

Tout en me regardant modeler un pot, Elango m'annonça un jour que j'étais prête à venir apprendre de nouvelles techniques au bord de l'étang. Il me fit jurer de garder le secret.

— Personne – ta sœur, ta mère, ton père, Lakshmi… pas même ta Fauzia –, personne ne doit savoir.

Je suivis ses instructions, dépassant les maisons basses ainsi que les masures de torchis et de chaume de Kummarapet. Elango m'avait dit de ne pas m'arrêter au premier étang où paissaient des cochons, le groin collé au sol couvert d'excréments, avant que la pluie ne fasse disparaître leur nourriture. Puis venait une interminable étendue de broussailles. Herbes rêches, moustiques. J'avançai péniblement parmi les buissons épineux, pensant que je m'étais égarée et que mieux valait faire demi-tour. Pourtant, derrière un bosquet de tamariniers, broussailles et fourrés s'éclaircirent enfin et s'ouvrit l'étendue baignée de ciel du second étang, l'étang d'Elango, au bord duquel se dressait un arbre sans feuilles, tout comme il me l'avait décrit.

Le cheval devait être fabriqué loin de Vasu et de Revathi, c'était la raison pour laquelle Elango le façonnait près de l'étang. Il ne m'en dit pas davantage.

Cela me surprit car il n'avait pas d'atelier en ce lieu. S'il pleuvait avant que le cheval ne soit cuit, il serait détruit. Pour le protéger le temps de la fabrication, Elango avait bricolé une remise à partir de tôles rouillées fixées sur des tiges de bambou. À côté de cet abri se trouvait l'arbre jadis frappé par la foudre. Ce n'était guère plus qu'un tronc calciné dont le sommet noir aux contours irréguliers griffait le ciel, mais cette sinistre main de bois donnait l'impression que toute la zone était totalement déserte. Une aigrette traversait l'étang avec précaution, comme si elle marchait sur du verre et non de l'eau, et c'était tout. En jetant un œil autour de moi, je mesurai la distance qui me séparait des gens, des magasins, de la maison.

Elango semblait bien plus grand que moi à côté de cet arbre dépouillé. Il farfouilla dans un des côtés du tronc partiellement recouvert par une plante grimpante.

— Regarde, j'ai quelque chose ici, m'annonça-t-il, les cheveux hirsutes et un grand sourire aux lèvres.

Ses yeux avaient laissé la place à deux disques luisants de pierre de lune. Je fus parcourue par un frisson de danger, comme transportée dans un des livres que j'avais lus. Dans ces livres, il arrivait aux filles des tas de choses qui jamais n'arrivaient à une fille comme moi. Moi qui devais aller à l'école tous les jours pour être capable à la fin du trimestre de recracher des formules de chimie, de dessiner le schéma botanique d'*Hibiscus rosa sinensis* et de débiter "Les-jonquilles-de-William-Wordsworth". Rien de tout cela ne m'avait appris à décrypter les sensations qui m'avaient envahie près de cette eau étincelante.

Il en sortit une montre en acier, munie d'un large bracelet. Il l'enfila et tendit le poignet pour me la montrer. C'était un poignet robuste, épais. Sa main paraissait suffisamment grande pour contenir trois fois la mienne.

— Je l'ai trouvée dans la forêt, là où je suis tombé sur Chinna, m'expliqua-t-il. Elle était par terre et Chinna m'a conduit jusqu'à elle. C'est le cadeau qu'il m'a fait. Je la porte quand je travaille ici.

Je hochai la tête, sans rien comprendre à ce qu'il me racontait. Il était en débardeur et n'avait gardé que son caleçon. Le bras nu qu'il me tendait était long et sinueux, on distinguait le mouvement de ses muscles à chacun de ses gestes. Je ne comprenais pas ma gêne soudaine, ma timidité, alors que je l'avais toujours vu ainsi depuis mon enfance.

La sensation finit par s'estomper une fois qu'il m'eut confié plusieurs tâches que j'avais deux heures pour accomplir. Chaque minute de mon temps fut dès lors consacrée à l'apprentissage de nouvelles techniques, à la compréhension de nouveaux procédés. Durant les quelques cours que je suivis près de l'étang, j'en appris beaucoup sur Elango et son cheval. Tous les ans, son grand-père et d'autres potiers du village avaient fabriqué un immense cheval d'argile, modelé au bord de l'étang, loin de toute habitation, à proximité de la terre utilisée pour sa création. Kummarapet n'était qu'un village, majoritairement peuplé de familles de la caste des potiers qui honoraient encore une tradition ancestrale. C'était un clan arrivé il y avait si longtemps du Tamil Nadu que personne ne se rappelait plus ni la raison ni la date de leur venue. Le quartier de notre ville qu'on appelait à présent Kummarapet avait donc d'abord été un village établi dans l'Andhra Pradesh. Une des rares choses préservées du passé était cette tradition d'un cheval d'argile fabriqué chaque année – mais elle aussi avait à présent disparu, tout comme les potiers. Le temple avait accueilli autrefois une fête annuelle dont le cheval constituait un élément fondamental. C'étaient leurs dieux qui l'exigeaient – signe de dévotion collective, ordre qu'ils recevaient pour des raisons inconnues, fait de leur existence qu'ils acceptaient comme tel. Il leur fallait plusieurs jours pour le modeler, puis il était décoré et consacré avant de faire l'objet d'une parade dans le quartier, accompagné de musique et de festivités. C'était un cheval divin, dédié aux fils de Shiva, figure tutélaire du village. Il les protégeait de la maladie, des bandits, du mal. On trouvait encore aujourd'hui des restes de ces chevaux d'autrefois dans l'enceinte d'un des anciens temples dégradés par le vent et la pluie. Les potiers qui les avaient fabriqués étaient morts ou avaient disparu et ceux qui étaient venus après eux ne savaient plus comment faire.

La troisième fois que je me rendis à l'étang, je trouvai Elango occupé à façonner une balle d'argile en un long rouleau de gros diamètre.

— Va chercher de l'argile sur ce tas, m'ordonna-t-il. Au travail ! Fais-moi un rouleau comme celui-ci.

Il constitua un cercle en forme d'anneau. Trois autres anneaux suivraient, qu'il placerait aux quatre coins d'un rectangle dessiné au sol en guise de repère. C'était la première étape du cheval, ses jambes, qui grandiraient à mesure que d'autres rouleaux d'argile viendraient s'ajouter au premier. Elango s'attaquerait ensuite au corps, à la tête, puis à tout le reste. Une fois le cheval terminé, il faudrait le décorer.

— Ce sera ta partie, me dit-il.

Le sol à l'ombre de la remise était lisse et dur après des années de piétinement. Accroupie sur les talons, je m'apprêtai à y rouler mes boudins de terre, persuadée que ce serait facile, mais je dus m'y reprendre à plusieurs fois car ma balle d'argile s'effritait sur les bords ou se décomposait. Au bout d'un moment, je fus gagnée par le découragement et l'ennui. J'avais envie d'aller patauger dans l'étang, de faire des ricochets avec des pierres plates. Semblant lire dans mes pensées, Elango fronça les sourcils.

— Ne laisse pas tomber. Tout le reste peut attendre. Asperge le sol là où tu travailles.

Il mit de côté le rouleau qu'il était en train de modeler et s'avança dans l'étang. Il commença à creuser sur un des bords, enfoncé dans la vase jusqu'aux genoux. Il entassa sur la rive la terre qu'il extrayait et, quand il en eut rassemblé suffisamment, reposa sa bassine de fer pour aller se planter dans la terre mouillée. Il se mit alors à la fouler aux pieds, lentement, dans un mouvement circulaire, y ajoutant de temps à autre de la paille ou de la balle de riz prélevées sur un autre monticule à côté de la boue. Il me fit signe d'approcher. Je fus brusquement saisie du même malaise que le premier jour – à la fois intimidée et impatiente, j'avais envie de rentrer chez moi le plus vite possible, de m'éloigner de toute cette confusion. Je fis pourtant un pas en direction de l'argile qu'il travaillait. J'y plongeai d'abord les pieds, puis les chevilles. Si je glissais ou perdais l'équilibre, je devrais m'agripper à lui, je n'aurais pas le choix.

— Ne bouge pas. Fais attention. Il y a parfois des éclats de verre ou des clous.

Je m'attendais à quelque chose de dégoûtant, mais en réalité, c'était frais et soyeux. Ça dégoulinait sur mes jambes, s'infiltrait entre mes orteils. Je parvins à trouver l'équilibre et à me déplacer avec plus d'assurance. Je progressais ainsi qu'il me l'avait montré, sans précipitation, quand je sentis quelque chose sous mon pied. Je me baissai pour le ramasser.

C'était un disque de terre cuite, ébréché sur le côté. Je le tendis à Elango, qui le trempa dans son seau d'eau avant de l'essuyer sur son caleçon. Il était prolongé par un anneau dans lequel pouvait être insérée une ficelle. C'était peut-être une amulette. Une silhouette chevauchant un animal y était grossièrement gravée. Impossible de dire s'il s'agissait d'un homme ou d'une femme, d'un cheval ou d'un tigre. Une partie des jambes avait disparu avec le coin abîmé.

Elango précisa qu'il lui était déjà arrivé de tomber sur d'autres fragments de ce type en bordure d'étang. Il avait notamment une tête de déesse, des débris de pots, un sabot de cheval, quelques petites figurines semblables à celles qu'il fabriquait encore au moment de Diwali. Il conservait le tout dans le creux de son arbre. Le fait que l'argile, une fois cuite, ne retourne jamais à l'état de terre ne cessait de l'émerveiller. Elle pouvait se briser, être exposée aux divers éléments, sa force de vie était inextinguible.

— Les poteries que nous réalisons, toi et moi, seront peut-être encore là dans trois cents ans. Voire mille.

Chaque fois qu'il trouvait quelque chose, il se disait que cela avait peut-être été l'œuvre de son grand-père ou d'un ancêtre bien plus vieux encore.

— Sais-tu qu'il y a des gens qui jettent leurs idoles des dieux et des déesses dans le fleuve après les festivités ?

Il secoua la tête d'un air incrédule. On faisait venir dans le Sud, depuis Calcutta, d'immenses effigies d'argile de Durga, Ganesh et Kartik. Comme possédés par le divin, les gens se mettaient à les vénérer puis, après plusieurs jours de frénésie, les plongeaient dans le fleuve.

— Je l'ai vu de mes propres yeux, poursuivit Elango. Certains pleurent quand ils se séparent de ces effigies. Pourtant, ils les immergent – ça fait partie du rituel.

— Pourquoi s'embêter à les fabriquer, alors ? C'est idiot.

— Idiot ? Pas du tout... Pourquoi dis-tu ça ? On ne peut pas toujours tout comprendre. Mais j'ai effectivement de la peine pour tous ces potiers.

Depuis une berge du fleuve, il avait observé ces scènes et s'était demandé comment ces potiers, des hommes comme lui, qui vivaient loin de là, pouvaient supporter, année après année, de voir leur art ne survivre que cinq jours. Comme ils ne cuisaient pas ces sculptures dans un four, ils savaient que l'argile dont elles étaient faites retournerait à la terre. C'était un peu comme mourir chaque année.

Nous devisions ainsi au bord de l'eau, examinant l'amulette à tour de rôle, quand un bruissement de feuilles et un bruit de souffle nous firent dresser l'oreille. En levant les yeux, nous découvrîmes Zohra.

De toute évidence, elle était surprise de me trouver là. J'ignorais qu'elle aussi fréquentait l'étang ; je croyais qu'il s'agissait d'une affaire entre Elango et moi. Il se redressa prestement et frotta ses mains sur son caleçon.

— C'est ton élève ? demanda-t-elle. Bizarre… une gamine qui vient ici prendre des cours… comment ça se fait ?

Elle balaya du regard l'étang, l'abri, le tas d'argile. Puis ses yeux se posèrent sur mes jambes, maculées de boue jusqu'aux genoux.

— Va falloir nettoyer tout ça avant de rentrer, me fit-elle.

Même après qu'elle se fut retournée pour parler à Elango, je n'arrivais pas à la quitter des yeux : le bronze de son visage à la peau miraculeusement lisse alors que la mienne présentait déjà des boutons, le corail de son rouge à lèvres qu'elle avait dû mettre juste avant de venir, le parfum de fleurs qui flottait depuis son arrivée, ses yeux noirs à l'air moqueur qu'elle braqua une nouvelle fois sur moi. Impossible de l'imaginer les mains ou les pieds couverts de boue. Mais pour Elango et pour moi, l'argile n'était pas sale, brûlais-je d'envie de lui dire. Et je n'avais pas besoin qu'elle me rappelle d'aller me nettoyer les jambes.

Quand Elango s'écarta un peu trop vivement, l'amulette lui glissa des mains. Zohra recula.

— Tu as laissé tomber quelque chose, dit-elle. Là, à tes pieds.

Elle la ramassa et, voyant que c'était une amulette, annonça qu'elle avait un cordon s'il voulait la porter. Puis elle ajouta qu'elle devait se rendre à la Poste centrale le lendemain. Elle se demandait s'il voulait bien la conduire.

— À deux heures ? s'enquit-il.

— Je t'attendrai à l'endroit habituel.

Le fait que j'aie entendu ce qu'ils tramaient n'eut pas l'air de la déranger. Elle tourna les talons sans un autre regard pour moi et commença à rebrousser chemin sur le sentier de terre, d'un pas lent et incertain. Elango resta silencieux. Il semblait avoir tout oublié de l'exposé qu'il me faisait sur les dieux et les déesses de Calcutta et toutes les choses que les potiers se transmettaient de génération en génération. Il se dirigea vers l'étang, comme hébété, et reprit sa bêche, jetant de temps à autre un coup d'œil vers le sentier comme si Zohra y était encore.

Quelque chose avait changé. Cette chose invisible qui entourait les hommes et les femmes. Sans pouvoir l'expliquer, je sentais la même effervescence dans l'air tous les matins quand le couple qui avait emménagé en face de chez nous se disait interminablement au revoir sur le perron. Après le départ du mari, la femme, Gauri, passait sa matinée à répéter des chansons romantiques tirées de films : on entendait d'abord la version originale jouée sur un vinyle, puis sa voix hésitante reprenait le morceau. Tard le soir, quand le mari était rentré et que tout le pâté de maisons était calme, sa voix nous parvenait, aussi fausse et pincée que dans la matinée. "*Tum dur nazar aye, badi dur nazar aye…*"

Perplexe, je n'arrivais pas à trouver le sommeil. Était-ce ça, l'amour ? Dans le poste de télévision qu'on venait d'acheter, j'avais vu une actrice plantureuse, vêtue d'un sari très moulant, s'approcher du lit conjugal au rythme d'une chanson langoureuse. Elle tenait un énorme verre de lait et, alors qu'elle le tendait au héros à moustache, tremblante et la bouche en cœur, il s'était passé quelque chose entre eux, et même si je ne pouvais pas le nommer, je savais que c'était exactement ce que j'avais perçu entre Elango et Zohra. À l'école, Fauzia et moi avions remarqué qu'un garçon essayait de séduire une fille d'une autre classe. Il allait nous repérer – il ne pouvait pas en être autrement. Mais alors, que se passerait-il ensuite ? Qui, de Fauzia ou de moi, aurait ses faveurs ? Après discussion, nous avions décidé de le partager, moitié-moitié. Nous n'avions pas défini les détails de cet arrangement. Nous hésitions entre lui et le fils de la bégum Tasneem, seul autre jeune homme à l'horizon, nimbé par conséquent d'une aura de désirabilité. Il laissait une traînée de cendres sur le piano autour duquel nous nous réunissions pour répéter l'hymne "Ce sera une pluie de bénédictions" que nous chanterions au concert de l'école. Toutes les filles de la classe étaient plus intéressées par une pluie de cendres, secrètement convaincues que le fils de la principale leur laissait de subtils messages sur les touches du piano.

Il me revint à l'esprit que j'avais récemment surpris Elango plongé dans un livre tandis que je me démenais avec mes boudins d'argile. Je n'avais pas pu lire le titre télougou mais sur la couverture figurait un tableau représentant un homme et une femme, collés l'un à l'autre.

J'étais persuadée qu'entre le moment où Zohra avait quitté l'étang et le lendemain après-midi, Elango passerait toutes ses heures à ne repenser qu'à une chose : malgré son handicap, elle avait parcouru tout le chemin broussailleux jusqu'à l'étang pour venir le trouver. C'était la chose la plus romantique dont j'aie pu jusque-là être le témoin direct. Il fallait que j'en parle à Fauzia dès que je la verrais.

4

Au mois de novembre, le jour de la troisième rencontre internationale de cricket entre l'Inde et le Pakistan, mon père posa une journée de congé pour pouvoir écouter tranquillement la retransmission du match à la radio. La frénésie de l'événement nous parvenait par bribes où que nous nous trouvions : un poste était allumé dans la cahute près de la grille où nous achetions des bonbons et des glaces à l'heure du déjeuner et un des jardiniers gardait le sien à proximité partout où il travaillait. Il réagissait régulièrement après un commentaire.

— Encore ! Ils ont recommencé ! s'exclama-t-il.

— Ne leur trouve pas déjà des excuses, répliqua le concierge. Juste parce que vous êtes en train de perdre.

— Pourquoi tu ne vas pas vivre au Pakistan si tu les aimes tant ?

Le jardinier s'accroupit et alluma un *beedi*, un sourire paresseux aux lèvres.

Un drapeau de satin vert flottait au-dessus de la grille principale de notre école. Une lampe posée dans le creux d'un croissant de lune y était dessinée. Sur le panneau d'à côté, le nom *Safar* était écrit, en anglais et en ourdou, sous la peinture d'une lampe à huile du type de celles qu'Elango fabriquait par centaines à chaque Diwali. La devise de l'école inscrite en longs caractères ourdous faisait comme une couronne autour de la lampe. La bégum Tasneem avait transformé en salles de classe les étables et les chambres d'amis de sa maison familiale. En plus d'un *maulvi* chargé de l'instruction religieuse des filles musulmanes, elle avait embauché un professeur de sport et agrémenté les pelouses d'une piste de course, de paniers de basket, de balançoires et d'une aire de jeu. Quelques-unes de mes amies arrivaient en burqas mais, une fois dans l'école, elles s'en débarrassaient, révélant les mêmes tuniques courtes que nous toutes. Avant de repartir chez elles, elles les réenfilaient. Peu de gens dans notre ville avaient cette capacité de passer si aisément d'un élément à un autre. Les burqas, le drapeau et les inscriptions ourdoues définissaient notre établissement comme islamique et le jardinier n'était pas le seul à remettre en cause la loyauté du concierge.

Quand on retourna en classe après la récréation, on trouva un poster d'Imran Khan scotché sur le diagramme de sciences que Fauzia s'était donné tant de mal à réaliser. Dans sa tenue de cricket immaculée, il avait l'air d'un éclair étincelant sur le vert de l'herbe, capturé par l'appareil au moment précis où il s'apprêtait à lancer une balle en direction du batteur. Parmi les filles entrées dans la salle, nous étions cinq à l'admirer, muettes d'adoration. La sixième, Manika, décrocha l'affiche qu'elle laissa tomber par terre.

— Voilà sa place à votre Imran Khan, fit-elle.

— Allez, Manika, répliqua Indu, ça ne veut pas dire qu'on est supportrices du Pakistan… C'est dans nos cœurs qu'il est accroché.

— Quel rapport entre la beauté et le sport ? ajouta Fauzia que des huées forcèrent immédiatement à se taire.

— Oh…, soupira une autre. Quand viendront-ils jouer ici que je puisse le couvrir de roses ?

S'ensuivit une dispute portant à la fois sur la beauté et les aptitudes sportives, qui se conclut sur le traditionnel mélange de sourires narquois et de mines boudeuses. En début de soirée, on se retrouva sous le jambosier pour répéter la pièce que nous allions jouer. Cette année-là, il s'agissait d'une version abrégée du *Marchand de Venise*. On ne comprenait pas grand-chose à ces histoires de prêteurs sur gages juifs, de lois de la Renaissance et d'aristocrates italiens dont aucune de nous n'avait de connaissance directe. Dès que la fille qui interprétait le rôle d'Antonio se mettait à déclamer : "En vérité, je ne sais pas pourquoi je suis si triste", on étouffait ses paroles par des gémissements sonores. Les distractions furent nombreuses. Fauzia n'arrêtait pas d'interrompre la répétition par ses imitations de Babban Khan dont elle pouvait réciter la pièce *Adrak ke Panje* en ourdou local à la perfection, nous faisant rire aux larmes. S'ajoutait à cela le bruit de diverses radios dont les voix gagnaient en furie et hauteur d'heure en heure. On ne tarda pas à apprendre que l'Inde avait concédé la défaite face au Pakistan avant même la fin de la série de lancers. Le capitaine, Bedi, avait accusé les Pakistanais de tricher. Sarfraz Nawaz lançait des "balles courtes" sans que les arbitres n'interviennent.

Dans l'heure qui suivit nous parvint la nouvelle qu'un homme en avait poignardé un autre et qu'une échoppe à thé voisine avait été incendiée. De la viande de porc avait été jetée dans une mosquée. Ces rumeurs se répandirent comme de la fumée s'échappe d'un bâtiment en feu. Au nord de notre aire de jeu se trouvait un bosquet de vieux arbres de taille imposante, auxquels se suspendaient des roussettes ressemblant à des loques en décomposition. Ces loques se détachèrent des arbres pour foncer sur les salles situées à l'étage et nous attaquer.

Nous nous réfugiâmes sous les tables ou derrière les chaises. Elles ne bougeaient jamais avant la tombée de la nuit. Dans la panique grandissante, leurs vols erratiques prirent valeur de présage.

La suite est confuse dans mon esprit. Quelqu'un me dit – qui, je ne sais plus – qu'on devait se débrouiller pour rentrer rapidement chez nous car une école musulmane constituait une cible évidente. Une de mes camarades de classe en burqa me poussa dans une voiture. Elle venait d'une riche famille *nawabi* et sa voiture, aux vitres obstruées par d'épais rideaux, l'attendait devant la grille toute la journée. Fauzia et quelques autres filles vinrent s'y entasser avec nous. La voiture démarra en trombe et fit un long détour. Je fus la dernière à être déposée.

C'est mon père qui ouvrit la porte.

— Déjà là ? Que se passe-t-il ?

Je lui livrai un récit pantelant des derniers événements. Il m'écoutait à peine. Son regard était fixé sur la place, par-dessus mon épaule, au-delà de la porte.

— Où est Tia ?

Ses mots, tombés entre lui et moi, eurent le même effet qu'une de ces bombes à détonation lente dont la petite flamme crépitante parcourt avec réticence le long fil jusqu'à atteindre les explosifs.

J'avais oublié Tia. Elle devait être à l'école primaire en train de m'attendre et d'attendre Elango et son *autorickshaw*.

— Tu as oublié ta sœur ? demanda mon père. Tu étais si pressée de partir que tu as oublié ta sœur ? Et tes copines de Sainte-Thérèse ?

Nous n'avions pas de voiture. Mon père pouvait toujours essayer de trouver un bus ou un *autorickshaw* mais jamais il n'atteindrait notre école à temps. Il téléphona à ma mère qui était encore au bureau et lui raconta ce qui s'était passé. Je percevais sa voix aiguë et angoissée à travers le combiné.

— Mais pourquoi Elango n'est pas allé les chercher ? Pourquoi faut-il qu'il soit en retard aujourd'hui ? Comment Sara a-t-elle pu oublier ?

Ce soir-là, assise à table, j'essayais d'écouter le sermon de ma mère sur l'égoïsme. Tia était tout ouïe ; elle mangeait, arborant l'expression suffisante d'un chat. Elle nous avait raconté dans les moindres détails la panique qu'elle avait éprouvée en m'attendant, convaincue que l'école allait être incendiée à tout moment. Elle nous avait raconté le départ progressif des filles à mesure que les parents venaient chercher leur enfant. Comment tous avaient proposé de la raccompagner mais qu'elle avait insisté pour attendre sa chère sœur. Si j'avais pu me boucher les oreilles ou la bâillonner, je ne m'en serais pas privée.

Je filai dans ma chambre et fermai la porte. J'entendais les mélodies des Beatles sur notre tourne-disque. Tia hurlait *"YALLOW submarine"* à tous les refrains et je sentais mon ventre se contracter à chaque fois. J'essayais de penser plutôt au cheval que je fabriquais avec Elango. C'était le seul être sous-marin que je connaissais ou dont j'avais besoin, la bulle que m'offrait la poterie était la seule chose que je n'aurais jamais à partager avec Tia, ni avec qui que ce soit d'autre. J'éteignis la lumière et pressai un oreiller contre mon estomac pour calmer la faim qui me tenaillait.

Je sentis que cette soirée marquait une rupture – c'était à la fois un début et une fin. Une hostilité larvée, tel un bloc de glace se formant lentement, se mit à entraver le flot de conversation et d'intimité entre Tia et moi. Éclataient parfois des disputes pleines d'amertume et de colère mais, la plupart du temps, nous gardions nos distances, devançant jusqu'à la spontanéité d'une dispute. Je sus d'instinct que ce jour-là, mon enfance avait été enfermée, abandonnée derrière les grilles de l'école primaire de Tia.

5

Comme tous les Indiens, Elango avait oublié ce qui se passait à l'extérieur du terrain de cricket le jour de la rencontre au Pakistan. Entre les commentaires qu'il écoutait à la radio et les pots qu'il était occupé à fabriquer, il n'avait pas vu le temps filer et, quand il arriva en retard à l'école, il découvrit que les fillettes étaient déjà parties, personne ne savait où. Il avait passé deux heures à sillonner la ville, rongé par l'angoisse, pour finalement apprendre qu'elles étaient bien rentrées chez elles.

Ce soir-là, après avoir écouté en silence l'avalanche de récriminations caustiques de leur mère, il gara son *autorickshaw* sous un banian dans une petite rue sombre adjacente à Moti Block. Lui parvenait un air enfantin chantonné d'une voix aiguë par la fillette du maçon qu'il aperçut, juchée à proximité et jouant seule puisque personne ne se joignait jamais à elle. Il aurait dû faire preuve de bienveillance, aller jouer avec cette enfant, mais cet air chanté d'une voix fausse et entrecoupée le mettait mal à l'aise. Malgré son envie de démarrer et de rentrer chez lui, ses mains et ses pieds étaient comme paralysés. Il arrivait que de l'encre noire épaisse se mette à couler dans ses veines à la place du sang. Une grande lassitude s'emparait alors de lui. Quand il sentait poindre cet écoulement d'encre, il faisait tout son possible pour le retenir, se jetant à corps perdu dans le travail mais, certaines fois, l'encre déferlait sans prévenir.

Alors qu'il se sentait glisser dans la noirceur, Zohra apparut. Avant qu'il n'ait pu prendre totalement conscience de sa présence, elle passait près de lui et lui murmurait quelque chose.

— Viens… De l'autre côté de la rue.

Il quitta l'endroit où il s'était réfugié pour la suivre à une distance raisonnable jusqu'à dépasser les magasins et les échoppes de thé. Une fois qu'ils eurent tourné dans une ruelle déserte, elle traversa pour venir le retrouver. En percevant le parfum familier de talc et de savon, il eut le souffle coupé. Elle était tout près de lui, si près que l'air semblait ne plus devoir être respiré. Il pouvait désormais le toucher, le sentir sous ses doigts tel un fil tendu entre eux deux.

— J'ai dû rentrer à pied depuis la bibliothèque, il n'y avait plus de bus. Les rues étaient vides, lui expliqua-t-elle. Ils m'ont dit qu'il y avait des émeutes. J'ai cru que c'était la fin. Que je ne te verrais plus jamais.

Elle glissa sa main dans la sienne, collant son bras tout contre lui.

Il serra fort sa main, leurs doigts s'entrelacèrent. La main d'Elango, calleuse, puissante et épaisse, semblait énorme par rapport à celle de Zohra et à son poignet si fin. Ses mains lui avaient servi à couper en deux de grosses branches, à soulever des pierres, à briser le cou de poulets. Il devait prendre garde de ne pas écraser celles de la jeune femme.

Elle ne la lâcha pas jusqu'à ce qu'ils atteignent le bout de la ruelle et qu'ils perçoivent les ombres d'autres passants qui traversaient. Elle s'écarta alors et accéléra tandis qu'il ralentissait de sorte que, lorsqu'ils parvinrent dans la rue principale, elle le devançait de plusieurs mètres, seule, tenant fermement la bandoulière de son sac, le *dupatta* bien en place sur ses épaules.

Ce soir-là, Vasu et Revathi eurent beau l'accabler de leurs reproches habituels, Akka eut beau donner de la voix par-dessus le muret et faire pleurer sa sœur comme à l'accoutumée, Elango les entendit à peine. Chacun de ses cinq sens s'était absenté, abandonné dans cette ruelle. C'était Zohra qu'il voyait et sentait encore, sa main qu'il tenait dans la sienne, son doux empressement qu'il percevait dans sa voix, les quelques secondes où elle était parvenue à poser ses lèvres sur les siennes qu'il revivait. Il s'efforçait de comprendre ce qui s'était passé, sachant seulement que tout ceci dépassait pour lui le cheval, Chinna et tout le reste.

Le lendemain matin au réveil, il avait l'impression d'être une bulle arc-en-ciel flottant sur une mer en technicolor. Il creusa et racla la terre des heures durant, le cœur si léger que l'argile paraissait ne plus peser. Quand il retrouva son tour, pots de fleurs et tasses de thé surgirent sous ses doigts comme s'ils se fabriquaient tout seuls sur le plateau de bois. Il rassembla les six urnes géantes que Sudhakar avait commandées pour le Deccan Gold Hotel et entama le long trajet pour aller les livrer, les kilomètres défilant sans effort au rythme des chansons d'amour qu'il se surprit à fredonner. Quand Sudhakar descendit dans le jardin, il trouva Elango en pleine rêverie. Au lieu d'inspecter les urnes, il sourit.

— Tu as vu ta tête ? Tu es tombé sur la caverne d'Aladin ou quoi ? Raconte-moi tout. Allez ! Cigarette ?

Même s'il en avait très envie, Elango ne raconta rien à Sudhakar alors qu'ils partageaient cette cigarette. Il rangea le paquet que son ami lui offrait et changea de sujet. Il ne dirait rien tant que Zohra ne lui aurait pas donné son accord. Nous décideronss ensemble, se dit-il, se réjouissant à cette nouvelle perspective de constituer désormais la moitié d'une paire. Il n'en laissait rien paraître mais la question de Sudhakar le transportait. Elle confirmait la sensation qu'il avait d'être transformé. C'était ce qu'il voulait. Il s'émerveillait de la facilité des choses. Ils n'avaient pas eu besoin d'échanger un seul mot – elle avait glissé sa main dans la sienne, voilà tout – et il était certain qu'il repenserait à cet instant aussi longtemps qu'il serait animé d'un souffle de vie. C'était une nouvelle manière d'être, tout à la fois immédiatement familière et électrisante. La façon dont elle avait fait de lui sa propriété était époustouflante. Tout comme la vanité de ses propres craintes ou de tous les scénarios qu'il avait répétés, anticipant la manière précise dont il lui déclarerait sa flamme.

— Pourquoi n'as-tu rien dit plus tôt ? lui demanda-t-elle peu de temps après. J'attendais, moi, encore et encore…

— J'avais peur, répondit-il après un silence si long qu'elle ne devait plus espérer de réponse. Qu'est-ce que tu me trouves ? Je ne comprends toujours pas. La seule fois où j'ai cru faire une bêtise, c'est quand je n'ai pas cherché de travail à ma sortie de l'université… Un travail de bureau. J'aurais pu faire comme

Sudhakar et avoir une vie plus simple. Tout le monde me dit que j'ai tort de m'obstiner à faire de la poterie, à conduire un *autorickshaw*, à gagner une misère… Mon père avait tellement de rêves pour moi ! C'est quoi cette folie ? me répétait-il. Mais j'ai toujours été obsédé par l'idée de fabriquer des choses. C'est pour ça que tu te retrouves avec un idiot à la peau foncée, qui patauge dans la boue à longueur de journée.

— Et toi, qu'est-ce que tu trouves à une fille maigrichonne et estropiée ? Et pourtant, *Mashallah*, c'est comme ça !

Ils discutaient ainsi dans l'*autorickshaw* garé à distance de chez elle. Elle tendait la main et lui effleurait le bras quand elle était sûre que personne ne les regardait. Le pendentif bleu dans le creux de son cou luisait comme un œil-de-chat. Il brûlait d'envie de le toucher mais n'osait pas. Il faisait encore un peu jour et les gens pouvaient voir ce qui se passait à l'intérieur du véhicule. C'était insupportable. Il actionna le levier et démarra pour rentrer chez lui.

Il s'habituait aux expressions inconnues qu'elle utilisait, aux termes étrangers de sa religion. *Tauba-tauba* pour exprimer une exclamation outrée, réelle ou feinte. *Mashallah* pour dire la surprise ou la gratitude. *Inshallah* revenait souvent sur ses lèvres pour traduire l'espoir. Lui aussi était submergé par l'espoir et l'enchantement. Il ne cessait de s'émerveiller d'être désormais la propriété de quelqu'un, de susciter des prétentions. Il n'avait jamais rien connu de tel. Il n'avait pas de petite sœur et sa mère était morte quand il était encore enfant. Avant Chinna, personne n'avait exigé de lui ni amour, ni caresse, ni attention. Zohra était bien plus intrépide que lui et inventait toutes sortes d'excuses pour expliquer à son grand-père ou à une tante curieuse qui vivait dans les environs pourquoi elle prenait si souvent un *autorickshaw*. Certains jours, Elango était décontenancé par le besoin qu'elle manifestait d'être avec lui – par la façon dont elle l'explorait de ses mains et de ses lèvres, dans le noir, à côté de l'arbre foudroyé –, et elle tenait toujours à faire un détour pour atteindre l'étang afin de s'assurer que personne ne voie où elle se rendait.

Si Chinna sautait dans l'*autorickshaw* quand il la conduisait quelque part, la jeune femme parlait au chien durant tout le trajet comme si l'animal comprenait tout ce qu'elle lui disait. Elango adorait son bavardage incessant.

— Tu vois, ça, c'est le tribunal où mon Abbajan s'est arraché les cheveux à essayer de récupérer notre maison. Est-ce qu'il a réussi ? Bien sûr que non ! Sinon on ne vivrait pas dans ce taudis de Moti Block. J'aurais un palais, dans lequel il y aurait un lit moelleux pour toi. Et ça ? C'est une mosquée. Non, personne ne te laissera entrer… Les mosquées et les temples, c'est interdit aux chiens qui ne sont pas sages.

Elle poursuivait ainsi jusqu'à la Poste où elle descendait maladroitement de l'*autorickshaw* avant de boitiller jusqu'au bâtiment, livret à la main et Chinna à ses côtés. Le chien s'asseyait près de la boîte aux lettres face à l'entrée et attendait son retour.

C'était elle qui avait insisté pour qu'ils aillent faire un tour du côté du parc des expositions à l'autre bout de la ville. Une gigantesque fête foraine y était accueillie chaque hiver.

— Raconte un bobard à ton frère ou bien file sans rien dire, lui conseilla-t-elle, et il s'exécuta.

Ils roulèrent à toute vitesse jusqu'au parc, comme aéroportés. Ils passèrent d'un stand à l'autre, émerveillés par la nouveauté de pouvoir sortir ensemble, à la nuit tombée, dans un lieu éclairé rempli de gens qui ne les connaissaient pas. Les haut-parleurs diffusaient les derniers tubes. Elango percevait une joyeuse agitation qui lui mettait du baume au cœur, lui donnant l'impression que rien n'était inaccessible. Zohra tira à la carabine sur des ballons. Elle gagna une poule en plastique qui pondait un œuf, en plastique lui aussi, si on la pressait. Il lui acheta une barrette. Ils dégotèrent un coin sombre derrière une des tentes.

Pour l'une des attractions, "Les Motards casse-cou de Marjana", il fallait payer un supplément. Elango n'était pas tenté mais Zohra avait sorti l'argent avant même qu'il ait pu dire quoi que ce soit. En entrant, on avait la sensation de plonger le regard dans un profond puits de bois. Les motards tournaient au fond du puits, de plus en plus vite jusqu'à rouler sur les murs à une vitesse vertigineuse, défiant les lois de la gravité de manière tout à fait déconcertante. Zohra s'écria qu'elle voulait elle aussi rouler sur le mur, qu'elle voulait foncer dans ce puits de bois. Lorsqu'un des motards retira son casque, révélant une longue chevelure brune qui flottait au vent et qu'il se débarrassa de son blouson, découvrant une robe à paillettes qui épousait les courbes d'un corps de femme, elle s'agrippa au bras d'Elango.

— Voilà celle que je veux être… C'est exactement comme ça que je me sens !

Plus tard, ils burent du jus de canne à sucre et mangèrent une salade de fruits à l'aide de cure-dents dans un stand où l'on montrait comment un nouvel ustensile permettait de découper des fruits en forme de fleurs. Voilà la râpe qu'elle aurait, annonça-t-elle, quand ils auraient leur cuisine à eux.

Pendant un long moment, Elango eut l'impression que son cœur avait cessé de battre. Bien sûr qu'il voulait passer sa vie avec elle – mais de là à l'entendre exprimer la chose si clairement ? Et si naturellement, comme si c'était inévitable ? Ce qui n'était pas le cas. La tante de Zohra avait commencé à faire quelques insinuations acerbes au sujet de ce besoin soudain de se rendre partout en *auto-rickshaw*. Vasu et Revathi lançaient sournoisement de petites blagues sur les jolies musulmanes. Rien de grave, mais Elango savait d'expérience qu'il en fallait peu pour déclencher un effet boule de neige. Ils seraient contraints de partir. Où ça ? S'il quittait Kummarapet, comment pourrait-il poursuivre son activité de potier ? Et où pourrait bien vivre un gros chien comme Chinna ?

Elle le laissa dresser sa liste d'inquiétudes. Quand il eut terminé, elle expliqua que ce n'était pas sa manière de penser et que tout finirait par rentrer dans l'ordre, tout comme ses tas de terre informe finissaient par être transformés en magnifiques poteries. Voilà ce à quoi ressemblait sa vie désormais : elle avait un travail à la bibliothèque, auquel elle ne souhaitait pas renoncer, et un grand-père aveugle dont elle devait s'occuper. Elle avait Elango et Chinna. Jamais elle n'avait prévu de tomber amoureuse d'un hindou, mais ainsi Allah en avait-il décidé. Ce genre de chose se produisait parfois, et si d'autres hommes et femmes avaient réussi à s'en sortir avant eux, alors elle y parviendrait elle aussi.

Chère Madame Reddy,

Je suis retournée au poste de police ainsi que vous me l'aviez conseillé, et ils m'ont plus ou moins dit que c'était de ma faute. À quoi est-ce que je m'attendais ? m'ont-ils demandé. Vous vous arrêtez sur une route déserte, en pleine nuit, et vous vous enfoncez dans la forêt alors que votre mari vous a demandé de ne pas vous éloigner. J'ai compris qu'ils ne feront rien pour retrouver mon chien – ils haussent les épaules et me disent d'en prendre un autre. Les crimes ne sont plus que des chagrins intimes une fois que le temps les a fait disparaître de l'actualité. Mais doivent-ils demeurer impunis pour autant ? J'ai une conception de la justice plutôt ancienne. Je crois à la punition. Toute personne en lien avec ma souffrance devra souffrir elle aussi.

Mon mari me dit qu'on doit se faire à l'idée d'avoir perdu Tashi. Cela m'est impossible. Tous les jours, je dessine un itinéraire sur une carte de la ville puis, après avoir pris plusieurs bus, je commence mon périple et mes recherches, à pied. L'autre jour, j'ai aperçu un chiot qui ressemblait comme deux gouttes d'eau à Tashi. Je l'ai appelé mais il était trop loin. J'ai décidé d'arpenter toutes les rues de cette ville jusqu'à ce que je le retrouve. Cela ne servira peut-être à rien mais cela me permet de ne pas sombrer dans la folie.

QUATRE

1

En été, je détestais aller à pied jusqu'à Kummarapet. Au réveil, la chaleur nous terrassait et quitter la fraîcheur de notre maison était une épreuve du feu. Tia était affalée par terre, à lire un livre dans la pénombre, sous un ventilateur qui bourdonnait. La cour d'Elango devait miroiter, inondée de soleil, et même si sa cabane était pourvue d'un toit, ce n'était guère plus qu'une tôle fine qui chauffait tellement que Revathi y faisait sécher des piments. J'adressai à mon père un regard appuyé, dans l'espoir qu'il me dise que je risquais l'insolation si je sortais. Mais il ne leva pas les yeux de la lampe de table qu'il avait démontée et qu'il essayait de réparer.

De l'autre côté du jardin, j'aperçus Mme Khambatta, vêtue d'une robe sans manches, en train d'arroser ses plantes. Un long verre d'une boisson probablement fraîche était posé sur la table de sa véranda. Elle me fit signe de la main, s'assit et vida son verre d'un trait. Des oiseaux sautillaient autour de moi, le bec ouvert, se baignant de temps à autre dans une vasque peu profonde qu'on remplissait toujours d'eau. Il y avait un lavabo dans la véranda qui jouxtait notre cuisine, et notre cuisinière, Lakshmi, venait régulièrement s'y asperger le visage et le cou. Elle me lança un regard exaspéré.

— Encore là ? fit-elle. Il est temps d'y aller, non ?

Je croisai peu de monde, même à Moti Block, et je trouvai Chinna assis sur les marches, à l'ombre, la langue pendante. Son pelage noir brillait et les taches plus claires sur sa tête et son poitrail étaient châtain doré. En me voyant, il agita la queue une ou deux fois seulement, comme si on ne pouvait raisonnablement rien attendre d'autre de lui par cette chaleur. Quand je l'appelai, il se leva à contrecœur. À notre arrivée chez Elango, Revathi nous accueillit par une mine renfrognée et m'annonça que mon professeur se faisait rare ces jours-ci.

— Tu as six tasses à réaliser, il a laissé des instructions pour toi.

Akka hurla depuis la maison voisine.

— Pour commencer, le grand artiste brise toutes les règles de caste et autorise une fille à utiliser un tour. Et maintenant, il est trop occupé pour lui donner des leçons. Laisse donc cette boue et cette eau, mon enfant, viens plutôt voir ce que j'ai pour toi.

— Mon Dieu ! hurla Revathi en retour. Certaines personnes passent leur vie l'oreille collée à un mur ! Impossible d'avoir la paix une seconde ! Est-ce que ça les regarde ce qui se passe dans cette maison ?

Dès que Revathi eut quitté la cour, je grimpai sur mon tabouret.

— Je suis là. Dépêchez-vous ! chuchotai-je pardessus le mur.

Akka tendit le bras et me fit passer un *laddu*. Il était d'un blond doré et surmonté de raisins secs et de noix de cajou. Elle me lança un sourire de conspiratrice.

— Avec ça, notre petite potière pourra tenir pendant des heures. N'en laisse pas tomber une miette, ça te porterait malheur. Quelqu'un me les a rapportés de Tirupati.

Les gens lui faisaient sans cesse des cadeaux tant ils craignaient ses pouvoirs. Lakshmi allait même jusqu'à se cacher dans la cuisine quand Akka était de passage. Moi, je n'avais pas peur. Je la trouvais belle. Été comme hiver, elle portait des saris de soie et un clou de nez en diamant. Il ne se passait pas un samedi sans qu'elle vienne faire le tour de notre quartier, le visage poudré de talc, ses cheveux bruns roulés en un chignon parfaitement huilé. Elle portait toujours un petit panier d'osier empli de grains de riz sur lesquels étaient éparpillés des pétales et des pièces. De la poudre de *kumkum* vermillon recouvrait le riz telle une traînée de sang séché. Sa méthode consistait à combiner subtilement menaces et flatteries. Elle parvenait à ses fins en faisant quelques prédictions heureuses qui, sous-entendait-elle, ne se réaliseraient que si d'autres pièces venaient s'ajouter à celles qui étaient déjà sur ce lit de riz. Personne ne savait qui elle était vraiment. Certains disaient qu'elle était retorse parce que son mari l'avait laissée tomber et qu'elle n'avait pas d'enfant, d'autres qu'elle martyrisait la sœur veuve qui vivait chez elle. Ma mère affirmait que les femmes qui gagnaient leur vie sans s'en remettre à qui que ce soit étaient détestées et craintes un peu partout dans le monde.

Akka m'avait toujours réservé un traitement de faveur sans que je sache pourquoi. Quand j'étais petite et que mes camarades se moquaient de mes jambes maigres ou de mon nez en trompette, elle posait son panier, s'asseyait à côté de moi sur les marches de notre perron et essuyait mes larmes. Ce jour-là encore, pensai-je, elle comprenait la souffrance que c'était pour moi de passer des heures, seule, assise, à fabriquer des pots. Je savais bien qu'Elango s'en fichait totalement.

Je dévorai le *laddu* sucré qu'elle m'avait donné, prenant soin de ne pas en perdre. Puis, après avoir bu une grande rasade d'eau, je m'installai devant le tour avec une balle d'argile, la mine boudeuse. Tout ceci n'avait rien d'amusant, c'était un devoir que je devais exécuter. Avant de s'éclipser, mon professeur avait fabriqué une croix avec deux pailles de balai, qui servirait de gabarit pour mesurer le diamètre et la hauteur des tasses. Il vérifierait à son retour, avait-il précisé. Ce qui me paraissait constituer une forme d'autorité des plus scandaleuses.

Je m'assis devant mon nouveau tour, objet qui requérait toute mon abnégation du fait de l'argent et des efforts qu'avait exigés sa fabrication. Je n'avais rien demandé mais, voyant que je ne pouvais manier seule le tour lourd posé à même le sol que lui-même utilisait, Elango avait conçu pour moi un ingénieux tour à pied. Il l'avait fabriqué avec mon père – ensemble, ils avaient mesuré, scié, cloué, dégoté un roulement à billes et un arbre de transmission. À la maison, le week-end, nous étions coutumiers de ce genre de scène – mon père entouré de pièces, réparant les ventilateurs et les prises, fabriquant un vidéoprojecteur à partir d'une lampe torche et d'une feuille de papier percée d'un trou… Il fronçait les sourcils et plissait les yeux derrière ses lunettes à monture noire, une cigarette au coin des lèvres. Nimbé de fumée, il enduisait d'huile de lin la crosse en bois d'un fusil qu'il avait hérité de son père. Il le démontait, nettoyait le canon et le baril à l'aide d'un tube en métal recouvert d'un tissu préalablement imbibé d'une potion qu'il avait concoctée. Ce fusil n'était jamais utilisé comme arme à feu. Peut-être avait-il depuis longtemps oublié que c'était une arme et pas un objet de culte. Celui-ci avait pourtant été mis de côté quand une nouvelle passion avait vu le jour : la fabrication de mon tour.

Le dispositif qu'Elango et lui avaient imaginé consistait en un petit plateau placé au-dessus d'un disque plus grand auquel il était relié par un arbre en métal. Sans comprendre la mécanique de l'ensemble, je dus m'asseoir de nombreuses fois sur un tabouret de bois afin qu'ils ajustent la hauteur et qu'elle soit parfaitement adaptée à ma taille. Il y avait désormais deux tours dans la cour d'Elango : son grand modèle, posé à même le sol car il aimait tourner ses pièces accroupi sur les talons, et le plus petit que je pouvais actionner du pied toute seule. Jusque-là, j'avais façonné des pièces avec lui. Seule, j'étais perdue. La balle d'argile ne cessait de trembloter, partait de travers, se désagrégeait, et je finissais avec une balle plus petite et plus pitoyable que celle avec laquelle j'avais commencé.

Elango était souvent absent désormais quand je venais le week-end pour mon cours. J'en ignorais la raison. Apparemment, il finissait son travail assez tôt dans la matinée et disparaissait. Il ne m'avait pas proposé de revenir à l'étang après la soirée où Zohra nous y avait trouvés. L'avait-elle dissuadé de m'apprendre la poterie dans un lieu si isolé ? Certainement ! Je retirai l'argile toute molle de mon plateau et la balançai dans le seau d'eau qui se trouvait à mes pieds. L'eau gicla jusqu'à mon visage, l'éclaboussant de gouttelettes boueuses. Pourquoi fallait-il que je me retrouve coincée là alors que j'aurais pu aider à fabriquer le cheval, aux côtés d'Elango qui m'aurait parlé de l'atelier de son grand-père ? Déconcertée, pleine de rancœur, j'en avais l'estomac retourné. Il m'était impossible de comprendre ma colère. Elango avait dit dès le départ qu'il me laisserait faire, que je devais apprendre par moi-même, y consacrer le temps qu'il faudrait. Son atelier était toujours aussi calme et ordonné. Ses outils nettoyés étaient parfaitement alignés, l'argile stockée dans des récipients qui existaient déjà du temps de son grand-père. Rien n'avait changé.

C'était peut-être moi qui avais changé.

Une heure plus tard, trempée de sueur, j'étais penchée sur ma dernière balle d'argile. Je regardais les urnes d'Elango qui séchaient sur le côté de la cabane, les rangées de pots et de tasses identiques prêts pour la cuisson, chacun de ces objets doté par son créateur d'une étincelle de vie, singulier, parfait. Chinna m'observait d'un air interrogateur, comme troublé par mon incompétence. Je me disais que ma tasse ne voulait peut-être pas être une tasse – être plongée dans un feu pour être transformée. Peut-être s'obstinait-elle à se ramollir entre mes doigts parce qu'elle préférait retourner à la terre. Chaque substance savait peut-être ce qu'elle voulait être. Mon argile avait des doutes sur son avenir de tasse, tout comme j'avais de grosses incertitudes sur mon avenir de potière.

Une bourrasque d'air brûlant souffla sur mon argile humide une volée de petites feuilles de *moringa* toutes sèches et une corneille apparut dans la cour, le bec grand ouvert, assoiffée. Elle était accompagnée d'un papillon bleu nuit aux ailes immenses, qui passa si près de moi que je sentis sur mon visage l'air qu'il déplaçait. Il plongeait puis flottait, ses ailes battant à une vitesse telle qu'elles paraissaient s'évaporer alors que l'insecte restait en suspension au-dessus de mon bol d'eau, avant de se poster au-dessus de mon visage puis de mon argile. Je fermai les yeux et le sentis se poser sur mes joues. Ses pattes glissaient sur ma peau, légères comme un murmure. Il atteignit mes cils, mon front. Il avait dû être chenille sur le *moringa*, pensai-je. Il avait dû se mettre à l'abri et laisser pousser ses ailes avant que le feu allumé à la base de l'arbre ne consume le reste de sa tribu.

Lorsque je rouvris les yeux, le papillon s'était envolé. La balle d'argile était exactement la même qu'une minute plus tôt. J'allais de nouveau essayer, mais peu m'importait à présent de réussir ma tasse ou pas. L'argile déciderait elle-même de son sort. Je mouillai mes mains. Je fis tourner les disques, de plus en plus vite. Cette fois, en quelques minutes, une tasse commença à prendre forme sous mes doigts. Loin d'être parfaite comme celles d'Elango, mais tout à fait reconnaissable.

Je souris sur tout le chemin du retour. Une chenille avait échappé au feu pour devenir papillon et, pour la première fois sur mon nouveau tour, l'argile s'était transformée en tasse. Tout était possible. Une petite mangue pendait sur une branche au bord de la route. Je tendis la main pour la cueillir. Un jus acide emplit ma bouche. Ce menu larcin ne fit qu'accroître ma joie et, parvenue au croisement où se trouvait la maison de la famille de Taatha, je fredonnai une chanson. La matriarche veuve aux cheveux gris qui vivait là passait une partie de sa journée à broder de minuscules paillettes sur des images de dieux ou de déesses. Elle était toujours ravie de mettre son aiguille et son fil de côté pour discuter avec les passants. Ce jour-là, je vis qu'Akka était assise à ses pieds, sur les marches près des pierres à moudre, devant la cuisine. De là où je me trouvais, j'entendais la mélodie de leurs voix.

— Ce que je vous ai raconté la semaine dernière, disait Akka, est tout à fait vrai. Il se trame quelque chose, je ne me trompe jamais sur ces choses-là.

— Qu'est-ce que tu as vu ?

— J'en ai vu suffisamment. La manière dont la fille s'habille maintenant… On dirait qu'elle est prête à faire du cinéma. Trois jours d'affilée, Ponamma m'a raconté qu'elle l'a vue rentrer tard… D'où sortait-elle ?

— Que vas-tu faire ?

— Observer et attendre. Il sera bientôt temps… Je saurai quoi faire. Il y aura un signe.

Les lunettes de la vieille matriarche étincelèrent. J'eus du mal à entendre sa réponse mais je m'attardai pour tenter de les écouter sans qu'elles me voient. Elle pencha de nouveau la tête sur son ouvrage de broderie et je l'entendis dire :

— Tu imagines la tranquillité que tu aurais si tu avais leur maison… Les vieilles femmes ont une bonne mémoire. Cette maison te revenait…

— À qui le dites-vous… Dans quelques mois, ils égorgeront des chèvres de l'autre côté du mur pour en boire le sang ! Le potier rentre tard. La fille rentre tard. Facile de faire le lien, non ? Parlez-en à Taatha. Qu'il ait la chose en tête.

— Qu'est-ce que je peux faire, moi, ou même Taatha, comparé à toi ? Toi, tu es en lien direct avec le divin ! Enfin, je peux essayer…

— Et comptez sur moi pour faire ce qu'il faut.

J'ignorais ce qu'elle complotait mais ce n'était plus du tout la même Akka que celle qui, deux heures auparavant, m'avait offert des gâteaux. Sa voix avait quelque chose de tranchant, comme si elle avait trempé sa langue dans du venin avant de sortir de chez elle avec son panier à aumônes. Quel rapport entre les sacrifices de chèvres et Elango ? Je frissonnai dans la chaleur de cet après-midi en repensant à l'image qu'elle avait évoquée, celle d'Elango en train d'égorger une bête et de s'abreuver de sang. Je filai avant qu'elle ne me repère. Elle avait toujours été gentille avec moi, me prédisant de grands voyages, une carrière d'artiste, un mariage avec un bel homme qui me rendrait heureuse. Mais durant ces quelques minutes, elle semblait s'être débarrassée de sa gentillesse comme d'une mue avant de se dérouler et de siffler.

2

Quelques jours plus tard, Elango aperçut Taatha qui déambulait dans Kummarapet, marmonnant dans sa barbe, visiblement préoccupé. Quand Taatha pointait le bout de son nez, il fallait s'attendre à du changement. Arrivaient des tas de sable et de briques, des fondations étaient creusées et de nouvelles maisons surgissaient de terre. Il s'était arrêté pour observer le *moringa*. Il l'inspecta si longuement qu'Elango fit une pause. Tout le monde savait que cette maison et sa vaste cour étaient une épine douloureuse dans le pied du vieux filou. Il possédait déjà une grosse partie du quartier et s'il parvenait à mettre la main sur l'ensemble, il disposerait alors d'une vaste bande de terrain qu'il pourrait réaménager. Mais les frères refusaient de vendre – c'était un des rares points sur lesquels ils s'accordaient –, et leur détermination entravait les rêves immobiliers grandioses de Taatha. Après avoir lentement balayé les lieux d'un dernier regard courroucé et appuyé, le vieil homme repartit.

— Plus de cheveux, plus de dents, plus de couilles, mais toujours la même cupidité, dit Elango à Chinna après s'être rassis devant son tour, une estèque à la main.

Il passait en revue un lot de cruches à demi sèches qu'il calait sur ses genoux, entre ses cuisses, et dont il tapotait la surface malléable à l'aide de l'estèque pour en arrondir la base. Ses pichets lisses et parfaitement sphériques étaient très demandés en été pour stocker ou rafraîchir de l'eau. Pas plus tard que la semaine précédente, il en avait fourni une demi-douzaine à la famille de Taatha… Ce qu'il regrettait à présent.

Le même jour, Taatha fit le tour de Moti Block et augmenta tous les loyers. Alors que la consternation se répandait comme une traînée de poudre de logement en logement, il s'arrêta chez le calligraphe aveugle et passa la tête dans le minuscule deux-pièces qu'il lui louait. Les inscriptions en ourdou encadrées au mur, un sac à main élimé accroché à un clou derrière la porte, une plume et un encrier sur un bureau, un calendrier vieux de sept ans. Le calligraphe était assis sur un couvre-lit fleuri. Il venait de faire la sieste et ses mèches de cheveux blancs semblaient plus vaporeuses encore que des volutes de fumée. Il avait eu le sommeil léger et son esprit était encore englué dans un mauvais rêve mais, percevant un craquement, il se redressa à moitié. Il sentait une présence étrangère.

— Qui est là ? lança-t-il en penchant la tête pour mieux entendre.

Il entendit quelqu'un s'éloigner. Se rasseyant sur le lit, il fut saisi d'un mauvais pressentiment. Il pria pour que son cauchemar n'ait rien de prophétique.

3

En rentrant de l'école un jour de juillet, on trouva Lakshmi à la porte. Elle s'adressa à Elango en télougou, dans un débit rapide que ni Tia ni moi ne pouvions suivre mais que sept mainates alignés sur le muret en face de chez nous écoutaient, comme s'ils la comprenaient. Ils se déplacèrent sur le côté pour mieux voir, se houspillant les uns les autres.

Elango se tourna vers nous.

— Dépêchez-vous de manger quelque chose. On doit repartir.

Je reconnus le ton sec et tendu, ce n'était pas le moment de discuter. C'était le ton qu'avaient les adultes quand il se passait quelque chose de grave.

C'était la seconde crise cardiaque de mon père. La première s'était produite à une époque dont je n'avais gardé en mémoire que quelques formes et taches de couleur. Un docteur imposant. Des lunettes rondes, qui se démontaient s'il les frottait trop fort.

Cette fois-là, je m'étais occupée de Tia. Elle avait quatre ans, on l'appelait encore Tapti. J'en avais sept et j'étais encore Sarayu. Une autre vie. On s'installait dans une grande bassine en plastique destinée à la lessive et on s'aspergeait. On se réveillait tard et on se chuchotait des histoires. On ne comprenait pas que notre père risquait de mourir. Mis à part le silence qu'il fallait respecter, on menait une vie sans règles où l'on pouvait écraser du sucre dans une motte de beurre et déguster le tout comme un gâteau. Mais durant mes années de collège, la maladie de mon père pesa sur nous tous en permanence. J'avais une conscience si aiguë de sa fragilité que je le voyais presque comme un zombie, maintenu en vie jour après jour grâce à une vingtaine de comprimés colorés. Il conservait tout le temps dans sa poche un pilulier qui cliquetait parmi les pièces et les clés et contenait du dinitrate d'isosorbide. Tout comme ma mère, nous enregistrions les moindres de ses douleurs ou soupirs. Dès qu'il était en retard, ma mère commençait à faire les cent pas. Et s'il s'était effondré quelque part tel un arbre lors d'une tempête ? Le cœur de mon père n'était plus seulement un organe à l'intérieur de son corps. C'était le cinquième pilier de notre maison. Où que nous nous trouvions, c'était le battement de son cœur fatigué qui nous servait d'horloge.

Alors qu'on nous conduisait à toute vitesse à l'hôpital dans nos uniformes froissés, je sentis l'angoisse s'insinuer dans mes veines, tel un escargot progressant lentement et laissant en moi sa trace de bave. Peut-être ne nous disait-on pas tout, peut-être était-ce bien pire que ce qu'Elango sous-entendait. On refit pratiquement tout le trajet jusqu'à l'école sauf qu'on tourna cette fois à gauche pour prendre la direction d'une partie de la ville qu'on ne connaissait pas. L'hôpital ressemblait à un musée avec ses colonnes, ses arcades, ses hautes fenêtres. Trois ou quatre ambulances étaient garées à l'extérieur à côté de quelques bicoques. Flottait dans l'air une odeur de *dosas* en train de frire. J'en eus l'eau à la bouche. Après avoir dépassé en trombe le panneau rouge et blanc indiquant les urgences, nous trouvâmes ma mère, assise seule dans le couloir – elle attendait le cardiologue, nous expliqua-t-elle. C'étaient des chaises en métal. Je comptai les fenêtres du long couloir qui menait aux soins intensifs. Douze, de taille décroissante plus elles s'éloignaient. Il y avait une grande porte au bout d'où pouvait sortir le médecin à tout instant. Les fenêtres étaient hautes comme dans une église et l'un des carreaux manquants avait été remplacé par une feuille de journal – une publicité pour du thé montrant une femme en bikini. Des infirmières allaient et venaient, l'air préoccupé et distant. Aucune ne nous regardait. Je me dis qu'elles ne savaient peut-être pas comment nous annoncer que mon père était mort.

Ma mère passa environ une semaine à l'hôpital, durant laquelle Lakshmi dormit dans ma chambre et on installa un des vieux lits de camp de mon père dans le salon pour Elango. Chinna passa donc tout son temps avec nous. Le premier matin, quand je me réveillai, je trouvai son museau humide collé à mon visage et je tendis spontanément les bras pour l'accueillir dans mon lit. On se rendormit ensemble ; son odeur était plus douce encore que celle d'un gâteau sortant du four et j'oubliai momentanément que mon père était hospitalisé. Quand mes parents rentrèrent, ma mère supplia Elango de rester quelques nuits de plus – il pouvait y avoir des complications, elle préférait le savoir dans les parages. Il débarquait le soir, dégageant une odeur singulière de cambouis et de terre. Le matin, il était parti bien avant mon réveil. Il réapparaissait juste à temps pour nous conduire à l'école.

Un soir, je découvris au pied de son lit de camp une serviette fine, un gobelet en inox ainsi qu'un livre que je l'avais vu lire une fois et dont la couverture montrait un couple d'amoureux. Les bords étaient abîmés et quand je l'attrapai, il s'ouvrit sur une page où la lettre Z avait été dessinée en grand au stylo-bille bleu, calligraphiée en pleins et déliés et ornée de fleurs. Il avait fait quelques esquisses sur les pages blanches à la fin, toutes de la même femme visiblement : allongée sur le côté, debout contre un arbre ou encore de dos, devant une fenêtre en arceau. Je refermai le livre et le reposai là où je l'avais trouvé, saisie d'un émoi furtif que je n'avais encore jamais éprouvé et que je ne comprenais pas. Je me précipitai dans la salle de bains, fermai la porte et inspectai mon visage dans le miroir. Était-il joli ? Bien sûr que non. Est-ce que quelqu'un dessinait la lettre S dans un livre pour moi ? Aucune chance, bien que le garçon sur lequel Fauzia et moi avions jeté notre dévolu m'ait regardée et souri la semaine précédente. Je relevai mon tee-shirt pour inspecter ma poitrine. "Plate comme une limande, sifflait la voix d'Akka à mon oreille. Tu me donnes vingt roupies et dans un mois, deux tout au plus, je te promets des boutons de lotus." Ma mère, l'air consterné, lui avait refermé la porte au nez. J'aurais tellement voulu avoir les vingt roupies.

Contrairement à mes pensées les plus sombres, mon père se rétablit peu à peu. Lorsque le docteur annonça qu'il pouvait marcher jusqu'à la véranda, ma mère insista pour payer à Elango les nuits qu'il avait passées à la maison. Il refusa mais Amma lui glissa de force une enveloppe dans la main. Elle lui demanda si Chinna pouvait rester avec nous quelques jours supplémentaires. La première chose que faisait mon père en se réveillant était d'appeler le chien. Il disait que c'était bon pour son cœur parce que le chien aimait s'appuyer contre sa poitrine et se faire caresser le dos. Ils avaient l'air tellement tranquilles, se rendormant ensemble, poursuivit-elle. Chinna était le meilleur remède cardiaque possible. Sans lui, son mari serait totalement perdu.

4

Le premier soir où Elango rentra chez lui sans son chien, c'est lui qui se sentit perdu. Même si Chinna allait et venait en ville comme un grand à présent et se baladait où il voulait à longueur de journée, il était invariablement de retour le soir. Elango avait besoin de pouvoir le toucher à tout moment – il ne se rappelait pas qu'il en ait été un jour autrement. Tous les soirs, Chinna l'accompagnait jusqu'à l'arbre foudroyé. Elango allumait sa lampe-tempête Petromax, remontait sa montre et la glissait à son poignet. Alors que le hibou commençait à ululer à la tombée de la nuit, Elango se mettait au travail, parlant au chien de temps en temps. Chinna ne répondait pas mais quelque chose dans sa présence faisait comme une musique qu'ils étaient les seuls à entendre. Sans lui, Elango se sentait fatigué, la fabrication du cheval lui paraissait futile.

Il avait pourtant tenté désespérément d'y consacrer un peu de temps entre toutes ses autres activités.

Il se demandait s'il faisait bien de s'obstiner. La réalisation de ce cheval était-elle encore pertinente ? Au terme de tous ces efforts, la bizarrerie de ce cadeau – un cheval en terre cuite géant – ne risquait-elle pas de déconcerter une femme ? Le fabriquait-il pour Zohra ou pour lui-même ? C'était dur à dire. Il voyait à présent en ce cheval plus un oracle qu'une sculpture d'argile, si bien que tout ce qui pouvait lui arriver signifiait quelque chose. S'il se brisait en pleine cuisson, ce serait un présage de destruction. Si Elango ne parvenait pas à le fabriquer, cela signifierait l'échec, même s'il n'osait pas trop penser au genre d'échec qu'il craignait le plus désormais – perdre Zohra.

Alors que le crépuscule estompait les contours des arbres, lui-même eut la sensation de se dissoudre. Lorsqu'il eut du mal à percevoir l'extrémité de ses membres dans l'obscurité qui tombait doucement, il eut l'impression étrange d'être désincarné. S'il ne se levait pas pour taper des pieds et allumer sa lampe, il serait tétanisé pendant des heures. Ce qui le sauva, comme souvent, ce fut le hibou, qui ulula avant de partir en chasse. Il fallait se remettre au travail. Où en était-il ? Les jambes. Il roulait de l'argile pour faire les jambes.

Le grand-père d'Elango avait toujours consacré l'argile avant de se lancer dans le façonnage d'un cheval. Elango se souvenait des lampes sacrées, des fleurs, des tambours, des noix de coco, de l'excitation du moment. Lui-même n'avait rien fait de tout cela dans la mesure où son cheval n'était pas censé être une divinité mais une offrande à sa déesse à lui. Bien que le cheval ne soit plus un secret pour Zohra, il ne lui avait parlé que très vaguement de son projet. Le jour où il approcherait une allumette du petit bois pour démarrer le feu, il lui expliquerait tout, il lui dirait combien ce cheval était intimement lié à l'amour qu'il ressentait pour elle. Il irait la chercher quand ne subsisteraient plus que des braises, elle découvrirait alors le cheval dans son entier, émergeant des cendres. La scène se produirait de nuit, sans aucun autre témoin. Juste les ténèbres de la voûte céleste au-dessus du cheval incandescent, protégé par nulle divinité hormis Sirius de la constellation du Grand Chien.

Qui d'autre pourrait le voir ? Un après-midi, emporté par sa loquacité alors qu'il fumait une cigarette avec Sudhakar, il s'était laissé aller à évoquer son projet. Sudhakar s'était redressé, enthousiaste. On connaissait Elango pour ses urnes monumentales. À l'exposition de Delhi où il s'était rendu, il avait montré comment réaliser une urne pouvant recevoir des graines ou contenir un enfant. C'était le genre de pose acrobatique qu'adoraient les photographes – un enfant de trois ans glissé dans une poterie d'Elango, avec juste la tête qui dépassait. Étant donné que ce cheval était sa première grande sculpture, Sudhakar débordait de questions, sur sa taille, son poids, sa maniabilité. Si quelqu'un dans le monde était capable d'aménager un hall d'hôtel, c'était bien lui. Quand il regardait une plante, ce n'était pas pour ses fleurs ou ses feuilles ; il s'interrogeait en fait sur l'effet qu'elle produirait placée dans une niche près d'un bureau. Urne ou cheval, Sudhakar savait immédiatement où les exposer, qui les apprécierait le plus.

Même si l'enthousiasme débridé de son ami le réjouissait, Elango s'en méfiait. Ce cheval était une affaire tout à fait intime, indissociable dans son esprit de Zohra. C'était sa première création sans aucune visée utilitaire, dont la seule raison d'être avait été jusque-là un besoin de donner forme à une créature aperçue en rêve. À passer tant de temps à fabriquer cet objet énorme qui ne lui rapporterait pas un sou, ne cédait-il pas simplement à un romantisme niais ? Était-ce un luxe qu'il pouvait se permettre ? Pourtant, alors que grandissait sa conviction de devoir terminer le cheval, il sentait poindre en lui un nouveau besoin, qui gagnait peu à peu en intensité : ce cheval devait lui apporter la reconnaissance qu'il avait à présent la certitude de mériter.

Il passa la soirée à rêvasser, pensant à la façon dont ses œuvres circuleraient encore entre des mains inconnues cent ans après sa mort. La nuit, allongé dans la cabane qu'il s'était aménagée, il songea aux ailleurs où ce cheval pourrait l'emmener. Loin de cette cellule étouffante qu'il s'était construite, des quelques clous plantés dans les murs en guise de patères, de la paillasse sur laquelle il dormait. Loin des dernières piques récemment lancées par Vasu et Revathi au sujet des musulmanes.

Loin, avec Zohra et Chinna.

Il se tourna sur le côté, agité et ankylosé. Il passait pratiquement toutes ses nuits sous le *moringa* en compagnie de Chinna et des étoiles. Sans le chien, la cour lui semblait vide, sans vie. Les poules avaient l'air de chercher leur bourreau.

Chère Madame Reddy,

Vous me dites qu'il faut essayer de me concentrer sur autre chose. Mon mari et moi-même sommes architectes. Il a repris le travail mais moi, j'ai démissionné. C'est comme si, le soir de l'agression, une balle m'avait traversé le cerveau, anéantissant mes capacités de logique et d'attention. À la place, je joue… J'ai installé une maquette de la ville dans notre chambre d'ami. Cela m'a demandé des jours de travail… J'ai ajouté les sépultures, le fleuve, nos célèbres rochers… Là, je ne suis pas agressée, mon mari n'a pas de problèmes de vue, mon chien ne disparaît pas, je ne suis pas brisée en mille morceaux. Je vis.

Hier, j'ai marché jusqu'à Penda Hill. J'ai descendu toutes les petites rues à droite de Bharati Road. Demain, je ferai le côté gauche. J'ai dénombré quinze chiens errants. Trois marron, deux noirs, un blanc.

Tashi ne ressemble à aucun d'eux.

Je vois en vous une amie. J'aimerais vous rencontrer. S'il vous plaît, dites-moi si cela vous semble possible.

CINQ

1

Le calligraphe aveugle se tenait près de l'arbre foudroyé avec Elango. Il caressait les jambes du cheval. Le potier les avait achevées, de même que le tronc. Il était à présent décidé à le terminer avant que les pluies ne viennent balayer son abri. Ce serait bientôt le moment d'entamer les décorations et il avait fait venir le grand-père de Zohra pour une raison bien précise.

Elango savait que ses idées seraient peut-être impossibles à concrétiser mais il ne voyait pas d'alternative. Il lui faudrait parvenir à ses fins pas à pas, en commettant forcément une série d'erreurs. D'autres pouvaient estimer que c'était une perte de temps – ce qui n'était guère surprenant dans la mesure où la plupart des gens ne fabriquaient jamais rien. Comment pouvaient-ils savoir qu'il fallait des jours, voire des mois d'un labeur vain et épuisant pour accorder la main, le cœur et l'esprit ? Elango y était presque parvenu, surtout après avoir eu une idée qui avait ranimé sa flamme.

La main du vieil aveugle s'attardait sur les détails du corps, faisait le tour de certaines bosses, en caressait les zones lisses, s'arrêtait de nouveau. Il penchait la tête, tout ouïe, à l'affût de la moindre information complémentaire. Pourquoi seulement les jambes et le tronc ? Où était la tête ? demanda-t-il. Et qu'en serait-il de la queue ? Quel outil utiliser sur de l'argile pour remplacer la plume ? Autrefois, quand il devait honorer une commande de calligraphie pour un livre, un journal, un message sacré ou un faire-part de mariage, il taillait lui-même ses plumes. Les gens venaient de loin pour s'adresser à lui, son geste trouvait son origine directe en Perse, disaient-ils. Il ne voulait surtout pas se déshonorer en couvrant cette argile de lignes grossières. Alors, de quel outil allait-il disposer ?

Elango plaça entre les mains noueuses du vieil homme deux outils de modelage qu'il prit soin de regarder une dernière fois, réticent à s'en séparer. La partie métallique était brillante et aiguisée, les manches en bois de séquoia avaient une prise qu'Elango n'avait jamais retrouvée sur d'autres instruments. Ils venaient du coffret envoyé par le potier coréen et il ne les avait jamais utilisés de peur de les user. Il était temps de s'en servir. Il avait également mis de côté quelques bols prêts pour la cuisson afin que le vieil homme puisse s'entraîner, l'argile étant encore suffisamment humide pour être gravée à l'aide d'un couteau ou d'un outil de modelage. Il montra au calligraphe comment tenir le bol, une main à l'intérieur tandis que l'autre gravait les dessins sur la surface extérieure, comment brosser la poussière d'argile qui se formait et souffler dessus pour s'en débarrasser. Le calligraphe scrutait tout, plissant les yeux comme s'il pouvait en extraire un peu de vision. Il s'assit sur un rocher près de l'étang, laissant régulièrement échapper dans un sifflement un *“Inshallah”*. Il souriait dans sa barbe blanche.

— Apprendre les grimaces à un vieux singe… Je veux toujours avoir à ma disposition de l’eau fraîche et potable. C’est tout ce que je demande.

On l’appelait le calligraphe aveugle mais il n’était pas totalement non voyant. Il avait du mal à expliquer ce qu’il percevait les jours où il voyait des choses. Des images surgissaient, déformées et floues. Des formes et des ombres se dressaient devant lui, trop tard la plupart du temps pour pouvoir éviter la collision, et il avait découvert au fil des années que les rues de sa ville regorgeaient d’hommes et de femmes irascibles. Parfois, de grosses nuées d’insectes qu’il prenait pour des mouches passaient devant lui mais il avait beau tenter de les disperser, elles étaient toujours là. Même s’il portait des lunettes, sa vue ne lui permettait pas de déceler la fissure sur un des verres. Zohra ne lui avait rien dit, pensant que le vieillard avait besoin de gaieté et non de mauvaises nouvelles. Dès qu’elle le pouvait, elle marchait avec lui jusqu’à la bibliothèque municipale où, comme son père avant elle, elle était chargée de ranger les livres. C’était un bâtiment dont les enduits de chaux et de plâtre tombaient parfois sur les ouvrages en une pluie inopinée, mais il aimait y passer du temps, assis dans un coin à écouter le bruissement des oiseaux et des pages.

Zohra avait parlé de son grand-père à Elango le jour où ils s’étaient échappés pour aller voir les sépultures médiévales à l’autre bout de la ville. Non pas parce qu’ils se passionnaient pour les anciens rois mais parce que le besoin de trouver un lieu où ils pouvaient être seuls était pressant et les occasions rares. Quand ils se retrouvaient à la tombée de la nuit près de l'arbre foudroyé, ils étaient tendus et pressés, redoutant de voir arriver quelqu'un qui les connaîtrait. Il voulait passer du temps avec Zohra comme il avait vu des couples le faire au cinéma – en plein jour, entourés de végétation et de fleurs.

Elle avait haussé un sourcil.

— Et il faudra que je chante et que je danse autour des arbres ? avait-elle demandé.

— Ce n'est pas moi qui t'en empêcherai, avait-il répliqué.

Les tombes se trouvaient dans un parc en friche de l'autre côté du fleuve. Elango les avait déjà vues plusieurs fois, mais seulement de loin. Le plus grand mausolée était à l'écart des autres et, dans l'obscurité humide, on discernait les formes de cercueils de pierre, mouchetés de fiente de pigeon. L'un était si petit que ce devait être la tombe d'un bébé, avait pensé Elango. Ils étaient cernés d'arbres et de touffes sauvages qui ondulaient, et chacun de ces arbrisseaux était occupé : hommes et femmes s'enlaçaient à l'abri des feuillages, certains avaient même l'audace de s'embrasser. Elango avait tout à coup senti qu'il se fermait comme une huître. Une grande réserve s'était emparée de lui face à cette clandestinité, face à cette passion qui devait être calculée et se jouer parmi les squelettes de sépultures aux couleurs passées. Tout ceci n'était que mascarade. La poitrine serrée, il s'était détourné des buissons. Pourtant, dès qu'il en avait eu la possibilité, il avait pris Zohra par la main et glissé un bras autour de sa taille.

— Arrête, on va nous voir, avait-elle murmuré en repoussant son bras.

— On fait quoi alors ? Pourquoi on est venus ici ?

— Pour voir les tombes. Pour discuter tranquillement.

Discuter ? Contempler des ruines ? Les femmes avaient-elles toute leur tête ? Il s'était gardé de faire ces remarques à voix haute. Au début, il avait trouvé cela charmant – ces disputes amoureuses qui se soldaient par des remords et un pardon. Mais plus maintenant. Elle semblait porter sur le monde un regard qu'il trouvait souvent incompréhensible et, ce qui ne manquait pas de l'irriter, elle était capable de démontrer la logique de son raisonnement là où lui, à peine lancé dans un développement, s'embrouillait dans ses propres arguments. Il n'avait pas les mots, disait-il. Il ne savait utiliser que ses mains. Était-il si compliqué de comprendre que certaines personnes s'exprimaient par des actes et non des paroles ? Elle avait répondu du tac au tac qu'il se débrouillait aussi très bien avec sa bouche quand il n'était pas question de parler.

Il s'était éloigné, découragé. Il avait observé d'un air indifférent les monuments couverts de mousse. Seules la courbure parfaite de leur dôme et la symétrie de leurs voûtes le touchaient. Comment avaient-ils fait ? C'était dur d'arriver à un tel résultat, même avec des poteries. Des mots perses avaient été gravés sur les murs des tombeaux – boucles, longs traits, points, tout un texte dessinant un motif qui courait entre les arches et sur les colonnes. Une idée était venue dissiper sa contrariété.

— Est-ce que la calligraphie de ton grand-père ressemble à ça ?

Cet après-midi-là avait mené à celui-ci : le calligraphe graverait des mots ourdous sur son argile. Ce serait un cheval doué de parole.

Au premier contact de la pointe de métal sur la terre, la main du calligraphe avait tremblé. Cela faisait tellement longtemps qu'il n'avait pas écrit… En était-il encore capable ? Surtout sur ce type de support… L'outil refusait de coopérer. Alors qu'il le pressait sur le pot humide, la pointe butait sur de petits grains de sable ou ripait sur la courbe de la pièce. En passant les doigts sur les lettres qu'il traçait, il sut immédiatement qu'elles étaient grossières, un travail d'amateur… Il essuya la surface du bol à l'aide d'un chiffon et recommença, tâtonnant du bout des doigts, regrettant la platitude familière et sereine du papier ainsi que la précision de la plume. L'outil que le potier lui avait donné venait encore de déraper, laissant cette fois une longue traînée sur le côté du bol. Il s'accroupit, s'épongeant les sourcils avec un pan de son *lungi*.

Elango leva les yeux.

— C'est de l'argile et du métal. Pas du papier et de l'encre.

Tendant ses mains couvertes de boue, il effleura le bras du vieil homme.

— Ces doigts doivent trouver une autre façon de caresser la surface et de presser la pointe de l'outil.

Il se leva et s'essuya les mains sur le chiffon.

— Reposez-vous un peu… Ça va prendre du temps. Je vais vous apporter de l'eau, et j'ai gardé un peu de sucre. Je vais vous dire ce qui m'inquiète : on doit trouver un moyen de maintenir l'argile humide pendant plusieurs jours pour que vous puissiez la graver. Comment faire avec cette chaleur ? Il va falloir que je la recouvre d'un linge mouillé.

Le calligraphe se mit à mastiquer le petit morceau de sucre et but une gorgée d'eau. Il vit alors une forme blanche – qui s'envola et prit de la hauteur tandis qu'il la suivait des yeux. Était-ce un oiseau ou un bout de papier ballotté par le vent ? La chose se transforma en une tache lumineuse accompagnée d'une pluie de points sombres.

— Je sais que tu es un homme bien. Et ça compte davantage que ta religion, dit-il tout à coup. Mais pars avec elle si tu veux construire quelque chose. Ne vous préoccupez pas de moi.

Il reposa son verre et se mit à frotter ses lunettes avec un coin de sa *kurta*.

— C'est une gentille fille. Je lui sers de père et de mère depuis qu'elle est toute petite. Je suis heureux de voir qu'elle fait sa vie… C'est vrai, pendant combien de temps vais-je encore être là pour elle ?

— Quoi ? s'écria Elango, décontenancé. Je veux juste qu'on grave quelques mots sur un cheval. C'est tout. Qui a parlé de religion ou d'autre chose ?

Il regretta ses paroles au moment même où il les prononçait. Un jour ou l'autre, et ça ne tarderait pas, il lui faudrait parler de Zohra avec le vieil homme. Mais ce dernier était déjà au courant, et c'était trop tôt… S'il le savait, d'autres devaient le savoir aussi. Il y avait des tas de détails pratiques à régler car, une fois les choses engagées, on ne pouvait plus faire marche arrière. Pour quelque temps encore, il avait envie de s'accrocher à l'idée que leur amour était une boîte à bijoux dont ils étaient les seuls à avoir la clé. Mais ce vieillard aveugle, auquel elle se dévouait obstinément corps et âme – quelle erreur de l'avoir présenté au cheval ! Ce type allait à présent lui donner toutes sortes de conseils, pensant qu'il en avait le droit.

— Moi aussi j'ai peur de ce qui est nouveau, reprit Elango d'une voix radoucie. C'est le cas de tout le monde… Avec un peu d'entraînement, vous allez réussir à faire des choses magnifiques.

— Que diront tes proches quand ils verront des inscriptions en ourdou sur ton cheval hindou ? Tu y as pensé ? C'est bien un objet sacré que tu fabriques pour ton temple ? Ça ne va pas plaire à vos prêtres.

— Ce n'est pas pour un temple, ça n'a rien de religieux. Personne au temple ne le verra.

Elango se hâta d'improviser la suite.

— C'est un hôtel qui a passé commande pour son jardin. Je dois le décorer, c'est tout.

Il se retourna et les deux hommes se turent pendant quelques instants. Mais le calligraphe, sceptique, ne tarda pas à bougonner.

— De la calligraphie pour un hôtel ! Quelle idée ! Les hôtels sont des lieux de perdition où des gens dépravés commettent des sacrilèges. À ce stade de mon existence, dit-il dans un souffle, je ne veux déshonorer ni le flot ni la beauté de l'écriture que j'ai toujours vénérée. Mon travail a du sens.

— Parce que le mien n'en a pas ? N'a-t-on pas gravé votre alphabet sur les pierres de ces tombeaux ? Selon vous, l'argile ne vaut pas la pierre ?

Elango ne perdait pas souvent son calme. Au-delà de son âge, qui imposait le respect, le grand-père de Zohra était le dernier homme qu'Elango pouvait se permettre d'offenser. Cependant, maintenant qu'il visualisait son cheval en terre cuite recouvert de magnifiques inscriptions en alphabet arabe, aucune autre décoration ne lui paraissait pouvoir constituer un compromis acceptable. Il était sur le point d'exploser de colère contre son propre travail pitoyable, contre les exigences de perfection d'un calligraphe inflexible, contre sa réserve d'argile qui diminuait. Il se tut mais il avait conscience d'être entouré d'une atmosphère électrique ; il n'était plus un homme mais un câble de haute tension.

Percevant sa gêne, le calligraphe se leva en poussant force grognements. Il secoua son *lungi* et annonça que c'était l'heure de la prière. Elango planta sa bêche dans le fond de l'étang.

— C'est ça, allez prier. Quoi de plus important dans la vie ?

2

Dans la rue principale près de Moti Block, Akka patientait pour récupérer les cinq roupies hebdomadaires de l'épicier Sharma-ji quand elle aperçut le calligraphe aveugle qui descendait la rue en tapotant le sol de sa canne. Il arrivait de l'étang. Elle le regarda avancer d'un œil impassible, sachant pertinemment qu'elle pouvait le fixer sans craindre d'être remarquée.

— Vous avez besoin d'aide ? lui demanda-t-elle d'une voix mielleuse quand il fut à sa hauteur. Vous arrivez d'où comme ça ? Vous avez l'air d'avoir bien chaud !

— Oh… de là… rien d'important.

— De là-bas ? Du fin fond de la route ? Où ça exactement ?

— Oh, vous savez, j'ai eu envie de marcher. Ça faisait un moment que je n'étais pas allé dans ce coin-là.

— Jusqu'à l'étang ? Vous êtes allé jusque-là ?

— Oh, non, pas jusqu'à l'étang, balbutia le vieil homme cherchant à brouiller les pistes.

Il poursuivit son chemin, à petits coups de canne, sans qu'elle puisse poser d'autre question.

— Mais il n'y a rien d'autre dans cette direction…, lui cria-t-elle avant de se tourner vers Sharma-ji et de lever les yeux au ciel. Est-ce qu'il croit m'avoir comme ça, cette espèce de vieille taupe ?

Sharma-ji éclata de rire tout en sortant les cinq roupies à déposer dans le panier.

— Il est allé voir travailler son futur gendre, plutôt… Prépare-toi à voir débarquer des mangeurs de bœuf à côté de chez toi, Akka. Et aux prières, cinq fois par jour. Les mollahs arrivent dans ton quartier.

3

Ce jour-là, en pleine prière, alors qu'il s'agenouillait, se redressait puis s'agenouillait à nouveau, le calligraphe se surprit à penser à autre chose que Dieu. Il sentait encore la pointe de l'outil sur la surface du bol, les lettres qui doucement prenaient forme. Lorsque sa vision avait commencé à décliner, la qualité de son travail avait diminué et il avait cessé son activité. Un calligraphe aveugle ne valait rien. Ses doigts avaient oublié comment tenir une plume de bambou, le bruit que celle-ci faisait sur du papier – et qu'il était le seul à entendre –, les lignes tracées une à une, composant des pages de beauté et de savoir. Il n'avait pas ressenti le besoin de voir ce qu'il écrivait alors qu'il gravait les caractères sur ces pots à demi-secs, ce qui lui avait paru miraculeux. Ses doigts savaient. Il en avait été galvanisé mais aussi effrayé. Il avait eu peur de rater… Ce sentiment lui semblait à présent presque inédit alors qu'il l'avait régulièrement éprouvé jadis, au commencement de toute nouvelle commande ardue.

Le lendemain après-midi, il enfila une *kurta* propre, troqua son *lungi* contre une paire de *pajamas* étroits, ajusta sa calotte, attrapa sa canne et sortit de chez lui. Il descendit les escaliers crasseux de Moti Block et se retrouva dans la rue avant de trop réfléchir et de changer d'avis. Raju, le marchand de thé, l'interpella, lui demandant où il allait d'un si bon pas. Avait-il un train à prendre ? Zohra était-elle au courant ? Le calligraphe se contenta se soulever légèrement sa canne en guise de réponse. Quand il baissa la main, il sentit sous ses doigts quelque chose de doux et d'humide.

— Miya ? s'enquit-il en souriant dans sa barbe tandis qu'il flattait de la main la zone poilue de la tête de Chinna, caressait ses oreilles duveteuses et lui grattait le dos. On y va ?

La partie du trajet où on avait l'habitude de les voir, Chinna et lui, était simple. Les gens s'écartaient pour les laisser passer, il en connaissait tous les lampadaires, tas d'ordures, rebords saillants et virages serrés. Il restait bien sur le côté, pas trop non plus car il savait d'expérience qu'il pouvait facilement glisser dans un égout à ciel ouvert, véritable cauchemar visqueux. En haut de la rue, il devait changer de direction, cap vers le sud. Quand il sentait un souffle d'air chaud au passage d'un autobus qui accélérait, c'était le signe qu'il arrivait au carrefour.

La route principale menait à la grande école puis à la vieille ville dont les ruelles formaient un labyrinthe de boutiques où l'on trouvait des tissus, des céréales, des pièces métalliques, des *biryanis*. Des perles aussi, vendues au poids, comme le riz ou les lentilles. Cela faisait des années qu'il ne s'y était pas rendu, mais peu importait car il n'était pas censé aller aussi loin et ses pieds, qui n'avaient rien oublié, retrouveraient le chemin. Les croisements n'étaient pas si nombreux, c'était au bord du fleuve.

— Ce n'est plus très loin, souffla-t-il à Chinna, un soupçon d'hésitation dans la voix. Reste avec moi.

Tout comme on peut sentir son cœur s'emballer à l'idée d'arriver chez la personne qu'on aime, le vieil homme sentit son souffle accélérer alors qu'il s'approchait de sa destination – une grande demeure transformée en archives pour les ouvrages et les périodiques ourdous. Il connaissait les trésors conservés sur les rayonnages et dans les sous-sols voûtés. Il y avait passé sa vie active, à copier des documents, à imiter les superbes coups de plume de vieux parchemins. À une époque, il disposait même d'une table et d'une chaise, qu'on appelait le trône d'Usman Bhai, ainsi que d'une lampe puissante, d'un lutrin pour livres lourds et d'une table où étaler son papier, son encrier, sans oublier les plumes qu'il taillait lui-même. C'était un travail lent et laborieux. Il devait se départir de son impatience habituelle car il savait que pour atteindre le biseau aiguisé dont il avait besoin, il devait couper et affûter le bambou par étapes minutieuses. Une fois les plumes prêtes, il frottait un peu d'encre sur l'ongle de son pouce gauche. Avant le premier coup de plume de la journée, il murmurait le nom de Dieu et enchaînait alors les mouvements, assurés, longs, parfaitement équilibrés. Les jours où il n'avait aucune calligraphie à réaliser, il lisait – il se souvenait encore de certains vers de Ghalib et de Rûmî. Il marchait à présent au rythme de ces poèmes. Tout en récitant ces mots magiques du bout des lèvres, il percuta quelqu'un – un homme qui lui demanda en fulminant s'il avait les yeux en face des trous.

Il entendit que Chinna laissait échapper un grognement sourd et menaçant et sentit le corps chaud du chien se coller au sien. La voix de l'homme en colère enfla avant de s'éloigner. Le calligraphe resta immobile quelques instants puis retrouva la canne qu'il avait lâchée. Il caressa Chinna.

— Aujourd'hui, Miya, ce n'est pas une galette que tu vas avoir, mais deux. Et un kebab par-dessus le marché.

Il se remit en route. Il ne devait pas se laisser déconcentrer. Où était-il ? Il avait continué tout droit après avoir bifurqué. À présent, c'était direct jusqu'au fleuve. Pour savoir quand il s'en approchait, il pouvait se fier à son odorat : le fleuve sentait particulièrement mauvais désormais, un mélange croupissant d'eaux usées, d'ordures et de produits chimiques, qui vous soulevait le cœur. Quand il était enfant – c'était ce qu'il racontait souvent à Zohra –, le fleuve était si propre qu'on pouvait en boire l'eau et s'y baigner. Ah, dans son enfance, les rives étaient bordées d'arbres qui penchaient doucement et… Voilà qu'il rêvassait de nouveau – et voilà qu'il heurtait de nouveau quelqu'un.

C'était une personne plus sympathique.

— Si vous n'y voyez pas bien, attachez votre chien et suivez-le.

Une ombre haute et massive s'approcha de lui et le tira sur le côté. Après quelques autres collisions et plusieurs moments de flottement, le calligraphe finit par atteindre les archives. Il marqua un temps d'arrêt devant la porte et caressa le cou du chien.

— Miya, assieds-toi là et attends-moi. On ne va pas te laisser entrer.

Il attendit que le chien s'installe à côté de la porte avant de solliciter de l'aide pour atteindre l'accueil.

— *Adaab*. J'ai un petit service à vous demander. J'aimerais consulter les pages du *Baburnama* que vous avez ici, commença-t-il avant d'ajouter, saisi d'une bouffée d'ancienne fierté : je suis Usman Alam, le calligraphe qui a réalisé ces pages. Il y a quarante ans.

— Dadaji, répondit le jeune homme de l'accueil, vous avez déjà du mal à arriver jusqu'ici, comment allez-vous faire pour lire le *Baburnama* ? De toute façon, ce sont des pages manuscrites que personne n'a le droit de consulter sans autorisation. Déposez une demande aujourd'hui et revenez demain.

Le calligraphe s'appuya lourdement contre le comptoir. Quelle folie l'avait poussé à risquer la mort en venant jusque-là ? Et comment allait-il retrouver son chemin ?

Même quand sa vue avait commencé à décliner, il avait continué à travailler, prouesse qu'il avait accomplie en gardant en tête deux idées opposées : accepter le fait qu'il pouvait devenir aveugle et totalement vulnérable, et pourtant se dire que cela n'adviendrait pas. C'est la définition même de la vie, pensait-il : savoir que le pire peut survenir tout en faisant comme si cela ne nous arrivera pas. Comment aurait-il pu imaginer qu'il survivrait à son épouse, son fils, sa belle-fille ? Ces deux-là étaient morts à quelques jours d'intervalle, tués par des fanatiques lors d'une émeute où la petite Zohra avait été blessée et estropiée à vie. Comment imaginer la petite jambe pendante, le pied qui se balançait tel un pendule alors qu'il dévalait l'arrière-rue, la fillette dans les bras ? Si seulement Zohra avait pu l'accompagner… Mais elle était trop occupée. Ces jours-ci, elle était toujours trop occupée.

Le calligraphe sentit brusquement sa gorge se serrer, il avait du mal à avaler. Il devait sortir, aller s'asseoir avec Chinna près de la porte. Il avait soif, des crampes aux jambes, envie de bâiller même s'il n'avait pas sommeil. Il avait ressenti les mêmes symptômes l'année précédente avant de faire un malaise. Il devait trouver le moyen de rentrer chez lui. Alors qu'il rassemblait ses forces pour se remettre en route, il entendit à l'intérieur du bâtiment une voix qu'il reconnaissait. La voix de quelqu'un qui l'appelait par son nom, sur un ton à la fois surpris et ravi. La voix se rapprocha puis lui proposa de l'eau, un thé, une chaise. La personne disait qu'elle avait étudié avec lui il y a fort longtemps, qu'elle avait appris la calligraphie avec lui – il ne se souvenait pas de Sadiq ? Sadiq qu'il disputait parce qu'il était fainéant ? Non, il ne le remettait pas ? Ce n'était pas grave. L'homme accompagna le calligraphe jusqu'à son ancien bureau, lui annonçant fièrement que c'était à présent le sien mais qu'il se ferait un plaisir de céder la place à son professeur le temps de trouver les ouvrages dont il avait besoin.

— Que vouliez-vous consulter ? Dites-moi, je vais aller vous chercher les livres.

— Je ne peux plus lire, mon fils, expliqua Usman Alam. Mais il est arrivé quelque chose… qui a relancé ma soif de mots. J'ai eu envie de sentir les livres, de les toucher. J'ai eu envie de les tenir entre mes mains.

Sentant sa propre exaltation le déborder, il baissa la tête d'un air confus. Il tapota le siège à côté du sien.

— Aurais-tu l'obligeance, mon jeune ami, de m'accorder un peu de temps et de venir t'asseoir près de moi pour me lire quelques pages ? Mes yeux visualiseront les mots, de mémoire.

4

Elango acheva son cheval à la fin de l'été. Cela faisait plus d'un an et demi qu'il y pensait. Dans les quinze derniers jours, son frère était venu lui rendre visite à deux reprises près de l'arbre foudroyé. Il l'avait assailli de questions, qu'Elango avait esquivées en prétendant que ce cheval était une commande. Il avait assuré à son frère que Sudhakar lui en avait promis un bon prix et que si ce premier cheval convenait aux propriétaires du Deccan Gold, ils en commanderaient d'autres pour leurs divers établissements. Il n'avait senti son cœur s'apaiser que lorsque Vasu avait hoché la tête, apparemment convaincu par cette version même si, en repartant, le fumier n'avait pu s'empêcher de décocher un coup de pied en direction de Chinna.

Le cheval était bel et bien terminé mais Elango dut encore laisser passer les derniers jours du Ramadan. Le calligraphe ne pouvait travailler en plein soleil alors qu'il jeûnait et n'avait pas l'autorisation de boire. Il faisait encore nuit quand Elango entendait la voix claire et aiguë de l'homme qui sillonnait la ville pour rappeler aux musulmans qu'ils devaient petit-déjeuner avant le lever du soleil. Il pensa à Zohra qui passait ses journées sans manger ni boire, et à tous les autres aspects de sa vie qui lui étaient étrangers. Il savait très peu de choses sur ce jeûne alors même qu'il y avait des musulmans dans son quartier. Une cloison étanche séparait leur existence de la sienne. Il pensa à Fauzia, la fillette qu'il conduisait à l'école. Est-ce qu'elle jeûnait elle aussi ? Est-ce qu'ils imposaient cette pratique à leurs enfants ?

— Nos enfants devront-ils respecter le jeûne ? demanda-t-il un jour à Zohra.

Elle-même le faisait quand elle était petite, répondit-elle, et cela n'avait pas changé. Elle buvait comme un chameau avant le coup de sirène de la mosquée à quatre heures du matin, leur indiquant qu'ils devaient arrêter de manger et de boire. Elle avait des maux de tête et des vertiges.

Elango décompta les coups de sirène. Chaque nouveau coup le rapprochait du moment où le cheval serait achevé. Une fois l'Aïd passé, le calligraphe aveugle se mit au travail. Le potier avait emprunté deux tabourets à l'échoppe de thé afin que le vieil homme et lui puissent se hisser et atteindre les flancs et le garrot. Le calligraphe avait du mal à travailler plusieurs heures d'affilée, ses bras fatiguaient, ses doigts perdaient de leur assurance. C'était compliqué de maintenir l'argile humide par cette chaleur. Elango passait son temps à rapporter des seaux d'eau de l'étang afin d'asperger le cheval qu'il recouvrait ensuite d'un linge mouillé, de papier journal détrempé et de bâches qu'il avait récupérées. Chaque jour, il découvrait seulement la partie sur laquelle le calligraphe allait travailler. Il avait abandonné l'idée d'ornements sophistiqués et avait cessé de demander ce que signifiaient ces mots ourdous. Le vieil homme lui avait dit qu'il s'agissait des vers d'un célèbre poète, cela lui suffisait.

Les caractères au tracé délicat mais ferme démarraient des boulets – le calligraphe s'était allongé par terre pour pouvoir les graver –, puis remontaient le long des canons. Ils atteignaient les coudes, recouvraient le dos et les reins, descendaient sur le chanfrein pour s'achever majestueusement au niveau des naseaux. Le calligraphe ciselait une ligne, vérifiait le sillon du bout des doigts et poursuivait, sans se soucier d'Elango qui l'observait à l'écart et en silence, ne comprenant toujours pas pourquoi le grand-père de Zohra était revenu le voir, un ou deux jours après leur première entrevue, rayonnant de confiance.

— Dites-moi, dans quel puits avez-vous dégoté votre potion magique ? lui avait-il demandé.

— Le puits des souvenirs, s'était esclaffé le vieux. Celui que tu n'as pas encore, Elango. Par manque de profondeur.

— Et quel texte avez-vous décidé de graver ? avait prudemment poursuivi Elango.

Ils s'étaient querellés à ce propos. Usman Alam avait raillé l'idée du potier de recouvrir le corps du cheval du nom de Zohra. Il lui avait fait tout un sermon sur la splendeur de la littérature.

— S'agit-il d'un poème ? avait repris Elango timidement, n'obtenant aucune réponse.

— Tu verras bien le moment venu. J'ai d'abord pensé à Ghalib… et puis, j'ai eu une meilleure idée. Tu verras. Maintenant, laisse-moi tranquille.

C'était comme si le calligraphe avait transféré à ses mains l'assurance que lui conférait jadis sa vue. Celles-ci se déplaçaient sans hésitation à la surface du cheval, caressant et ciselant des vers qui épousaient les courbes et les creux de l'animal. Les articulations arrondies de ses doigts brillaient comme des baies, sa peau brune et sèche ressemblait à l'écorce d'un vieil arbre. Elango retourna ses propres mains pour les examiner, comme s'il les découvrait pour la première fois. Il scruta ses paumes rêches, les ongles jaunes encrassés d'argile. Et dire que ces grosses pattes, attachées à ses poignets, tournaient des kilos de terre pour en faire d'immenses pots ou bien modelaient le col long et étroit d'une carafe, s'était exclamée Zohra en posant une main d'Elango sur son cou à elle. Quelle douceur et quelle maîtrise, avait-elle ajouté en battant des cils d'un air taquin comme elle le faisait parfois. Elle avait saisi son autre main et en avait suivi les lignes – trop de lignes, avait-elle fait remarquer. Comme le dédale d'un cerveau imprimé sur une paume. C'était le signe d'un esprit complexe. Un esprit dangereux, avait-il grondé.

À la fin d'une semaine de travail acharné, Usman Alam annonça qu'il avait terminé. Il descendit du tabouret et déposa ses outils. Il s'apprêtait à s'asseoir et soupirer d'aise quand Elango lui dit d'aller se reposer chez lui et de lui envoyer Zohra avec un peu d'eau et de nourriture. Voilà comment sont les jeunes, grommela-t-il sur le chemin du retour. Dès que le travail est terminé, ils n'ont plus une minute à vous accorder… Ils se servent de vous et ne consacrent pas même cinq minutes à plaisanter ou vous remercier. À son époque… Mais quand il essaya de retenir Zohra pour lui raconter comment c'était à son époque, elle aussi tourna les talons.

— Je reviens vite, lui lança-t-elle par-dessus son épaule. Tu trouveras de quoi manger et du thé sur la table.

Le jour déclinait déjà quand elle arriva à l'étang après avoir fait son détour habituel. Elango entendait ses petites exclamations si elle se tordait la cheville ou perdait l'équilibre. Peut-être percevait-elle de son côté les battements de son cœur à lui, un vrai roulement de tambour. Il avait abandonné l'idée d'attendre la phase de cuisson pour lui montrer le cheval. Et si celui-ci se brisait sous l'effet de la chaleur ? On ne savait jamais ce qui pouvait arriver quand les flammes se mettaient à lécher la terre.

Par ailleurs, il avait un plan.

Lorsqu'elle arriva, il lui demanda de poser la nourriture qu'elle avait rapportée. Il s'approcha d'elle et effleura du doigt sa colonne. Elle frémit.

— Rapproche-toi, lui dit-il, mais elle refusa car il sentait la terre et la sueur.

Il lui répliqua vivement – c'était une question qu'ils avaient déjà évoquée – qu'elle devait s'y faire. Elle allait épouser un potier, il dégagerait toujours cette odeur-là.

Il se dirigea vers l'arbre, attrapa des allumettes dans le creux, pompa et alluma la Petromax. Elle protégea ses yeux de la vive lumière.

— Tu as perdu la tête ? On peut voir cette lumière de très loin.

— Les gens ont l'habitude… Je travaille ici tous les soirs.

Il la tira sur le côté et lui demanda de fermer les yeux. Il recula et, après avoir retiré les bâches qui recouvraient le cheval, annonça qu'elle pouvait les rouvrir. Il suivit son regard. Il découvrit alors avec surprise qu'observé avec ses yeux à elle – des yeux qui ne savaient rien des songes qui l'avaient visité, ni de l'animal qui en avait surgi –, ce cheval n'avait rien d'un mulet, d'un âne ou d'un vulgaire tas d'argile ; c'était bel et bien le cheval majestueux qui lui était apparu en rêve, il y a fort longtemps, pareil à ceux que son grand-père façonnait et dont il se souvenait. Il vit les lèvres de la jeune femme s'entrouvrir, il entendit sa brève inspiration étonnée, puis elle se mit à caresser le cheval, à en faire le tour, rapprochant la lampe, murmurant les mots que son grand-père avait gravés.

Écoute bien,
Ni les Védas
Ni le Coran
Ne t'enseigneront ceci :
Insère le mors dans sa bouche,
Place la selle sur son dos,
Glisse ton pied dans l'étrier,
Et chevauche ton esprit libre et vagabond
Jusqu'au ciel.

Il avait appliqué une couche d'engobe noir avant que le calligraphe ne commence son travail de ciselure. Les lettres gravées, de couleur kaki comme l'argile d'origine, ressortaient sur ce fond d'engobe sombre. Une fois cuit, le kaki virerait au rouge terracotta et le corps resterait noir, expliqua-t-il à Zohra. Mais il fallait encore qu'elle fasse quelque chose.

Il lui tendit la pointe à graver.

— J'ai laissé un petit coin ici, tu vois ? Pendant que je tiens la lampe, toi, tu vas graver nos noms – le tien, le mien et celui de Chinna. Sur le cheval. Dans ta langue.

Elle positionna ses mains et inscrivit leurs trois prénoms. Après avoir regardé les lettres qu'elle avait tracées, elle jeta l'outil, l'air contrarié. Ses caractères semblaient maladroits et rabougris comparés aux lignes élégantes de son grand-père. Mais leur aspect ordinaire dégageait une intimité qui poussa Elango à se coller à elle, à poser son menton sur son épaule et à lui souffler que même si son écriture n'était pas aussi belle qu'elle, elle était tout aussi précieuse.

Elle leva les yeux au ciel.

— Ah, que de mots doux aujourd'hui... On verra dans quelques mois, quand on sera mariés... Tu me crieras dessus comme tous les autres.

5

— Comment se fait-il que je ne voie plus la petite chez le potier ces temps-ci ? Elle ne prend plus de cours ?

Ma mère n'avait jamais beaucoup de temps à consacrer à Akka, qu'elle croisait rarement car elle était habituellement au bureau quand celle-ci passait. Elle lança quelques pièces dans le panier et s'apprêta à refermer la porte.

— Je crois qu'il est occupé, répliqua-t-elle. Ils s'y remettront quand il fera moins chaud.

Elle tourna le dos et rentra.

Depuis notre véranda, Akka me repéra alors que je partais chez Fauzia. Elle m'interpella. Elle descendit les marches avec précaution, son panier sur la hanche. Elle portait un sari jaune soleil dont l'éclat illuminait sa peau. Le *bindi* aux contours irréguliers qu'elle avait sur le front me fixait, son troisième œil. Me souvenant du jour où je l'avais entendue comploter la chute d'Elango, j'étais gênée. Elle épongea de son sari les gouttelettes de sueur sur son visage et me tendit un *laddu* sucré.

— Tiens, c'est pour toi, je sais que tu aimes ça.

Je mordis à contrecœur dans le gâteau, sachant que les sucreries décuplaient chez moi les crises d'acné mais n'osant pas refuser. Elle m'observait. Tout à coup, comme si elle venait de prendre une décision, elle me lança :

— Pourquoi tu ne viens plus par chez nous ? C'était sympathique de discuter avec toi par-dessus le muret.

Je marmonnai une réponse, la bouche pleine de sucre.

— Je vais bientôt revenir. Il a du travail.

— Du travail ? Plus que d'habitude ? Comment ça se fait ?

— Il fabrique autre chose. Quelque chose de grand. Il a vraiment trop de travail.

— Ah… pauvre garçon… et personne pour l'aider. Je suis désolée pour lui. Quand il était petit, il passait ses journées avec moi. Sa mère n'avait jamais le temps de s'occuper de lui… C'est un peu le fils que je n'ai jamais eu. Il ne faudrait pas qu'il travaille autant en pleine chaleur. Il travaille où quand il n'est pas chez lui ?

— À l'étang.

— Tu y es déjà allée ?

C'était une question innocente qu'elle posa tout en ajustant d'une main les plis de son sari et en caressant de l'autre le riz et les pièces. Je répondis sans réfléchir, dans un haussement d'épaules :

— Évidemment ! Je me balade un peu partout.

Consciente d'en avoir trop dit, je me pressai d'ajouter :

— Mais je ne suis pas allée jusqu'à l'étang… Comme j'avais envie de voir ce coin-là, j'ai fait juste un petit bout du chemin… avec le chien.

— Tu mens, ma petite, je le sais.

Sa voix me coupa toute envie de finir mon *laddu*. Je reculai d'un pas.

— Ha ha ! Allons, allons… J'ai béni et protégé ma petite Sara durant toute sa vie. Si je veux continuer à te protéger, je dois savoir où tu es.

— Je n'y suis allée qu'une ou deux fois…

J'avais l'impression que la poussière de la placette allait se soulever et m'étouffer. J'aurais voulu que quelqu'un m'appelle et interrompe cette conversation, mais tous les rideaux étaient tirés pour éviter que la chaleur écrasante n'entre dans les maisons et les vendeurs de poisson et de légumes qui passaient tous les week-ends n'étaient pas encore arrivés. Même le mari de Gauri, que j'avais vu en train de laver sa voiture, était parti.

Elle dut lire la peur dans mon regard car elle se força à sourire gentiment et effleura ma joue de la main.

— Tu sais que tu es ma préférée, hein ? Tu ne veux pas me mentir et me faire du mal ? Alors, dis-moi, il y avait quelqu'un d'autre à l'étang ? Avec Elango ?

Je repensai à Zohra qui avait ramassé l'amulette, au regard qu'ils avaient échangé, au dessin de femme que j'avais découvert dans son livre, à la lettre Z qu'il avait tracée et amplement ornée de fioritures. Je repensai au peu de temps qu'Elango me consacrait depuis qu'elle était entrée dans sa vie.

— Seulement une autre personne, une dame…

— Qu'est-ce que tu marmonnes, mon enfant ? Qu'est-ce que tu as dit ?

— Juste le chien, repris-je d'une voix claire, la regardant droit dans les yeux d'un air innocent. Elango-anna voulait m'apprendre un truc, alors il m'a fait venir.

Tout à coup, elle parut se désintéresser de moi et souleva le panier pour le caler contre sa taille.

— Regardez-moi ça ! Je suis là à papoter alors que j'ai des tonnes de choses à faire. Allez, ouste, toi aussi, va donc vaquer à tes occupations !

Elle se dirigea vers la ruelle menant à la maison où vivait la parente de Taatha. À peine partie, elle se retourna de nouveau.

— C'est quoi cette grande chose qu'il fabrique ? Si j'y vais, je pourrai la voir moi aussi, non ?

— Ce n'est pas fini. Je ne l'ai pas encore vue.

— Mais c'est quoi ? Un dieu ou une déesse pour le temple ?

Il m'avait dit de ne parler du cheval à personne. Akka avait beau me fixer de son regard perçant, je ne dirais rien. Je crois que je finis par bredouiller une réponse.

— Je ne sais pas. Je n'ai fait que préparer un peu d'argile.

Cette fois, elle tourna les talons et s'engagea d'un pas plus décidé vers la maison voisine. Dès qu'elle fut partie, je pris mes jambes à mon cou et filai d'une traite jusque chez Fauzia. Arrivée à la grille, à bout de souffle, je criai son nom. On ne sonnait jamais à la porte, on préférait s'appeler et s'attendre à l'extérieur. Elle en mettait du temps pour ouvrir cette porte ! Bien que je n'aie pas parlé de Zohra, je ne savais plus en repensant à la conversation si j'en avais trop dit ou si j'avais tout gardé pour moi. J'avais besoin que Fauzia m'assure que je n'avais rien fait de mal. Que tout le monde savait qu'Elango travaillait au bord de l'étang, qu'il était très occupé, et que même si j'avais mentionné le fait qu'il fabriquait quelque chose de grand, cela n'avait pas d'importance. On se retrouva en bas de la rue, pas loin de sa maison, et on s'installa sur des marches qui menaient à une petite grille cadenassée où on était sûres d'être tranquilles. Fauzia confirma que je n'avais rien dit qu'Akka n'aurait pu découvrir par elle-même. L'étang n'était pas la propriété privée d'Elango, tout le monde pouvait y aller – même si personne n'avait de raison de s'y rendre. Elle savait effectivement qu'il était en train de fabriquer une grosse pièce, et alors ? Il fabriquait bien toutes sortes de choses.

Une fois le sujet tourné et retourné, examiné sous toutes les coutures, on se mit à feuilleter le dernier numéro de *Sportsworld*. "Repose en paix, cricket indien", titrait la couverture à bandeau noir. Suivaient quelques paragraphes éplorés de Pataudi. On tomba à l'intérieur sur un article au sujet de notre dernier héros en date, John McEnroe. Il captura immédiatement notre attention, balayant de nos esprits toutes les questions de culpabilité, imaginée ou réelle.

Chère Madame Vanamala Reddy,

Ce n'est pas vrai, le temps n'adoucit pas la peine. Je peux vous dire que certaines blessures ne guérissent jamais. Avez-vous déjà connu ce type de blessure ? Qui vous ronge de l'intérieur comme des termites logés au cœur d'un pied de chaise qui cède au moment où l'on s'assoit dessus alors qu'il avait l'air en bon état, comme neuf. Les termites se sont attaqués à mon crâne, madame Reddy. Certaines nuits, je me réveille et je découvre que mon oreiller est couvert de poussière d'os. Mais elles n'ont pas encore atteint mon cerveau, et je ne les laisserai pas faire. À l'intérieur, c'est du silex. Si vous me fendez en deux et que vous frottez une moitié contre l'autre, cela fera des étincelles. Vous sentirez une odeur de pierre brûlée.

Aujourd'hui, j'ai arpenté Basuri Nagar, Model Colony : ces quartiers ont toute la laideur de l'architecture moderne mais aucune commodité. Je remarque qu'il y a surtout des chiens marron dans les rues. Ils viennent vers moi comme de vieux amis, ils savent que je ne vais pas leur faire de mal. Jamais je ne cesserai de chercher mon Tashi. Vous pouvez en être sûre.

SIX

1

Lorsque le cheval fut parfaitement sec, Elango farfouilla dans le tas patiemment constitué de bois, de brindilles et de galettes de bouse séchée qu'il achetait au gardien de buffles. Il commença par les galettes qu'il plaça tout autour du cheval, procédant méthodiquement : d'abord les galettes, puis le bois rapporté de la forêt et, pour finir, des pots déjà cuits. Il empila ses autres pièces à cuire – pots, pichets et tasses – sous le tronc du cheval. N'oublie pas de mettre là aussi des galettes, se dit-il. Sous le tronc. Et n'oublie pas, quand tout sera en place, de retirer ce qui pourrait prendre feu. Il avait beau avoir déjà préparé d'innombrables cuissons, il avait encore besoin de passer en revue certaines tâches.

Une autre couche de galettes, de bois et de vieux pots, et ainsi de suite jusqu'à atteindre le haut de l'encolure. Il recouvrit alors de paille la pyramide qu'il venait d'ériger. Au terme de ces opérations, on ne voyait plus le cheval, dissimulé sous ce qui ressemblait à une meule de foin. Il fit une pause pour fumer une cigarette et boire un peu d'eau, mâchouilla un morceau de sucre et jeta à Chinna une des galettes de riz qu'il avait apportées.

Il avait préparé plusieurs seaux de pâte d'argile pour en enduire la paille. C'était l'étape la plus fastidieuse, celle qui lui déplaisait toujours mais incontournable avant chaque cuisson. Il s'y attela, fredonnant un air monotone qui lui trottait dans la tête depuis des jours. Si tous les hommes arrivaient au monde en pleurant, disait cette chanson, peu d'entre eux le quittaient en souriant. Seuls ceux qui triomphaient du destin. Tout en reprenant les mêmes paroles comme une incantation, Elango projetait la pâte d'argile liquide ; il se penchait et se redressait sans s'arrêter, comme transformé en une machine insensible à la fatigue.

Il avait presque terminé quand il entendit le hibou pousser son cri, comme s'il lui demandait où il en était. Se rendant compte que la nuit tombait vite, il se réjouit d'être en compagnie du hibou et d'en avoir bientôt fini. Aujourd'hui, il ferait un bon repas. Pas chez lui. Il achèterait chez Raju du ragoût de chèvre, de gros morceaux succulents probablement cuisinés avec de l'huile de moteur et de la pâte de curry. L'huile surnageait au-dessus de la sauce rouge vif dans laquelle flottaient des bouts de feuilles de curry. Le plat serait accompagné d'un grand bol de riz aux grains moelleux et gonflés. Rien que d'y penser, il en salivait.

— Qu'en dis-tu, Chinna ? On mérite bien un festin, non ? lança-t-il au chien qui s'amusait à gober des mouches. Les insectes et l'eau de l'étang, ça ne remplit pas un ventre !

Il recouvrait de pâte d'argile le sommet, s'assurant comme d'habitude de laisser un orifice, quand son rêve lui revint en mémoire. Ce rêve d'un grand cheval en feu dont il s'était réveillé paniqué car il avait oublié de faire un trou pour que la chaleur et les vapeurs puissent s'évacuer. Ce jour-là avait mené à celui-ci et pourtant, il avait l'impression qu'il s'agissait d'une autre vie, tout comme les années qu'il avait vécues avant de rencontrer Chinna et Zohra.

Après avoir entièrement enduit le cheval de pâte et nettoyé le chantier, il alluma une torche et fit le tour du monticule de paille dont il effleura la base. De petites langues de feu surgirent. Quand plusieurs feux eurent pris sur les bords, Elango balança sa torche au centre. Les volutes de fumée s'épaissirent et tourbillonnèrent au-dessus du tas de paille. Oubliant le ragoût de chèvre, il étendit un *lungi* au sol et s'allongea au bord de l'étang avec Chinna. Le corps luisant de chaleur et de transpiration, il sombra dans un sommeil profond, comme ces personnes épuisées pour qui une pierre peut faire office d'oreiller et qui dorment sans bouger ni rêver.

Ce furent les flammes qui le réveillèrent – leur bruit, leur éclat. Le monticule s'était transformé en brasier. Retenant Chinna près de lui, il observait les flammes orange dans la nuit noire. Comme il sentait le chien trembler, il lui murmura des bêtises à l'oreille pour le calmer, mais quand un morceau de bois tomba, entraînant avec lui des pans entiers du monticule, le souffle de Chinna se fit pantelant. Elango l'attrapa par la peau du cou et le secoua, le traitant de poule mouillée.

Au matin, alors que le feu s'était éteint, le tas de paille et d'argile noircies fumait encore. Estimant qu'il avait besoin de se rafraîchir, Elango se déshabilla et s'enfonça dans l'étang. Il soupira d'aise quand il sentit la chaleur de la nuit se dissiper. Chinna bondit dans l'eau lui aussi, oreilles au vent, et le rejoignit en barbotant, langue pendante et gueule ouverte.

Elango lança un caillou que le chien alla récupérer à la nage tout en aboyant.

— Regarde, Chinna, cria Elango en montrant du doigt le ciel chargé de nuages. On a terminé la cuisson juste à temps. La mousson arrive.

Peu après, une portion d'argile durcie se détacha, laissant apparaître la tête du cheval. Les cendres commencèrent à refroidir. Le soir, quand Elango revint à l'étang, il se mit à pleuvoir et, à mesure que la pluie balayait la paille et les cendres, le cheval apparut, dévoilant ses tons de noir et de rouge fuligineux. Le potier le contempla longuement, sans voix devant la merveille de sa création enfin achevée. Était-ce vraiment son œuvre ? Pouvait-elle être l'œuvre d'un humain ? Surgissant des cendres, le regard fixé au loin comme s'il pouvait voir au-delà des limites terrestres, le cheval qu'il avait façonné lui paraissait divin. Il s'inclina devant lui comme s'il s'agissait d'une divinité et lui susurra une prière pour le remercier d'être arrivé sur terre intact. Il ne partit que lorsque les ténèbres eurent englouti l'animal.

La pluie tomba sans discontinuer durant la soirée et la nuit. Allongé dans sa cabane de fortune, Elango l'écouta crépiter sur le toit de tôles. Aucun autre bruit. Comme si lui et Chinna, cernés de pluie et de vent, étaient les deux seuls survivants sur la terre. Si Zohra avait été présente, il aurait été parfaitement comblé. Et la pluie aurait pu tomber éternellement.

Personne n'avait encore vu le cheval. Pour l'instant, il l'avait pour lui tout seul. L'idée qu'il puisse se désagréger sous les fortes pluies l'inquiéta brièvement, mais il chassa cette crainte – c'était une pièce solide, bien cuite, qui résisterait aux grands coups de vent, voire à la grêle. Il commença à réfléchir à ce qu'il allait en faire. Bêtement, il n'avait même pas pensé qu'il aurait besoin d'un lieu où le conserver, à l'abri de la rapacité de son frère. Il avait décidé dès le départ que ce cheval ne serait pas à vendre et maintenant qu'il portait ces vers ainsi que leurs prénoms, à Zohra et à lui, c'était devenu le symbole le plus fort de leur union. Il avait envie de se précipiter sous la pluie, de dévaler à toute vitesse le chemin broussailleux jusqu'à l'étang, juste pour le contempler de nouveau, pour s'extasier devant son propre travail. Il sourit dans l'obscurité. On aurait dit qu'un essaim d'abeilles avait été lâché dans sa tête. Tu es potier, se répéta-t-il, apprends donc la patience. Il savait qu'il ne serait jamais patient même si la poterie exigeait de l'être car l'argile avait besoin de temps. Après toutes ces années, il aurait dû se faire à cette routine, dompter son impatience, et pourtant, les dernières heures le séparant du moment où il pouvait enfin découvrir ses pots transformés par le feu étaient toujours pour lui une attente insoutenable. Même une fois la cuisson achevée, pourquoi avait-il le sentiment que son cheval en terre cuite pouvait se mettre à trotter et quitter les bords de l'étang ?

Pour se calmer, il posa une main sur Chinna et sentit sa respiration profonde et régulière. Il se força à fermer les yeux. Petit à petit, le bruit de la pluie apaisant son esprit enfiévré, il finit par s'endormir.

2

Le lendemain, le calligraphe aveugle fut le premier à se rendre à l'étang. Dès que la pluie drue eut laissé la place à un crachin, il arriva avec Zohra, les vêtements trempés, la calotte collée sur le crâne, la barbe dégoulinante. Il caressa du bout des doigts les lignes qui recouvraient le cheval. Les mots ourdous étaient si beaux ! Arrivés tout droit de Perse sur cet animal, s'écria-t-il. Discrètement, car elle ne savait jamais exactement ce que son grand-père voyait ou pas, Zohra serra la main d'Elango.

Peut-être que le calligraphe, après des années d'inactivité, ne put résister à l'envie de parler de son travail. Ou peut-être que c'est dans la nature des nouvelles de circuler. En tous les cas, dans la journée, les habitants de Moti Block ne tardèrent pas à affluer. Le potier les observa en train d'admirer son travail, puis son regard se posa de nouveau sur le cheval – il avait du mal à croire qu'il était bien là, dans ce monde, né de ses rêves. La fillette du maçon, jadis muette, le regardait elle aussi, bouche bée. Elango fut surpris de ne pas ressentir l'embarras que l'enfant suscitait habituellement chez lui. Ce matin-là, elle avait l'air d'une gamine comme les autres, menue, émerveillée, les yeux pétillant de questions. Se rappelant que lui-même, enfant, s'empressait de grimper sur les chevaux de son grand-père dès qu'ils avaient durci après la cuisson, il la souleva et l'installa sur le dos du cheval. Elle s'agrippa à son cou et commença à se balancer comme si dans son esprit le cheval s'était mis à galoper.

La pluie reprit de plus belle et les gens se dispersèrent. Le lendemain et le surlendemain, chaque fois que le ciel s'éclaircissait, une foule de plus en plus dense traversait laborieusement le terrain boueux et broussailleux pour atteindre l'étang. La rumeur avait couru qu'Elango avait fabriqué un cheval pour le temple, semblable à ceux d'autrefois réalisés par son grand-père. Les jeunes n'en avaient jamais vu, les vieux commençaient à se remémorer les processions sacrées durant lesquelles défilaient dans le quartier, hissés sur des chars, ces chevaux d'argile décorés que tout le monde voulait entrevoir.

Flairant une opportunité, Raju, le marchand de thé, envoya son frère, équipé d'une casserole culottée et de tasses en terre cuite. Le quatrième jour apparut un homme avec son stock de jouets, balles, ballons gonflables et bonbons. L'ami d'Elango, Giri, débarqua lui aussi, sa tortue dans les mains.

— Tu peux faire payer, suggéra-t-il avant de poser la tortue au sol. J'ai emmené Hema Malini pour qu'elle voie ça, elle aussi. Regarde bien, il va lui falloir la journée et la soirée pour arriver jusqu'au cheval.

Elango observait la foule, perplexe. En temps normal, personne ne s'aventurait aussi loin, jusqu'à cet étang dédié à la contemplation et au travail. Ils étaient pourtant là, une procession de badauds qui prenaient son sanctuaire pour une fête foraine. Arrivés en bordure de forêt dans la zone dégagée où ils apercevaient le miroitement de l'étang, ils s'arrêtaient brusquement. Le cheval, qui atteignait presque deux mètres cinquante, était plus grand qu'eux. Il était agrémenté d'une coiffe ainsi que d'un collier de perles d'argile en relief et ses naseaux étaient évasés. Tout en courbes, massif, il ne ressemblait pas à un vrai cheval mais quelque chose de primitif et de puissant se dégageait de ses naseaux dilatés, de ses oreilles dressées, des longues colonnes qui constituaient ses jambes.

Le cinquième jour, Vasu se manifesta, accompagné d'un inconnu. Sa voix retentit bien avant que lui ne soit visible.

— C'est pour un hôtel, vous savez. Ils sont prêts à débourser plus de cinq mille roupies. Il sera exposé sur une estrade, juste devant l'entrée. Mais oui, bien sûr qu'il peut réaliser de grands éléphants. Des chameaux même… Mon frère est un artiste national. Il est allé jusqu'à Delhi pour exposer ses œuvres. Des gens sont venus aux expositions. Si vous croyez qu'il ne fait que des tasses et des pichets, vous vous trompez !

Un peu plus tard dans la journée, Sudhakar fit son apparition, demandant son chemin et progressant avec précaution parmi la végétation épineuse.

— Neuf mille, voilà ce qu'un grand hôtel est prêt à payer, annonça Vasu.

Sudhakar échangea un regard avec Elango et se rapprocha de lui.

— Pourquoi le mettre dans un hôtel ? demanda quelqu'un parmi la foule. C'est un cheval sacré. On ne peut pas l'envoyer dans un hôtel !

Un brouhaha de suggestions s'éleva : et si on collectait de l'argent pour organiser un festival en ce lieu ? Tout le monde pourrait participer. Décorons-le de fleurs et faisons une procession comme autrefois.

Elango les écouta jusqu'au bout, de très bonne humeur. Rien ne pouvait le chagriner maintenant que le travail était accompli. Il avait l'impression d'avoir gravi une haute montagne et, une fois au sommet, de contempler en maître tout ce qui s'étalait à ses pieds. Il savait, et Zohra le savait elle aussi, ce que signifiait ce cheval. C'était tout ce qui importait, se disait-il désormais. S'ils voulaient l'emmener au temple, il ne s'y opposerait pas. Le cheval vivrait alors aux côtés de ceux qu'avait créés son grand-père. D'une certaine façon, pensa-t-il, le temple était sa maison ancestrale.

Il passa sa soirée assis sous le *moringa* à fumer et à caresser le pelage de Chinna. Tout avait l'air vert, fraîchement nettoyé. Des pluies d'une telle intensité n'étant pas fréquentes dans cette région aride, il profitait de la fraîcheur de cette brise chargée d'humidité. Les précipitations avaient aussi causé quelques dégâts : dans certaines zones, les égouts recrachaient leurs sombres immondices, de l'eau boueuse stagnait sur les routes défoncées. Mais la boue n'était jamais un problème pour un potier.

Il ferma les yeux et soupira. C'était comme si sa poitrine avait été délestée d'un gros poids. Pour une fois, ce qu'il avait créé égalait presque ce qu'il avait imaginé. Il se demanda ce que son père en aurait pensé, lui qui avait travaillé si dur pour éloigner ses fils de l'argile et les faire accéder à l'empyrée des ventilateurs de plafond, des stylos et de l'encre. Quel âge aurait-il ? Il se rendit compte qu'il ne connaissait pas précisément l'âge de son père. À sa naissance, ses parents étaient vieux. Ils avaient déjà perdu plusieurs enfants et, quand Elango était né, ils n'avaient plus le cœur à se réjouir de l'arrivée d'un autre petit, à garder la trace de toutes les dates.

Ce soir-là, Vasu était lui aussi de bonne humeur. L'agressivité habituelle qu'il manifestait envers Elango avait momentanément cédé la place à l'admiration. Ce cheval ravivait des souvenirs d'enfance du travail de leur grand-père, disait-il. Jamais il n'aurait cru qu'Elango avait ce don de créer quelque chose d'aussi majestueux.

— Continue de fabriquer de grandes pièces comme celle-ci. Des chevaux, des éléphants. Laisse tomber les tasses et les pichets. Quelle bêtise d'avoir passé toutes ces années à réaliser ces trucs-là. Une fois que les gens te verront comme un artiste, on peut se faire un argent de dingue !

Il sourit de toutes ses dents et traita Elango d'enfoiré de cachottier. Ils burent du rhum. Giri, qui les avait entendus, les rejoignit avec Hema Malini. Dès qu'il eut posé la tortue par terre, Chinna s'approcha lentement, curieux et inquiet. Il lui donna un coup de patte. La tortue se mua en une carapace immobile que Chinna scruta en fronçant les sourcils, battant des oreilles, frémissant du museau, déconcerté. Vasu, qui avait trop bu, lui hurla quelques encouragements. Inspirée par cette humeur festive, Revathi tordit le cou d'un de ses vieux coqs. Elle s'empressa de le plumer et il finit dans une grande poêle avec des oignons, de l'ail, des piments, des capsules de *moringa*, du tamarin – tout ce qui lui tombait sous la main –, mais comme la générosité avait ses limites, elle mit de côté les pattes qu'elle se cuisinerait pour elle un peu plus tard. Elle brûlerait toutes les petites plumes et préparerait un ragoût. Elle adorait croquer les pattes, griffe par griffe, avant d'avaler le bouillon dans lequel la viande avait cuit.

Il était presque minuit quand ils mangèrent le coq accompagné de riz et personne ne trouva à redire lorsque le chien vint s'asseoir à côté d'eux, guettant le moindre morceau de nourriture qui tombait de la table. De l'autre côté du mur, Akka était seule. Elle avait remonté son sari vert sombre jusqu'aux genoux tandis qu'elle assemblait d'un air distrait des limes et des piments pour en faire des gris-gris, l'oreille tendue vers les conversations et les rires tonitruants qui lui parvenaient de la maison voisine. Au moins dix mille, disait Vasu. Non, plus que ça, corrigeait Giri. Si Elango parvenait à fabriquer quelques chevaux supplémentaires aussi magnifiquement sculptés, avec toutes ces inscriptions que personne ne pouvait déchiffrer, tout était possible. Tout était possible avec de l'argent, brailla Revathi de là où elle se trouvait. Peut-être qu'ils pourraient racheter la maison de la vieille bique d'à côté et avoir ainsi plus de place pour les poules, voire un buffle ou deux. De gros rires fusèrent. Vasu lança qu'ils devaient lever leurs verres à cette perspective. Être débarrassé de cette sorcière à la langue de vipère. Un rêve qu'on devait arroser si on voulait y croire.

Akka sentit un reflux acide de bile noire remonter de son estomac à sa gorge pour finir dans sa bouche. Elle cracha et s'essuya les lèvres de son sari. Ils se trompaient s'ils croyaient pouvoir l'intimider, elle qui avait tant appris en matière de survie depuis qu'elle vivait dans leur voisinage. Bien plus qu'ils ne le soupçonnaient. Elle rendrait visite à quelques personnes le lendemain. D'abord au vieux Taatha, puis aux prêtres du temple pour leur parler de ce cheval sacré, profané par des mots étrangers.

3

Il était une fois, il y a fort longtemps, aurait commencé Elango s'il nous avait raconté cette histoire.

Il était une fois, il y a fort longtemps, un potier, qui était tombé amoureux d'une femme. Ils vivaient dans le même quartier, il la croisait tous les jours, mais il ne pouvait aller la trouver pour lui dire ce qu'il ressentait. Cet homme et cette femme appartenaient à deux tribus qui se détestaient. Il savait bien que jamais ils ne pourraient vivre ensemble. Une nuit, un cheval de terre cuite le visita en songe : ses naseaux crachaient du feu, il avait des yeux de braise et il s'adressa à lui si clairement que le potier comprit chacun de ses mots. S'il apprenait à chevaucher ce cheval de feu sur la terre et sous l'eau, la femme serait à lui. Il se réveilla avec la certitude que ce cheval devait voir le jour et que c'était à lui de le créer.

Je découvris le cheval d'Elango six jours après sa cuisson, alors que le ciel s'était dégagé. Dans les rues, la pluie avait dissipé les nuages de poussière, nettoyé toutes les feuilles, débarrassé les clôtures, les grilles et les escaliers de la crasse accumulée en une année. Dans la fraîcheur d'une matinée lumineuse, c'est en bande que nous quittâmes notre cul-de-sac – Mme Khambatta, ma mère, Tia, Gauri, sans oublier mon père et quelques autres –, bien groupés, telle une armée partie à l'assaut de terres étrangères. Il nous fallut emprunter trois ruelles, dépasser Kummarapet, descendre la route et enfin traverser la vaste zone de broussailles avant d'atteindre l'étang. Des grappes de gens sortis des bidonvilles allaient dans la même direction que nous, saris et *lungis* remontés pour éviter la boue. J'étais la seule du groupe à m'être déjà rendue à l'étang, mais comme je ne pouvais pas l'avouer, je feignis la surprise devant tout ce que je connaissais déjà.

À notre arrivée, je vis le cheval noirci par la fumée, ses jambes aussi massives que des troncs d'arbres. Je ne m'attendais pas à quelque chose d'aussi grand. Je cherchai Elango du regard, animée d'un sentiment d'exclusivité. C'était mon professeur. J'avais découvert ce lieu alors que le cheval n'était encore qu'un tas d'argile extrait de l'étang. Je l'avais aidé à préparer la terre – même Zohra n'avait pas eu ce privilège. Je brûlais d'envie de le raconter mais c'était impossible. Ma mère aurait été horrifiée d'apprendre que j'étais venue aussi loin sans permission. Mon père, enclin à plus d'indulgence, discutait à l'écart avec Elango.

Une petite foule s'était agglutinée autour du cheval et alors qu'on observait la scène, deux prêtres en *lungi* blanc apparurent. Le plus maigre des deux affichait un air de dégoût ; l'autre, chauve et joufflu, avait le dos parsemé de grains de beauté. Akka les talonnait, méconnaissable sans son habituel panier à aumônes. Elle fit un petit hochement de tête en direction de ma mère et me passa devant sans un regard. Cette indifférence me fit l'effet d'un coup d'aiguille dans le front. Les questions qu'elle m'avait posées quelques jours plus tôt me revinrent à l'esprit. Elle devait savoir que je lui avais menti, elle allait à coup sûr concocter quelque sortilège maléfique contre moi.

Elle rejoignit les prêtres qui, plantés devant le cheval, rappelaient qu'une vieille tradition était ainsi ravivée et s'interrogeaient sur la meilleure façon de le transporter jusqu'au temple. Akka se mit à en faire le tour, lentement, comme si elle tournait autour d'une idole sacrée, s'arrêtant de temps en temps pour l'examiner de plus près. Elle s'immobilisa devant la poitrine et les flancs du cheval.

— C'est quoi ces écritures ? demanda-t-elle au prêtre maigre après sa minutieuse inspection.

Les prêtres se murmurèrent quelque chose à l'oreille. Effectivement, ils avaient pris ces dessins pour de simples lignes mais il s'agissait plutôt de caractères. Quelqu'un lança, en guise d'indice :

— J'ai entendu dire que c'est le vieil Usman qui les a gravées. Alors qu'il est aveugle. Un vrai miracle !

— C'est donc de l'ourdou, reprit le prêtre chauve.

— La langue des poètes, s'écria quelqu'un dans la foule.

— La langue des mollahs, rectifia le maigre.

Comment était-il possible qu'un cheval sacré, destiné à un temple, ait pu être dégradé de la sorte ? Akka posa la question une première fois, puis une seconde, et bientôt, ce devint une incantation. Elle s'effondra brusquement au beau milieu du terrain, indifférente à la boue qui souillait son sari, et se mit à se frapper la tête des mains, à se tirer les cheveux jusqu'à finir totalement hirsute. Au contact de ses doigts, le rond de *kumkum* rouge au centre de son front bava – on aurait dit qu'elle saignait. Assise par terre, les cuisses grandes ouvertes sous son sari, elle levait parfois la tête, le regard vide, sauf quand elle posa ses yeux sur moi l'espace d'une seconde avant de tourner de nouveau la tête. Sa bouche s'ouvrit, formant une immense cavité noire.

— Tuez le potier. Brisez le cheval. Tous ceux qui porteront un coup, Dieu les reconnaîtra ! hurla-t-elle. Dieu les reconnaîtra !

Tout le monde se figea pendant quelques instants, hormis la tortue qui poursuivait sa lente progression. Akka répéta alors son exhortation, plus fort encore. Cela suffit à transformer les badauds en une horde qui se mit à crier, pousser, psalmodier, bousculer, piétiner.

Je sentis une main me saisir le bras. Ma mère. Elle me tirait mais on avait du mal à avancer dans cette foule qui nous pressait de tous côtés. Akka était possédée par un esprit divin, expliqua quelqu'un.

Un esprit en colère. Elle s'était relevée et tournoyait à présent, parcourue de soubresauts et secouée de convulsions comme en pleine crise d'épilepsie. Les gens évitaient de l'approcher alors même que la masse de personnes déferlant en direction de l'étang gonflait. Ma mère essayait de progresser dans la direction opposée. Elle me serrait tellement le bras que j'appelai mon père mais on ne le voyait plus. Ni lui ni Tia.

— Brisez-le, c'est le diable, scandait Akka tout en se balançant près du cheval.

— Brisez-le, brisez-le, répétait la foule.

— Bande d'idiots, lança Giri qui se trouvait près de nous. Vous ne voulez pas savoir ce qui est écrit ? C'est un poème de Kabir.

— Je vais t'en donner moi du Kabir, connard, gronda une voix.

Je vis alors un pied s'abattre sur Giri, le propulser à terre. Puis un autre pied, dans son ventre. Un coup, deux coups. Et encore.

Ma mère me tira. Dans la cohue, j'entrevis Elango étendu dans la boue, qui se débattait et tentait de se relever. Une chaussure vint s'écraser lourdement sur une de ses mains.

Ses mains. Qu'il avait toujours peur d'abîmer. Et voilà qu'une chaussure les broyait. Je parvins à me détacher de ma mère et courus vers lui. Chinna m'avait précédée. Tel un missile noir et châtain, les poils du cou hérissés comme des piques. Je vis ses crocs s'enfoncer dans les mollets de l'homme qui voulait briser les mains d'Elango. Un bâton s'abattit sur Chinna, qui glapit de douleur.

On me saisit de nouveau par le bras, ma mère m'entraînait. Elle avait aussi récupéré Tia. Nous parvînmes à nous frayer un passage sur le côté où nous aperçûmes le vieux Taatha, voûté et ratatiné, entouré d'hommes qui le cachaient à moitié. Ils tenaient de longues barres métalliques, du genre de celles utilisées sur les chantiers de construction et peu après, une fois que Taatha leur eut soufflé quelques mots, ils se dirigèrent vers le cheval. Ma mère ne nous lâchait pas, ses bras faisaient comme un bouclier autour de nous. Les gens s'écartèrent pour laisser passer ces grands types costauds. Ils soulevèrent leurs barres qu'ils abattirent avec force sur le cheval. Comme celui-ci était dur et solide, seul un petit coin se détacha. Mais ce fut le signal qui poussa tout le monde à se ruer en masse. Alors que Taatha les observait, l'ombre d'un sourire défroissant furtivement ses rides, d'autres personnes dans la foule, qui s'étaient contentées jusque-là de psalmodier des prières, se mirent à ramasser des pierres ou divers projectiles. Repérant la barre à mine et la bêche d'Elango, quelqu'un s'en empara. D'autres hommes encore apparurent, la foule grossit, tous se jetèrent à corps perdu dans la destruction du cheval, ivres de rage. La queue céda. Une jambe se cassa en deux et le cheval s'inclina.

— Tous ceux qui porteront un coup, Dieu les reconnaîtra ! reprit Akka d'une voix terrifiante que je ne reconnaissais pas.

Un homme découvrit un peu plus loin la cachette d'Elango dans l'arbre foudroyé. Il tomba d'abord sur un bout de statue puis sur d'autres tessons. Il les balança. En fouillant plus avant, il sentit quelque chose sous un morceau de tissu : c'était la montre.

— Hé, regardez-moi ça ! Cet enfoiré de potier est aussi un voleur ! vociféra-t-il.

— Une montre ! Et quoi d'autre ?

— Il faut fouiller sa cabane !

— Et fouiller leur maison !

— Tuez le potier !

— Rasez-moi tout ça, ils sont tous diaboliques !

— Rasez tout ça, rasez tout !

— Tous ceux qui porteront un coup, Dieu les reconnaîtra, Dieu les reconnaîtra !

La voix tremblotante et aiguë de Taatha retentit parmi ces exhortations insensées.

— On ne peut accepter de voleurs dans notre communauté. C'est un quartier de gens respectables.

Au beau milieu de cette confusion surgit Giri, titubant et tenant sa mâchoire ensanglantée d'une main elle aussi blessée. Ne voyant pas Elango, j'éclatai en sanglots et tentai de me libérer de la poigne d'acier de ma mère. Entre deux groupes de gens qui s'agitaient, je vis quelqu'un attraper la tortue de Giri et la jeter en direction du cheval. Elle percuta la terre cuite durcie et retomba au sol. Impossible de dire si c'était une pierre ou un être vivant. Quelqu'un poussa ma mère sur le côté, elle m'agrippa plus fermement encore, appelant mon père d'une voix que je ne lui avais jamais entendue et que je n'ai jamais réentendue depuis. Un grondement éclata et s'amplifia, une cacophonie de voix s'éleva, qui résonna pendant des jours à mes oreilles.

On rentra alors à la maison, en ordre dispersé. Mon père avait un œil au beurre noir, ses vêtements étaient en loques. Il manquait une manche à la robe de Tia. Tous ignoraient comment ils s'étaient retrouvés dans cet état-là. Je me souviens seulement d'avoir couru, d'être tombée, d'avoir couru de nouveau. D'avoir eu très faim et très soif une fois chez moi. Je me souviens de m'être effondrée sur mon lit après avoir été lavée, changée, nourrie. À mon réveil, la lumière avait quelque chose d'aquatique, de surnaturel. Les rayons du soleil couchant tombaient sur mon visage à travers les rideaux bleus et, quand je les tirai, je vis d'abord que les goyaves que je surveillais depuis des semaines sur l'arbre devant ma fenêtre étaient en train d'être dévorées par deux oiseaux marron.

4

Ce soir-là, dans l'obscurité où perçait seulement la lueur de quelques écrans de télévision, notre quartier resta silencieux mais on entendait au loin le bruit assourdi d'éclats de voix, le fracas d'une émeute. Si on n'empruntait pas les ruelles mais qu'on coupait à vol d'oiseau par-dessus les murs et les arbres, il n'y avait qu'une rangée de maisons entre notre lotissement et Moti Block où il se passait manifestement quelque chose. Ma mère verrouilla portes et fenêtres, comme si cela pouvait suffire à nous protéger d'une foule en colère. Elango était couché dans la chambre de Tia. Il avait la tête bandée, ainsi que la main droite et la jambe gauche. Rien de cassé, me souffla-t-il en esquissant un faible sourire quand je m'approchai du lit. Mon père, un œil à moitié fermé et un bras en écharpe, était assis à ses côtés. Zohra faisait les cent pas : elle attrapait un livre sur l'étagère de Tia, l'ouvrait, le refermait d'un coup sec, le remettait à sa place. Je ne me rappelai pas avoir vu le docteur, ni la façon dont tout le monde avait réussi à rentrer.

— Jamais on ne les livrera à ces hyènes, disait ma mère à mon père qui lui avait expliqué que les hommes de main de Taatha ne tarderaient pas à débarquer, à la recherche de leur proie.

Un peu plus tard, j'entendis de nouveau sa voix dans la pièce voisine.

— Comment va-t-on annoncer ça à Elango ? demandait-elle.

— C'est toi qui le fais. Moi, j'en suis incapable, disait mon père. Mais on n'a pas le choix.

De sa main valide, Elango caressait le cou de Chinna. Il évitait de lui toucher la tête, tachée de sang et badigeonnée de teinture d'iode, qu'il avait posée entre ses pattes. Si sa main ralentissait ou suspendait sa caresse, Chinna relevait la tête d'un air interrogateur. Ma mère apparut à la porte et passa quelques instants à les observer. Le ventilateur qui brassait l'air chargé d'humidité couinait. De la pièce d'à côté, par la porte entrouverte, nous parvenait un flot de musique. Des notes longues et pleines. Mon père avait dû éteindre son ventilateur, et il était probablement allongé sur le dos, à même le sol de pierre, les yeux fermés. Il avait cette capacité de disparaître dans sa musique en toutes circonstances – ses douleurs de poitrine, les soucis au travail ou toute autre situation difficile.

Zohra leva les yeux. Voyant ma mère, elle s'immobilisa. Elango essaya de bouger.

— Chinna…, commença ma mère.

Chinna pencha la tête d'un côté, comme attentif à chacun de ses mots.

— Si le chien se met à aboyer quand ils viendront voir si vous êtes là… ça va poser un problème. Tout le monde le connaît. On ne doit faire aucun bruit.

Elango détourna le regard.

— C'est pour votre sécurité. Je vais juste l'emmener chez la voisine. On va s'occuper de lui, reprit ma mère.

Elango hocha la tête. Il se pencha maladroitement pour enfoncer les doigts dans le pelage de Chinna et le caresser.

Je suivis ma mère alors qu'elle faisait passer le chien par la porte de derrière, traversait la pelouse et tapait à la fenêtre de Mme Khambatta. La confusion se lisait dans les yeux fauves de Chinna. La plaie qu'il avait sur la tête avait recommencé à saigner. Il se raidit sur ses jambes et refusa d'avancer. Mais à deux, nous avions plus de force qu'un chien blessé. Ma mère lui murmura quelques mots affectueux et parvint à le tirer ainsi, centimètre par centimètre, chez Mme Khambatta.

Dans la chambre de Tia, Zohra était recroquevillée près de la fenêtre, secouée de sanglots silencieux, la tête enfouie dans le creux du bras. Seuls ses mouvements d'épaules trahissaient ses pleurs. Tia s'approcha et resta près d'elle mais Elango ne lui prêtait aucune attention, raide et furieux, comme totalement replié sur lui-même.

Tard dans la soirée, ma mère leur servit le repas que Lakshmi avait préparé et sortit. Comme Elango refusait d'avaler la moindre bouchée, mon père s'assit sur une chaise près de son lit et se mit à lui parler du livre qu'il était en train de lire. Je me souviens exactement de ce qu'il lui dit car il nous avait souvent raconté ces choses-là.

C'était un livre sur les roches magmatiques issues de la lave. La majeure partie du plateau du Deccan, où nous nous trouvions, était faite de ces roches liquides qui avaient surgi des entrailles de la terre lors d'une explosion, puis coulé sur des centaines de milliers de kilomètres, durcissant avec le temps. Il s'agissait d'une période tellement longue qu'on avait du mal à se la représenter. Cette région était un bout du plus vieux continent de la planète Terre – Elango le savait-il ? –, qui s'appelait le Gondwana. Avant la dérive des plaques terrestres, il comprenait un morceau d'Afrique, d'Antarctique et d'Australie. Plus de soixante millions d'années en arrière, des volcans étaient entrés en éruption dans cette zone, les uns après les autres, à une échelle démesurée, déposant des sédiments, des coulées de lave, de basalte et de granit, qui avaient formé des étendues aussi plates qu'un dessus de table. Ces éruptions auraient entraîné la disparition des dinosaures et enclenché une nouvelle phase de vie sur la terre. C'était d'une telle activité géologique que venaient la potasse, le feldspath, le quartz, de même que l'argile qu'Elango utilisait pour ses poteries. Un jour, quand toute cette folie aurait pris fin, ils iraient ensemble à la campagne, loin de la ville, pour explorer cet immense plateau sur lequel ils vivaient et où, à l'aune de la temporalité planétaire, ils ne représentaient pas même un battement de cils.

Peut-être qu'Elango n'écoutait pas un mot de ce qu'on lui racontait… Mais je me souvenais que ces histoires de roches, de fossiles et de tectonique des plaques avaient eu le pouvoir de nous calmer et de nous endormir, Tia et moi, et il me sembla retrouver petit à petit Elango tel que je le connaissais. Il se redressa contre son oreiller et mangea un peu, tâtonnant de la main gauche. Il souleva le gobelet en aluminium au-dessus de sa bouche mais en renversa le contenu sur sa chemise.

Mon père lui annonça alors avec beaucoup de douceur que Zohra et lui ne pouvaient pas passer la nuit chez nous et que, pour leur sécurité, ils devaient partir le plus vite possible. Sudhakar allait arriver en voiture pour les emmener dans son hôtel. Il les logerait là pendant un ou deux jours, le temps d'organiser leur départ pour la ville – temporairement, en attendant que tous ces troubles se dissipent.

— Mais où va-t-on aller ? demanda-t-il. Ma maison… mon travail… et l'hôtel ne voudra pas de Chinna…

Il pleuvait toujours, comme si le ciel explosait. Malgré la pluie, on entendait des bruits de coups, un tumulte de voix du côté de Moti Block. Une odeur de brûlé nous parvenait, portée par les rafales de pluie.

— C'est mieux de prendre Chinna plus tard, expliqua mon père. Laissez-le chez nous pour l'instant.

— On ne peut pas partir ! s'exclama Zohra. Et mon grand-père ? Il est toujours à Moti Block. Que va-t-il lui arriver ? Il ne voit pas bien. Il ne peut pas vivre sans moi.

Ses sanglots silencieux se transformèrent en hoquets spasmodiques, on aurait dit qu'elle s'étouffait. Ma mère, qui n'était pourtant pas des plus démonstratives, passa maladroitement un bras sur ses épaules.

— L'hôtel se trouve dans cette ville, pas très loin. On ira chez toi plus tard, et on le ramènera ici. Avant de le conduire à l'hôtel demain. Mais chez nous, vous n'êtes plus en sécurité.

— Ça ne va pas durer, insista mon père. Une ou deux semaines. Les gens finissent par oublier.

Je les écoutais échanger de la sorte, en proie à une panique grandissante. Je regardai Zohra sangloter,

Elango sortir du lit et se diriger en claudiquant jusqu'à la porte. Je m'entendis lui dire : tu n'as pas besoin de partir, que vais-je devenir si tu n'es plus au bout de la rue ? Chez nous, tu ne craindras rien. Je crus prononcer ces paroles et les répéter plus fort encore car Elango ne semblait rien entendre, s'efforçant de bouger sa jambe gauche blessée de façon à pouvoir enfiler sa sandale. Ne pars pas, m'entendis-je l'implorer. S'il te plaît, ne pars pas. Je me baissai pour tenir la chaussure et l'aider à l'enfiler. Il effleura ma tête une fois les sandales aux pieds et sortit.

Il y eut des bruits de portières. Un échange à voix basses alors que Zohra et Sudhakar montaient dans la voiture. Elango resta immobile pendant un long moment. Il revint jusqu'à la porte en boitillant comme s'il avait oublié quelque chose, s'arrêta, fit demi-tour, se retourna à nouveau. Impossible de savoir ce qui se passait dans sa tête à ce moment-là. Peut-être se disait-il qu'il était en train d'abandonner son chien, comme ces gens sur l'autoroute. Il nous avait raconté lors de trajets en *rickshaw* comment il était tombé sur le chiot au crépuscule, prenant d'abord ses gémissements pour un esprit de la forêt. On avait entendu cette histoire tellement de fois, comme si la joie incrédule d'avoir trouvé l'amour de sa vie au beau milieu d'une forêt ne pouvait que s'intensifier plus il en parlait. Cette histoire avait acquis pour nous une dimension mythique, tout comme la promesse faite au chien que jamais ils ne seraient séparés.

Je me tenais près de la voiture, sous la pluie. J'étais trempée, l'eau me dégoulinait dans les yeux. Un filet coula jusqu'à mes lèvres, salé.

— Je crois qu'ils ne reviendront jamais, disait Tia.

— Sara, rentre. Tu es toute mouillée.

Sudhakar fit ronfler le moteur et cria à Elango de se dépêcher. Zohra pencha la tête par la fenêtre et dit quelque chose. Une dernière portière claqua. Les roues tournèrent dans les flaques. Les essuie-glaces crissèrent. Puis ce fut le silence.

5

Chez Mme Khambatta, Chinna redressa la tête et agita les oreilles. Les petites touffes de poils châtains sur son front brun se froncèrent comme des sourcils. Il s'assit et commença à gémir. Il se mit à aller et venir dans la maison, gratta aux deux portes qui donnaient sur l'extérieur, gronda devant chacune d'elles pour qu'elles s'ouvrent. Il retourna dans la chambre et, posté à côté du lit, poussa des gémissements plus vifs et battit des oreilles comme il le faisait pour réveiller le potier. Assommée par les somnifères et la télévision, Mme Khambatta ouvrit péniblement les yeux.

— Chut, du calme, fit-elle en tapotant machinalement Chinna.

Cela ne suffisant pas à faire taire le chien, elle se mit à le caresser et à marmonner un poème appris dans son enfance.

— *Brise, brise, brise-toi, sur tes froides pierres grises, ô mer. Je voudrais que ma langue puisse exprimer les pensées… et les navires majestueux…* c'est quoi déjà… *et passent les navires majestueux et…* hum… *Et ô le contact d'une main disparue, et le son d'une voix qui est encore.*

6

Aujourd'hui, je repense à la certitude qu'ils avaient que tout finirait par s'arranger en quelques semaines. Refusaient-ils de regarder en face toute l'horreur de ce qui venait de se produire ? Ce ne serait pas une affaire de semaines, ni même d'années. Alors que la ville serait redessinée, le quartier de Kummarapet allait disparaître, enterré. De nouvelles routes et de nouveaux bâtiments allaient remplacer ses étangs, ses friches, ses baraques, l'arbre foudroyé et l'espace de travail du potier, tant et si bien que le nom même de ce village serait effacé des cartes, rendu à l'oubli silencieux du Deccan sur lequel il avait un jour existé.

Notre petite communauté allait se désagréger bien avant. Au moment où l'on promettait à Zohra qu'on s'occuperait de son grand-père aveugle, on ignorait encore qu'on ne le trouverait pas à Moti Block, qu'il ne survivrait pas à cette nuit-là. On ne savait pas non plus que deux ans plus tard, Gauri, qui chantait des chansons romantiques à son mari, le quitterait pour aller s'installer au Canada avec M. Wilson, le locataire du dessus, emmenant ses deux garçons ; que six ans plus tard, Mme Khambatta manifesterait les premiers symptômes d'une maladie incurable que tout le monde attribuerait à Akka ; que sept ans plus tard, Taatha raserait Moti Block pour y faire construire de grands ensembles.

Cinq ans plus tard, mon père serait mort, laissant derrière lui ses produits pour développer les photos, ses vêtements, ses disques, ses pierres et ses fossiles, ainsi qu'une cartouche de cigarettes entamée, découverte tout au fond d'un placard, dégageant encore cette odeur de tabac et de vieux papier qui était pour moi l'odeur de mon père.

Cinq ans et deux mois plus tard, je quitterais ma mère, Tia et Chinna. À ma descente d'avion, je serais sur un autre continent.

Mon père aurait dit que le changement était l'œuvre de la rotation de la Terre, qui tournait et tournait encore, comme elle l'avait toujours fait.

SEPT

Mercredi 7 novembre
À l'université, j'occupe une chambre ordinaire mais pourvue d'un tapis ainsi que de rideaux gris et doux pour chacune des deux fenêtres. La chambre donne d'un côté sur la cour intérieure, sa pelouse et ses arbres, de l'autre sur le parking. Je regarde le radiateur brûlant qui me permet de rester en tee-shirt, la couette légère chiffonnée sur mon lit, l'immense affiche d'un Coriolan ténébreux et torse nu, achetée à Stratford-on-Avon, et je pense à Fauzia dans sa résidence étudiante à la fac de médecine. Elle refuse de me dire pourquoi elle est retournée chez elle une semaine après la rentrée – ma mère m'a raconté qu'elle était totalement apathique, mutique comme jamais on ne l'avait connue et qu'on devait même la nourrir de force. Depuis, elle est retournée à la fac et m'écrit des lettres pétillantes, enjolivées de détails sinistres concernant des cadavres ou des organes ; elle me raconte, sur un ton blasé très appuyé, les sempiternels repas de riz et de *rasam*, les puces de lit avec qui elle partage sa couche mais elle me parle aussi de sa vraie camarade de chambrée. Dans sa dernière missive, Fauzia lui consacre toute une page, elle me décrit tout ce qu'elles ont

fait ensemble comme si elles étaient les meilleures amies du monde. Du coup, j'ai fait la même chose : je lui ai parlé de Karin, de la dernière séance de cinéma où on est allées, de la bière qu'on a bue ensuite dans un pub… Je sais que Fauzia ne peut ni aller dans un pub, ni boire de la bière. J'ai envoyé la lettre avant de changer d'avis, mais j'ai eu honte de ma mesquinerie au moment où l'enveloppe a disparu dans la boîte.

(Plus tard.) J'étais assise dans ma chambre à griffonner dans mon journal en attendant que veuille bien surgir, comme par miracle, la première phrase d'un essai éclatant d'intelligence quand la porte s'est ouverte d'un coup. Et là, "entre Karin", les joues en feu, les cheveux mouillés. Elle a balancé son sac à dos par terre, a ouvert ma fenêtre par laquelle s'est engouffré un courant d'air froid et s'est penchée vers l'extérieur.

— Allez, debout ! m'a-t-elle lancé en tournant la tête. J'ai envie de chanter. Viens là !

Je l'ai rejointe, trop habituée à ses bizarreries pour être surprise par quoi que ce soit. De l'autre côté de la grande vitre, une brume laiteuse avait absorbé la couleur des arbres et des bâtiments. Je voyais des ombres se hâter dans les couloirs. Ce n'était plus l'heure des oiseaux, pas encore celle des magnétophones. Quand Karin s'est mise à chanter, sa voix rauque a empli toute la cour. Debout devant cette grande fenêtre, la tête dans l'air glacé, nous avons chanté les chansons que nous connaissions toutes les deux. Quand nous avons interprété sa préférée, celle qui parle du temps qu'il fait, tapant sur le rebord de la fenêtre pour marquer le rythme, quelqu'un dans une chambre de l'autre côté de la cour s'est joint à nous. Une autre voix n'a pas tardé à faire de même, et une autre encore. Puis la personne qui occupe la chambre derrière le hêtre s'est mise à faire clignoter une lumière rouge au rythme de la chanson.

— C'est Miranda, m'a expliqué Karin. Elle s'entraîne avec moi. Elle a dû rentrer de son cours.

Ça fait juste un peu plus d'un mois que je suis arrivée ici, mais les journées sont tellement remplies que j'ai l'impression que ça fait beaucoup plus longtemps. La plupart des gens sont encore des inconnus. Sans connaître cette Miranda qui s'entraîne avec Karin, je vois bien que le simple fait de mentionner son prénom emplit Karin d'énergie. Elle a refermé la fenêtre d'un coup sec et m'a entraînée à l'extérieur. Je riais encore, bafouillant que je devais prendre ma veste et mes clés, qu'elle était déjà partie, dévalant le couloir à toute allure, évanouie en quelques secondes.

Je n'ai aucun moyen de savoir comment elle est devenue cette fille qui apparaît et disparaît quand bon lui semble. Elle peut passer des jours sans venir et puis surgir d'un coup, sans explication, peut-être juste parce que ma chambre donne sur le jardin et qu'elle éprouve le besoin d'y chanter. La rigueur de ses entraînements explique peut-être qu'elle soit déchaînée hors de la piste de course. Tôt le matin, par mon autre fenêtre, alors qu'il fait encore nuit maintenant que les jours raccourcissent, je la vois partir pour le gymnase, s'apprêtant à dévaler la côte glissante sous la pluie. Capuche sur la tête, cou rentré, veste imperméable, pantalon de pluie bleu. Je sais qu'elle se rend au gymnase pour un long entraînement. Mais cet aspect de sa vie, comme beaucoup d'autres probablement, m'est inaccessible. Je n'ai découvert que récemment qu'elle joue de l'harmonica et qu'elle ne vient plus à l'atelier de poterie parce qu'elle fait désormais partie d'une chorale. La semaine dernière, allongée sur le sol de ma chambre, elle a fait des vocalises, répétant les mêmes notes indéfiniment, les yeux fermés. Avec Elango, c'est la seule autre potière que je connaisse, mais si la poterie était pour lui la raison même de son existence, ce n'est pour elle qu'un talent parmi tant d'autres. Karin découvre ici que tout est possible. Sa propre inconstance l'amuse. Elle flirte avec de nouveaux centres d'intérêt, s'en lasse dès qu'elle perce leurs mystères. Les plaques terrestres sur lesquelles elle évolue glissent et Karin se déplace avec elles, sans laisser de trace, pas un seul tesson de poterie caché dans le creux d'un arbre.

Lundi 12 novembre

Karin m'a annoncé il y a deux jours qu'elle a rencontré quelqu'un à la chorale. Un astrophysicien beau comme un dieu, m'a-t-elle dit, qui chante comme un ange et fait des recherches qui vont changer notre façon de regarder les étoiles. Aujourd'hui, elle me l'a présenté. Il s'appelle Darius ; tous les Parsis s'appellent Cyrus ou Darius, lui a-t-il dit. Et quand ils ne portent pas un de ces deux prénoms, alors ils s'appellent Navroz ou Feroze.

Tout en faisant les présentations, Karin m'a expliqué sur un ton moqueur que les Parsis n'avaient le droit d'être en couple qu'avec d'autres Parsis, si bien que si sa famille à Bombay venait à apprendre qu'on les avait vus ensemble, Darius serait rejeté pour toujours. Dans le ciel bleu glacé, le soleil brillait sans réchauffer grand-chose. Un garçon et une fille sont passés, la main glissée dans la poche arrière du jean de l'autre, mais j'ai remarqué que Darius maintenait une distance calculée entre Karin et lui tout en lui adressant un sourire bienveillant. J'ai repensé à Elango et Zohra qui avaient dû se cacher et patienter avant de pouvoir s'enfuir enfin et vivre leur histoire. Ils avaient eu peur de mourir, pas d'être rejetés.

Darius a une voix râpeuse, on dirait qu'il goûte chaque mot quand il parle et l'on perçoit, dans ses manières lentes et hésitantes, une timidité attirante. Il dépasse Karin d'une bonne tête même s'il n'est pas du tout aussi musclé qu'elle, et il a un petit air gauche, comme si on avait utilisé pour assembler son corps plus d'articulations que nécessaire, de sorte qu'il semble à tout moment sur le point de trébucher sur ses longs membres et de tomber, telle une marionnette qui se prendrait les pieds dans ses propres ficelles. Il a des cheveux bruns, plus longs que ceux de Karin – ils lui arrivent aux épaules – et il tapote en permanence d'une main son autre main comme s'il pianotait sur un instrument invisible. Il ne l'a presque pas quittée des yeux. Il l'observait d'un air concentré et fasciné, comme un ornithologue qui aurait découvert une espèce rare. Je me suis demandé quand quelqu'un me regarderait ainsi, voire même si ça m'arriverait un jour.

Sa famille possède un appartement face à la mer, dans une des tours de Cuffe Parade, nous a-t-il confié. Tous les soirs, il traversait Colaba pour descendre jusqu'à la Porte de l'Inde regarder le reflet des lumières sur l'eau et prendre un cocktail au Sea Lounge avant de rentrer chez lui et d'écouter Yo-Yo Ma jouer du Bach. Il a des enceintes en bois d'un mètre cinquante, fabriquées sur mesure, et les tubes de son ampli viennent de Russie. Apparemment, c'est la manière la plus pure d'écouter de la musique – une technologie moyenâgeuse de tubes de verre qui rougissent dans l'obscurité. Quand il en aura terminé avec son doctorat, il veut retourner à Bombay et ne rien faire, à part écouter de la musique en sirotant un verre de vin dans son appartement, qu'il ne quittera que pour déambuler dans les rues – le flâneur de Kala Ghoda –, le temps qu'il faudra pour recharger ses batteries.

Je ne lui ai pas parlé de mon unique séjour dans sa ville de Bombay, ni de ma soirée passée à la Porte de l'Inde à essayer de contenir les rafales de terreur qui se déchaînaient en moi parce que mon père était tout à coup hors d'atteinte, pour moi comme pour tout le monde. Le désir nostalgique que Darius a exprimé pour cette ville cauchemardesque m'était insupportable mais j'ai réussi à répondre de manière agréable, sans rien laisser paraître.

Je m'avilis, m'avilis, je dissimule mon vrai visage sous un sourire.

Des cyclistes nous ont dépassés bruyamment ; des groupes de gens ont traversé la route en direction d'un marché artisanal qui se tient dans le jardin de l'église sous laquelle se cache mon atelier. J'ai pensé à mes deux pichets à ventre rond en train de sécher sous nos pieds – les étagères devaient se trouver exactement à l'aplomb de là où nous étions –, en train d'attendre que je revienne les tournasser. J'ai commencé à m'impatienter.

Depuis que Karin a rencontré Darius, je la vois beaucoup moins. On discute rapidement entre deux portes, telles deux fourmis affairées qui s'arrêtent brièvement pour échanger des informations avec toutes les autres fourmis qu'elles croisent. Mais elle ne vient plus à l'atelier et il est rare de la voir manger au réfectoire du *college*.

Samedi 17 novembre
J'ai parlé trop vite. Karin m'a invitée à dîner avec eux dans sa chambre, en précisant la date et l'heure. Étant donné le côté formel de l'invitation, j'ai pédalé jusqu'au magasin la veille pour acheter une bouteille de vin rouge. Je suis arrivée, la main serrée sur le goulot, un peu embarrassée d'être invitée dans une chambre où je débarquais jusque-là quand l'envie m'en prenait. Lorsque Karin a ouvert la porte et s'est écartée pour me laisser entrer, j'ai remarqué qu'elle s'était habillée pour l'occasion : pantalon de soie, chemisier noir, collier de perles brillantes. Sa chambre d'étudiante banale avait été transformée en un espace exotique, empli de bougies et de parfum. Sa lampe était drapée d'un tissu vaporeux qui atténuait l'éclairage cru. Elle avait rangé ses livres et tiré son bureau au centre de la pièce. Il était recouvert d'une étoffe aux teintes bleues et or. Darius était attablé, déjà éméché. Il a levé son verre dans ma direction, j'ai répondu par un signe de tête, agacée à l'idée qu'il soit désormais dans le paysage chaque fois que je verrais Karin.

Elle nous a servi du riz surmonté d'œuf frit à la sauce soja, des lamelles de poulet mariné au citron, de la soupe. Elle a tendu un bol à Darius en annonçant cérémonieusement : "C'est un bol en porcelaine que j'ai façonné spécialement pour toi, pour cette soirée." Elle a fumé, bu, nous a regardés manger sans avaler elle-même une seule bouchée. À la fin du repas, ils se sont allongés sur le lit pour s'embrasser et se faire des mamours, sans se soucier de moi apparemment. Le vin et la drogue dissipant toute pudeur, il n'arrêtait pas de vouloir glisser sa main sous son chemisier, mais brusquement, Karin s'est levée comme si elle venait de se souvenir de quelque chose et elle est allée récupérer quelques-unes des fleurs blanches qui se trouvaient à côté de l'évier dans le coin cuisine. Ces fleurs ne venaient pas de chez un fleuriste – elles paraissaient nues, sans défense, encore reliées à leur bulbe. Il y avait de la terre accrochée aux racines qui avaient été arrachées.

"C'est pour toi, puisque tu n'as pas besoin de bols", m'a-t-elle lancé. Puis elle s'est jetée de nouveau sur le lit, a ébouriffé les cheveux de Darius avant de l'embrasser.

Gisant à côté du coussin de sol sur lequel j'étais assise, les fleurs avaient l'air de cadavres. On aurait dit qu'elles dépérissaient de minute en minute dans la chaleur étouffante de la pièce. Je ne comprenais pas pourquoi Karin me les avait données, où elle les avait dégotées, comment elle s'arrangeait pour les rendre aussi sinistres. Elles dégageaient un parfum suave qui me soulevait le cœur et j'avais la tête qui tournait à cause de tout le vin que nous avions bu. Quand j'ai pu enfin partir, je suis retournée dans ma chambre en passant par le jardin – je n'ai pas emprunté les couloirs intérieurs car j'avais besoin d'air frais, sans fumée, besoin de jeter ces fleurs aussi loin que possible dans la pelouse plongée dans le noir.

Depuis hier, je m'installe au tour dès que j'ai un peu de temps en dehors des cours et de la bibliothèque. Je suis sûre que je n'y croiserai pas Karin. Dans cet atelier, je retrouve mon père et ses roches, ses minéraux. Je retrouve aussi Elango. J'entends sa voix quand j'attrape sur l'étagère un pot que j'ai réalisé la veille et que je le tapote doucement, mirette à la main.

Regarde comme l'argile est suffisamment ferme pour que le pot garde sa forme, et en même temps, suffisamment malléable pour que tu puisses encore la travailler. C'est maintenant que tu peux la transformer. La façonner à ta manière.

Je place le pot sur le plateau, qui se met à tourner, et des morceaux d'argile semblables à des copeaux de fromage s'en détachent tandis que je passe l'outil sur les côtés. Le pot a la consistance du cuir, ni totalement humide, ni complètement sec.

Tu es exactement comme ce pot. Assez vieille pour comprendre et suffisamment jeune pour apprendre – quel âge as-tu exactement ? Treize ans ? Un jour, tu auras tellement grandi que tu seras persuadée de tout savoir. Tes mains auront acquis des façons de bouger. Voyons combien de temps tu vas rester suffisamment jeune pour apprendre.

J'essaie d'estimer l'âge d'Elango au moment où il me donnait des cours. Est-il resté jeune durant ces cinq années où je l'ai perdu de vue ? Est-ce qu'il apprend encore des choses ou est-ce qu'il se contente d'enseigner ?

Et je me demande si je le reverrai un jour.

Mardi 20 novembre

Dans sa dernière lettre, ma mère s'en tient comme toujours au quotidien – des nouvelles du jardin, les potins du voisinage, des histoires de la rédaction de son journal… Tous ces sujets neutres qui ne risquent pas de perturber mon équilibre alors que je bataille (ainsi qu'elle l'imagine) dans un système éducatif étranger, dans une langue que je croyais connaître. Du fait de sa formation de reporter et de journaliste, elle a l'habitude de se cantonner à la cage d'acier que constituent les faits et les limites de mots et qui lui évite de se perdre dans le dangereux bourbier des sentiments, des regrets ou des confidences. De ses éventuels combats contre la solitude, le chagrin ou Tia, de ses difficultés liées au testament que mon père n'a jamais rédigé ou à la pension désormais suspendue, elle ne me dit rien. J'imagine que des gens pleins de bonnes intentions lui suggèrent de s'inscrire à un club de broderie, de trouver un comptable ou de prendre des leçons de chant. Je suis sûre qu'elle ignore tous ces conseils : elle s'entête à s'enfermer dans la solitude pour esquiver leur compassion, écoute les vieux disques de mon père, dîne devant la télévision avec Tia, va travailler.

Elle m'écrit que quelques jours après mon départ, Chinna s'est glissé dans son lit pour la première fois. Quand ma mère l'a caressé, il s'est écarté pour se soustraire à cette caresse mais sans aller trop loin. Plus tard, il s'est rapproché d'elle, lui a frotté le menton du museau avant de se rouler en boule tout contre elle et de passer la nuit ainsi. Elle le raconte comme s'il s'agissait d'une victoire.

Quand Elango a disparu du quartier, le caractère de Chinna a changé. Pas immédiatement. Au début, il a continué à faire sa tournée habituelle, étape par étape : l'échoppe de Sharma-ji, l'étang, la maison d'Elango. Mais son museau lui a dit que chacun de ces lieux était différent, les odeurs n'étaient plus les mêmes. L'odeur de la nourriture, celle de l'arbre à baguettes, de la terre et de l'eau. Jusqu'à cette atroce odeur de brûlé et de destruction. L'étang n'était plus qu'un amas de débris calcinés, Taatha avait expulsé Vasu et Revathi, s'appropriant de force leur maison incendiée, rasant les ruines. Ils avaient fui le quartier et s'étaient réfugiés à l'autre bout de la ville, ne parvenant à sauver que quelques poules, leurs vêtements et le ventilateur portable.

Dans les jours qui ont suivi la disparition d'Elango, Chinna s'est mis à errer comme un chien fou. Il ne rentrait même pas pour manger, puis il réapparaissait, couvert de sang après s'être battu avec d'autres chiens, maculé de boue, défait, et s'affalait dans un coin de notre jardin. On le nettoyait à l'eau tiède, on le badigeonnait de teinture d'iode, on mixait ses aliments en purée. La même routine pendant des jours et des jours. Il était acharné dans ses recherches dont on ne savait pas jusqu'où elles le menaient. Jamais il ne saurait que son ami avait décidé de ne pas revenir. Elango avait téléphoné de l'hôtel pour dire que Sudhakar l'envoyait à Delhi. Il lui payait une formation de céramiste afin qu'il puisse trouver du travail dans un atelier.

— Mais tu viendras nous voir avant de partir, non ? Au moins pour Chinna ? avait demandé ma mère au téléphone.

— Je ne peux pas l'emmener avec moi… Pourquoi lui donner de l'espoir ? Non, je ne viendrai pas, avait-il répondu en raccrochant brusquement.

Je l'avais trouvé incroyablement cruel de partir ainsi sans dire au revoir, je m'étais même demandé s'il aimait vraiment ce chien. Depuis, ayant attendu à la morgue de l'hôpital que mon père ouvre les yeux pour que je puisse lui raconter ce que j'avais vraiment besoin de lui dire, je sais ce qu'est la souffrance d'une séparation sans la possibilité d'un au revoir.

Chinna a fini par arrêter de chercher Elango. Il a même cessé de prendre la direction de Moti Block. Il n'était plus cette figure de la ville avec laquelle tout le monde revendiquait un lien, qui sentait tellement fort quand il revenait de ses escapades qu'on devait chaque jour le nettoyer à l'eau et au savon. En une nuit, son museau a été comme saupoudré de blanc, le rythme de ses pas a ralenti. Il était de plus en plus fréquent de le voir passer ses journées sur notre véranda principale à guetter le retour d'Elango mais sans reprendre ses recherches.

Il attendait le soir pour quitter la véranda et rentrer. Alors qu'il était toujours resté distant, il s'est mis à partager le lit de mon père. Ils dormaient collés l'un à l'autre, souffles mêlés, ainsi que Chinna avait dû le faire avec Elango, je suppose.

Maintenant que mon père était parti, il devait s'habituer à ma mère.

Peut-être que, en digne fille de ma mère, je ne lui raconte rien moi non plus. Mes lettres sont des missives enthousiastes expédiées d'un nouveau monde, un journal d'infinies possibilités, des descriptions de lieux et de gens. Des anecdotes rigolotes sur mes essais de poterie et les particularités de mes professeurs. La monotonie des repas servis à la cantine. Rien sur la façon dont j'ai suivi un homme dans la rue l'autre jour parce que quelque chose dans ses épaules et son dos me rappelait tellement mon père que je n'ai pu m'empêcher de lui emboîter le pas jusqu'à ce qu'il se retourne et me dévisage, rompant ainsi le sortilège. Je ne raconte pas non plus à Amma que j'ai du mal avec mes études, je ne lui parle pas du choc que j'ai ressenti quand j'ai découvert que moi, en tête de classe dans mon pays, me situe à présent dans la moyenne. Lire Shakespeare ou Sylvia Plath en Inde, c'était se confronter à des textes que tout le monde trouvait inaccessibles et exotiques. Ici, je fais figure d'intruse – toutes les autres étudiantes du cours de littérature anglaise sont britanniques ou américaines et j'ai l'impression qu'elles partagent de naissance un ensemble de codes auquel je n'aurai jamais accès. C'est une grosse erreur d'être venue ici, je suis en train de gâcher l'argent de la bourse Abdulali, je devrais changer de voie. Faire de la poterie, fabriquer le cheval de mes rêves. Ou tout ce qui pourra me sauver de Milton et de sa prodigieuse vision d'un foutu paradis perdu ! D'un côté, tout est facile ici, c'est un lieu de liberté où la plupart des gens sont gentils. Mais tout n'est pas si simple… Quand ils vous invitent, c'est comme s'ils vous désinvitaient dans le même temps. Un jour, lors d'un cours magistral, ils vous sourient et le lendemain, ils vous ignorent, quelque chose dans leur voix et leur posture fait que vous vous sentez exclu… Ce n'est pas le paradis perdu : c'est un paradis qui relève aussi du purgatoire.

Je suis parcourue de sentiments confus, indéfinissables, que je ne peux avouer à qui que ce soit, surtout pas dans un aérogramme envoyé chez moi. Et surtout, je ne dis rien à ma mère du film que je rejoue en boucle. Scène après scène, je revois une dispute avec mon père quelques jours avant son départ pour l'hôpital. Il avait besoin que je l'aide à trier ses fossiles mais je n'étais pas d'humeur à discuter de géologie. Je lui ai dit que ça pouvait attendre.

— Non, ça ne peut pas attendre car je dois aller à Bombay, a-t-il insisté. Va chercher les boîtes. Ça ne sera pas long. J'ai besoin de mettre de l'ordre là-dedans avant de partir. Demande à Tia de venir.

— J'ai des devoirs, j'ai rendez-vous avec mes copines dans une heure pour aller au ciné. Je n'ai pas le temps de m'asseoir là, avec toi, pour regarder des cailloux ! Tu comprends ? Ils ne vont pas disparaître, ces cailloux ! On le fera plus tard, quand tu seras revenu.

— Peut-être que je ne reviendrai pas, a-t-il répliqué, si doucement que je n'aurais pas dû l'entendre.

Ses mots et sa voix me sont revenus hier soir, en plein concert, et j'ai senti des larmes couler sur mes joues alors que rien à ce moment-là n'expliquait ces pleurs. Comme je n'avais pas de mouchoir sur moi, j'ai dû m'essuyer le nez et les yeux de la manche ou du revers de la main. Ma voisine s'est tenue aussi loin de moi que possible. Les flammes de bougies et de chandeliers éclairaient la chapelle de lueurs miroitantes et j'étais entourée de robes de soirée et de costumes, de gens qui avaient l'air de se connaître. J'étais venue seule, invitée par Karin. Un billet au premier rang pour le *Messie* de Haendel interprété dans une des chapelles. Je n'avais pas le droit de refuser, avait-elle précisé. Elle m'avait dit qu'elle m'y retrouverait. Quand je suis arrivée à l'entrée, je ne l'ai pas vue. Je me suis donc installée, pensant qu'elle ne tarderait pas à venir se glisser dans le siège vide à côté du mien. Elle n'est pas venue.

J'étais sur le point de repartir quand on a annoncé qu'une chorale d'étudiants allait se produire avant le concert principal. Ils ont énuméré les morceaux, décrit le côté novateur de cet *Ave Maria* de Schubert chanté par une chorale alors qu'il avait été composé pour une seule voix, passé en revue les différentes versions, mais je n'écoutais pas vraiment, absorbée par les chanteurs qui entraient en scène en file indienne et repérant parmi eux Karin, méconnaissable dans sa robe de soie bleu marine. Elle m'y retrouverait, avait-elle dit, et elle avait tenu parole : tout en chantant, elle ne m'a pas quittée des yeux. Darius était au second rang. Leurs voix ont retenti dans l'église, entremêlant plafonds, murs et vitraux. Ils chantaient comme si, depuis toujours, ils respiraient en cadence. Combien de jours avaient-ils passés à répéter, rire, discuter et chanter ensemble pour atteindre ce résultat ? Ils avaient dû se retrouver dans les rues glacées après les répétitions, entre la clameur de projets criés à tue-tête et le murmure de secrets chuchotés, faisant un arrêt dans un pub pour y beugler des chansons qui n'étaient pas de Schubert, avant de reprendre le chemin du *college*, passant doucement devant les fenêtres éclairées de la bibliothèque où ils m'ont peut-être aperçue, penchée sur mes livres, à essayer de comprendre tous ces mots imprimés… Pris séparément, chaque terme avait une signification attestée par le dictionnaire, que je connaissais, mais lorsqu'ils étaient alignés pour former une phrase et que les phrases formaient, elles, les paragraphes de mes nouveaux ouvrages de théorie littéraire, alors ces mots rompaient les rangs et refusaient de faire sens.

Jeudi 22 novembre

Hier, je me suis réveillée en pensant à tous les devoirs que je devais rendre et, une fois à l'atelier, je me suis rendu compte que je n'avais plus qu'un jour pour rédiger ma dissertation hebdomadaire sur la tragédie dont je n'avais pas encore écrit une seule ligne. Malgré la panique qui m'a saisie, je n'ai pas réussi à aller à la bibliothèque. Je suis restée penchée sur le tour, à façonner des bols, des cylindres et des bouteilles, laissant le champ libre à mes doigts tandis que mon esprit tentait de démêler les enjeux de *La Ménagerie de verre* de ceux d'*Électre* et d'*Antigone*, et ce jusqu'à ce que mes mains travaillent sans que j'aie besoin de réfléchir ou d'anticiper. L'argile montait et descendait, prenait forme à sa guise. J'entendais le ploc-ploc d'un robinet que je n'avais pas bien fermé. À la radio, un présentateur annonçait un épisode de grand froid ainsi que des routes dangereuses, conseillant à tout le monde de ne pas sortir. Le journal s'est ouvert puis poursuivi sur Margaret Thatcher et la bombe posée il y a un mois dans son hôtel de Brighton. La voix tremblante, elle avait courageusement lancé : “La vie doit continuer”, et la radio repassait régulièrement l'extrait comme pour essayer de nous convaincre que le pire avait été évité de justesse.

C'est alors que j'ai senti une autre présence dans le studio.

J'ai eu la curieuse sensation que la pièce vibrait, comme si chaque outil, chaque machine ou chaque poterie portait une charge de vie, que tous respiraient et patientaient. Je ne voyais personne mais je sentais qu'il y avait quelqu'un. Alors que je n'osais me retourner ni faire le moindre mouvement, je me suis retrouvée malgré moi aux aguets, chacune de mes terminaisons nerveuses en éveil. J'avais conscience du grincement régulier du tour sur lequel je travaillais, de mes mains qui glissaient ensemble sur les bords intérieurs et extérieurs du pot jusqu'à se rejoindre au niveau de la lèvre et, tout du long, je me suis retenue de regarder par-dessus mon épaule et même ailleurs, de peur de perdre la personne invisible qui se trouvait là avec moi. La voix grave qui sortait du poste de radio murmurait à présent un mystérieux charabia : *Situation générale à 18 heures – Anticyclone à 200 milles à l'ouest de Bailey 1 027 hectopascals attendus à 50 milles au nord de Shetland – Anticyclone Plymouth 1 021 hectopascals se dissipant – Dépression Fitzroy 1 011 hectopascals perdant de son intensité...*

Le bulletin de météo marine s'est achevé, la vibration qui m'entourait s'est progressivement évanouie et le sous-sol a retrouvé son ambiance habituelle. J'ai arrêté le tour avant de poser les mains sur l'argile solide et fraîche. Quand j'ai rallumé le tour, trois bols parfaits sont apparus sous mes doigts, sans effort de ma part. Je m'étais confectionné un gabarit comme Elango me l'avait appris, en croisant deux petites baguettes, et j'ai finalement constaté qu'instinctivement, j'avais fabriqué des bols de même diamètre et de même profondeur. En cinq ans, j'avais un peu perdu la main et le fait d'avoir retrouvé mes réflexes m'a tellement réjouie que j'ai dansé sur la musique qui passait à la radio tout en rangeant et nettoyant derrière moi et en alignant soigneusement sur l'étagère mes nouvelles créations.

Quand je suis remontée en début de soirée, il tombait du ciel quelque chose qui ressemblait à de la pluie mais qui n'en était pas vraiment. La selle de ma bicyclette était recouverte d'une fine pellicule blanche. J'avais le visage gelé. Un homme décrochait son vélo à côté du mien.

— C'est de la neige ? lui ai-je demandé.

— Du grésil, m'a-t-il expliqué avant de rabattre sa capuche et de filer.

Je suis restée immobile sous ce grésil dont je venais d'apprendre le nom, le laissant me recouvrir, ainsi que ma bicyclette et mes vêtements. Les rues étaient vides et presque noires, les gens marchaient vite, tête baissée. Les phares des voitures brillaient sur la route. Un vent glacial transperçait ma veste. Rien n'avait changé et pourtant, de manière inexplicable, je n'étais plus transie mais vivifiée, l'obscurité annonçait de longues heures de chaleur et de lecture et même s'il me fallait encore gravir la colline, mes jambes et mes poumons ne se plaignaient pas.

Tout en pédalant dans la montée, je ne pensais pas à la dissertation que j'avais à écrire mais à une soirée que j'avais vécue quelques semaines après qu'Elango avait été chassé de chez lui. On était retournés à l'étang pour récupérer ce qui restait du cheval. Tous les jours en rentrant du travail, mon père s'installait à la table de la salle à manger, entouré de morceaux de terre cuite qu'il tentait d'assembler. Je l'aidais la plupart du temps et ces fragments étaient comme les pièces d'un puzzle. Ce soir-là, tout en pressant délicatement quelques gouttes de colle d'un tube de Quickfix, il m'a dit :

— Tia m'a raconté que tu te réveilles en pleurs pendant la nuit.

— Mais pas du tout ! Elle raconte vraiment n'importe quoi !

— Ah bon ?

— Il faut toujours qu'elle dramatise. J'ai dû faire un cauchemar, une fois.

— Et la poterie ? Tu as complètement arrêté… Peut-être que je pourrais te fabriquer un autre tour pour que tu t'entraînes à la maison. Sinon tu vas oublier tout ce que tu as appris.

— Je ne veux plus faire de poterie. Plus jamais.

Je sentais des larmes se former au coin de mes yeux et mon nez a commencé à couler.

Il m'a regardée avec bienveillance et m'a demandé de lui passer un autre bout du cheval fracassé.

— Et ça, tu crois que ça va où ? Peut-être un bout d'oreille… ?

Tandis qu'on essayait de reconstituer la tête, il a commencé à me parler. Au début, de tout et de rien. Ses expéditions en montagne, sa recherche de minéraux. Un éléphant qui, de sa trompe massive, avait gentiment secoué leur tente avant de la renverser. Puis il a évoqué les émeutes que les gens avaient dû fuir au moment de la Partition, des massacres qui avaient suivi les matchs de cricket. J'ai senti que je me crispais, persuadée qu'il allait me rappeler comment j'avais oublié Tia à l'école primaire pour me précipiter à la maison. Mais j'ai fini par comprendre qu'il essayait de m'expliquer ce qui était arrivé à Elango et à son cheval. C'était lié à la religion, a-t-il poursuivi. Qui pouvait mener les gens à une forme de folie. Les fanatiques n'avaient besoin d'aucune provocation et Akka aurait tôt ou tard découvert ce qu'Elango fabriquait au bord de l'étang, même sans les informations que je lui avais données. Si ça n'avait pas été le cheval, elle aurait trouvé une autre manière de le détruire. Si elle n'avait pas déclaré la guerre à Elango et à Zohra, quelqu'un d'autre l'aurait fait à sa place. Musulmans et hindous – ce n'était pas tant une histoire de religion qu'un conflit de sang, comme dans *Roméo et Juliette*.

Mon père trempait des allumettes dans un petit tas de colle tout en réfléchissant à l'assemblage des pièces ; à la fin de la soirée, nous avions reconstitué quasiment toute la tête, que nous avons placée bien en évidence avant que ma mère ne rentre du journal. Quand elle a pénétré dans la pièce, elle a été saisie d'étonnement. La tête, à laquelle il manquait encore un œil et une joue, occupait presque tout le rebord de la fenêtre du salon. Une sentinelle cabossée mais déterminée. Ma mère a mis une plante tombante du côté de l'oreille cassée pour la cacher. J'ai commencé à me sentir plus légère, plus joyeuse, retrouvant un peu de mon ancien moi. Pendant quelques heures, j'ai cessé de m'en vouloir. J'ai arrêté de triturer la nourriture avec ma fourchette et j'ai mangé. Cette nuit-là, pour la première fois depuis longtemps, j'ai dormi profondément et sereinement jusqu'au matin, sans faire de cauchemars où je revoyais Akka et l'étang, où je courais derrière elle pour l'empêcher d'atteindre ce lieu, où je me jetais sur Elango pour que sa main ne soit pas broyée… À mon réveil, je me suis sentie comme absoute.

C'est le même sentiment que j'ai éprouvé hier en quittant l'atelier. Une légèreté et une clarté retrouvées. Comme si le brouillard qui embrumait mon esprit s'était levé et que le narrateur de *La Ménagerie de verre* m'encourageait, attendant que je termine ce que j'ai à écrire sur lui et que je rende ma dissertation. "C'est une pièce de souvenirs, dit-il comme s'il s'adressait à moi. En tant que pièce de souvenirs, elle est faiblement éclairée, sentimentale, non réaliste. Dans le souvenir, tout semble se passer en musique. D'où le violon dans les coulisses. Je suis le narrateur de cette pièce, et aussi un des personnages."

Mardi 27 novembre

Le professeur Golde a fait une crise pendant le cours. Nous sommes cinq étudiantes. Elle nous a fixées à tour de rôle et a annoncé que toutes les profondes réflexions que nous avions développées sur le sujet "Rire déchaîné dans la gorge de la mort. Commentez" l'avaient laissée de marbre. Nos copies étaient en tas désordonné sur sa table basse. Elle les tapotait de son stylo. "Je vois là cinq copies qui valent à peine la moyenne."

C'est une femme d'un âge très avancé, à nos yeux du moins – l'une des plus vieilles personnes que j'aie connues. Elle s'est engagée comme infirmière durant la guerre civile espagnole et son amoureux, qui se battait du côté des républicains, a été tué par une bombe. Pour moi, cette époque correspond à un pan d'histoire, ce n'est pas la vraie vie. Je me demande si elle a connu Neruda ou Lorca mais elle n'en parle jamais même si ses yeux de braise luisent de tous ces non-dits. On raconte qu'elle a été une très belle femme et, malgré son souffle asthmatique, elle conserve une élégance austère – une peau de porcelaine tendre craquelée, une chevelure d'un châtain improbable qui lui arrive à la taille. Aujourd'hui, Annika a dit quelque chose au sujet de ce "vieux jeu de poupées absurde" qui l'ennuie dans *La Ménagerie de verre*, déclenchant la colère de Mme Golde. Celle-ci a donné un coup de poing sur le paquet de devoirs et réagi d'une voix sifflante :

— Tout ça là… toutes ces pages… c'est un gâchis d'encre et de papier. Que savez-vous, tant que vous n'avez pas vécu ? Que savez-vous de la mort, de la vie ou du rire ? Vous. Ne. Savez. Rien. À votre âge !

Elle a dû faire une pause après chaque mot pour reprendre son souffle, et sa voix sortait des profondeurs de son être, comme un cri aigu et étouffé. À la fin, elle a été prise d'une quinte de toux qui ne s'arrêtait plus.

Alors que je m'inquiétais de la voir s'effondrer sous nos yeux, Annika lui a rétorqué, par-dessus la toux, que Tennessee Williams n'avait que trente-trois ans à la première de *La Ménagerie de verre*. Il était donc vieux mais pas "cacochyme". Mme Golde a trouvé la force de siffler une réponse cinglante et la discussion animée s'est poursuivie jusqu'à la fin de l'heure.

Sur le chemin du *college*, j'ai essayé de m'imaginer en train de me disputer avec la bégum Tasneem. J'ai repensé aux lys dans son bureau, à son regard froid et critique, à la déférence qu'on manifestait en retour, et je savais que malgré le côté belliqueux d'Annika, malgré son air rebelle avec son piercing à la lèvre et ses vestes de cuir, la bégum Tasmeen ne lui aurait jamais permis de s'exprimer davantage. Elle lui aurait montré la porte et, en moins d'une minute, l'aurait exclue pour insolence. C'était la première fois en deux mois que je me retrouvais à chantonner sur ma bicyclette, laissant la pureté du ciel bleu matinal m'imprégner. S'ouvraient devant moi une infinité de journées, emplies d'innombrables possibles. Je n'étais pas tenue de faire preuve de vertu, de reconnaissance ou de frugalité. Je pouvais m'acheter des collants fluo comme ceux de

Karin et je pouvais raconter à Mme Golde tout ce que je savais sur le rire dans la gorge de la mort.

Mercredi 12 décembre
Les vacances de Noël ont commencé, le *college* s'est quasiment vidé et le vent semble souffler directement du goulag. Il y a quelques heures, Karin a fait entrer le froid dans ma chambre – elle a débarqué en veste, béret et bottes et s'est débarrassée de ses couches de vêtements humides tout en allumant ma bouilloire pour faire du thé. Elle allait et venait, son thé à la main, qu'elle renversait sur ses vêtements chaque fois qu'elle riait trop fort. Elle me parlait de St Ives d'où elle revenait, de la boutique où elle a acheté un porte-clé sur lequel est inscrit *Karen* – parce qu'ils n'avaient pas de *Karin* en stock –, des vagues qui ne cessaient de s'écraser sur la côte, du pop-corn sucré qu'elle a mangé pour la première fois.

Après quelques minutes de bavardage, elle s'est interrompue et m'a annoncé qu'elle avait rompu avec Darius. Un mois à peine après le début de leur histoire, elle l'a laissé tomber. Elle n'avait toujours pas couché avec lui, a-t-elle précisé. Ce week-end à la mer était censé être le moment du passage à l'acte mais, une fois dans le train, alors qu'elle le regardait rester à une distance raisonnable d'elle au cas où d'autres Parsis voyageant à bord du même train enverraient un rapport à sa famille, puis déplier une serviette sur ses genoux pour ne pas mettre de miettes de sandwich sur ses habits, elle avait senti que toute l'attirance qu'elle avait pour lui s'était étrangement muée en son contraire. Plus il s'extasiait devant l'obscurité du ciel au-dessus de la lande de Bodmin, déplorant la pollution lumineuse qui nous empêche de voir les étoiles, plus elle le trouvait ridicule. Elle a imité sa voix, sa façon de parler, hésitante.

Est-ce que j'imaginais l'horreur de la situation ? a-t-elle ajouté en rigolant compulsivement. Un week-end salace en compagnie de Darius, la vertu incarnée ? Les deux jours suivants, oubliant totalement les autres Parsis, il est resté collé à elle, démonstratif, dans l'espoir qu'elle enlève sa culotte pour lui. Un peu comme ce dernier bout de scotch qu'on n'arrive pas à détacher, a-t-elle précisé. Il la prenait par la taille, fourrait son nez dans son oreille, elle avait cru devenir folle. Tout ce qu'il faisait, y compris ce qui lui avait paru jusque-là charmant, a commencé à l'agacer, puis à l'exaspérer, jusqu'à ce qu'elle ne puisse plus le supporter. Elle allait étouffer si elle devait continuer à respirer le même air que lui.

Tout en l'écoutant, je me disais que cela confirmait mes idées sur la nature du cosmos, qui s'acharne à œuvrer de manière imprévisible ou inévitable. Lorsque les étoiles sont de bonne humeur, elles nous envoient des signes – du grésil blanc qui tombe d'un ciel gris, des minerais gris et roses qui se transforment en émaux bleu-vert tout lisses, des chevaux sous l'eau apparus en songe qui galopent sur des fonds marins silencieux tout en crachant du feu. Mais les étoiles envoient surtout des signes pour dire stop ou assez.

Karin a balancé sur mon lit un tas de photos.

— J'aurais dû y aller avec toi, a-t-elle ajouté. Il y avait tellement de boutiques de poterie ! Et le musée Leach Pottery. Il y avait une exposition en plein air. J'avais envie de la visiter, mais cet enfoiré de Darius ne me lâchait pas d'une semelle.

Ils avaient réservé une chambre double et elle n'avait pas les moyens de changer pour une simple. Condamnée à partager son lit, elle s'était tournée sur le côté pour essayer de dormir mais il avait remonté son tee-shirt et pressé son pénis humide contre son dos. Elle s'était retrouvée à lui hurler dessus en chinois, langue qu'elle n'avait pas parlée depuis son départ de Malaisie. Elle l'avait repoussé des deux mains, sans penser à la force qu'elle avait acquise après toutes ces années à soulever des poids, ni à la légèreté de Darius. Il était tombé du lit. Entre gémissements et invectives, il se tenait le ventre et hurlait qu'elle l'avait massacré. Ils n'avaient pas pris le même train pour rentrer.

Tandis qu'elle me racontait tout cela, j'ai regardé les photos. Il ne s'agissait pas de photos de vacances et sur aucune ils n'apparaissaient ensemble, ni même séparément. On y voyait une mer grise et agressive, des rochers découpés, des compositions de lumière et d'ombre, un petit cinéma de village Art déco décoré de guirlandes de lumière pour Noël. Mais aussi un ensemble d'animaux immenses, regroupés pour former une sorte d'armée en terre cuite. Un éléphant, un alligator. Un chien. Le chien levait la tête vers un cheval. Il se dégageait de leurs formes stylisées et des dessins qui recouvraient leurs corps quelque chose d'élégant et de puissant. Sur une des photographies en gros plan de l'éléphant, on discernait la silhouette d'un homme, maigre et brun, saisie par hasard. Les cheveux étaient trop courts pour que je puisse juger s'ils étaient encore bouclés mais ce visage, et ce regard d'une étrange intensité… Je les aurais reconnus entre mille. C'était Elango.

Karin jeta un coup d'œil par-dessus mon épaule.

— Ah oui, je me suis dit qu'ils te plairaient. Ils étaient couverts de magnifiques caractères arabes selon Darius.

Je me suis levée pour me diriger vers mes étagères. Parmi les livres se trouvait un bout de poterie. Un des morceaux du cheval d'Elango qu'on était parvenus à sauver. En plus de la tête que mon père et moi avions reconstituée, nous avions conservé d'autres fragments dans notre jardin. Deux des jambes étaient plantées près du goyavier et la queue servait d'arche au-dessus de la vasque où les oiseaux se baignaient. Tia utilisait un des sabots comme cale-porte.

J'ai pris le bout de poterie sur l'étagère ainsi qu'un autre tesson que j'avais toujours dans ma poche ou dans mon sac en guise de porte-bonheur. On y voyait deux des lignes gravées par le calligraphe.

— Est-ce que les écritures sur ces animaux ressemblaient à ça ? Est-ce que c'était un Indien ? Où est-il maintenant ? Tu connais son nom ?

— Comment veux-tu que je sache s'il est indien ? J'ai un prospectus quelque part… à moins que je l'aie perdu.

Elle a haussé les épaules comme si tout cela ne l'intéressait déjà plus.

Je lui ai demandé de s'asseoir quelques instants car je devais lui expliquer pourquoi c'était important. Je lui ai parlé d'Elango, de Zohra et du cheval qui avait failli leur coûter la vie. Je lui ai parlé de mon père à l'hôpital, mourant, hors d'atteinte, seul dans un service de soins intensifs. Je lui ai dit que je pensais être responsable de ce qui était arrivé à Elango et que mon père m'avait convaincue que ce n'était pas ma faute.

Quand je me suis tue, elle s'est levée pour aller refaire du thé. J'ai entendu le cliquetis d'une cuillère dans une tasse et puis sa voix, mélancolique pour une fois.

— Si j'avais un père comme le tien et non pas comme le mien, je me réjouirais d'avoir passé quelques belles années avec lui. Peu importe qu'il y en ait eu très peu.

Elle s'est tournée vers moi, affichant un sourire joyeux, deux mugs à la main.

— Je sais que je vais te choquer en disant ça…, a-t-elle repris. Mais je ne compte plus les fois où j'ai prié pour que mon daron casse sa pipe. Mais cet enfoiré est immortel. Il va tenir bon jusqu'à ce que je lui rapporte une médaille d'or à mettre dans son cercueil. Bref… comment est-ce qu'on peut retrouver ton créateur de cheval ? Est-ce que c'est vraiment le type de St Ives ? Comment en être sûres ?

J'ai attrapé une photo encadrée rangée tout en haut de mon placard. Tia et moi dans l'*autorickshaw*. Elango tourne la tête et regarde Chinna coincé entre nous deux. Mon père devait se trouver près du rétroviseur avant pour prendre ce cliché où on apparaît tous.

— Je crois bien que c'est lui, a dit Karin. Attends, je vais chercher le prospectus. Il faut que tu le retrouves.

Jeudi 13 décembre

Ça, c'était hier, et du fait des cinq heures trente de décalage horaire entre ma mère et moi, il était trop tard pour l'appeler. J'ai dû attendre minuit. Elle venait de se réveiller – je l'ai imaginée, les cheveux en bataille, se précipitant sur le téléphone, paniquée de l'entendre sonner si tôt. Elle s'est calmée quand je lui ai posé mes questions. Elle m'avait pourtant écrit au sujet de la venue d'Elango en Grande-Bretagne, m'a-t-elle expliqué sur un ton d'autojustification indignée. Bon, effectivement, elle avait – encore une fois – tardé à envoyer la lettre mais celle-ci était vraiment en chemin, avec les nouvelles transmises par Sudhakar qui l'avait appelée après un long silence pour lui dire que son journal ferait bien de consacrer un article à Elango dont la carrière décollait. Quelqu'un de l'ambassade de France ayant vu ses animaux en terre cuite dans une exposition à Delhi, un voyage en France avait été organisé pour participer à un festival. Dans la foulée, il avait animé un atelier en Suède pour apprendre à des potiers comment fabriquer ce genre de sculptures et, à présent, il se trouvait en Grande-Bretagne.

— Sudhakar était si fier ! a ajouté ma mère en riant. Exactement comme moi quand je parle de toi. Si tu le retrouves, prends une photo. Et remonte-lui les bretelles ! Pourquoi n'a-t-il jamais donné de ses nouvelles ?

Le prospectus de Karin indique qu'il sera à Londres à partir de vendredi – ses œuvres seront exposées dans une galerie où il va former des étudiants dans le cadre d'un atelier pendant quelques semaines. L'argent de ma bourse pour le premier semestre file vite et j'économise par ailleurs pour voyager pendant l'été. Pourtant, je sais que je dois aller le voir. Par chance, j'ai réussi à décrocher une bourse de voyage auprès de mon *college* et c'est une somme que je peux utiliser dès à présent.

Je suis descendue à la banque un peu plus tard dans la matinée pour vérifier combien d'argent j'avais sur mon compte, puis je suis allée à la gare pour acheter un billet. En rentrant, je suis passée devant une enfilade de vitrines. Dans l'une d'elles, j'ai aperçu sur un mannequin un anorak bleu marine à capuche. Une veste en tissu soyeux, dotée de nombreuses poches, de pressions en métal mat et d'une capuche à fourrure. J'ai arrêté de pédaler et suis descendue de ma bicyclette. Je sentais sous mes doigts mon portefeuille rempli des billets que je venais de retirer. La chaleur de cette chose au fond de ma poche me rassurait. Je savais que je devais faire durer cet argent. Je me disais que je ne devais pas… ce n'était pas raisonnable… mais quel mal y avait-il à regarder ? J'ai accroché mon vélo à un poteau avant de traverser la rue en direction du magasin. Quand j'ai vu le prix, j'ai détalé quasiment jusqu'au bout de la rue. Ce n'était pas du tout dans mes moyens. Quelques secondes plus tard, j'ai rebroussé chemin et, avant de changer à nouveau d'avis, je suis entrée dans la boutique et j'ai acheté l'anorak.

Lundi 17 décembre

Il est trop grand. Mais le bleu lui va bien : quand Elango l'a enfilé, ça a fait ressortir son teint de bois poli ainsi que les mèches grises apparues dans ses cheveux.

— Je ne savais pas quelle taille prendre, ai-je expliqué.

Dans le manteau couleur charbon qu'il portait quand je suis tombée sur lui en train de fumer devant la galerie, il aurait pu passer pour un des personnages de ces films noirs où le héros se retrouve immanquablement dans le pétrin. Mais l'anorak, avec ses babioles et ses boutons dorés, le rapetisse d'une certaine façon. Les manches sont trop longues. Les épaules tombent. Je l'ai toujours vu comme quelqu'un de grand et de carré, je gardais l'image d'un homme capable de me soulever quand j'étais petite pour m'installer dans son *autorickshaw*, comme si j'étais un simple paquet… Quand je suis à côté de lui aujourd'hui, ma tête arrive au niveau de ses épaules, il est maigre, son corps semble fait de fil de fer que l'on aurait tordu pour composer des angles.

Il y a d'abord eu de la maladresse et de la gêne dans nos retrouvailles. Sans moyen de le contacter, je ne lui ai pas dit que je venais, si bien que j'ai eu du mal à sentir s'il était heureux ou ennuyé de me voir. Il m'a immédiatement reconnue et a écrasé sa cigarette comme si j'étais encore cette fillette en présence de laquelle il n'avait pas le droit de fumer. Il s'est écarté du mur contre lequel il était appuyé et a dit quelque chose que mon esprit trop embrouillé n'a pas enregistré. Avant même que nous ayons échangé deux phrases, je lui avais tendu l'anorak, histoire de remplir cet espace dans lequel les mots ne venaient pas.

En le prenant, il est resté impassible. Il s'est mis à l'explorer, tirant sur une ficelle, soulevant un rabat de poche… J'ai commencé à me dire que ce n'était vraiment pas le cadeau à faire. J'étais nerveuse, avec l'impression d'être observée par toute sa ménagerie en terre cuite qui nous entourait, cet assortiment d'animaux qui braquaient sur nous leurs yeux aveugles. Ils ont de longues pattes, leurs corps ont quelque chose de brut, de primitif, l'alphabet qui recouvre leur surface évoque un code ancien. Des gens qui passaient rapidement à côté de nous ont ralenti pour se rapprocher des animaux, comme attirés par un champ de force invisible. Un homme a suggéré que c'était de l'hébreu, mais son ami n'était pas d'accord et a affirmé avec autorité qu'il s'agissait de caractères tibétains. Le premier a ajouté que ces animaux avaient un petit air d'art maya tout en restant imitatifs. Non, non, ils me rappellent davantage le cheval de Troie, a rétorqué l'autre.

J'ai dû les foudroyer du regard car Elango m'a fait remarquer :

— Sara pique des crises de colère, elle tape du pied… C'est ce que disait ta sœur. Cinq ans plus tard, ça n'a pas vraiment changé ?

Il a relevé la capuche de l'anorak. On aurait dit que son visage s'enfonçait dans une grotte.

— Chez nous, seule une femme se couvrirait la tête de cette façon-là.

Il s'est mis à rire, plissant les yeux et les joues comme autrefois.

— Jamais je ne me serais acheté un truc aussi cher et d'ailleurs, toi non plus, tu n'aurais pas dû dépenser autant d'argent.

Les gens qui s'agitaient autour de nous se sont éloignés en direction du chien et de la panthère. L'alligator avec sa rangée de dents et son dos strié avait dû demander des jours d'assemblage, commentait quelqu'un. Une autre voix disait que le chien n'avait pas vraiment l'air d'un chien et que le chat ressemblait davantage à un léopard. J'ai relevé la capuche de ma propre veste et me suis détournée des sculptures. Au même moment, Elango se tournait vers moi. Nous nous sommes regardés, chacun emmitouflé dans sa propre carapace de chaleur. Il y a eu comme un mouvement, un soupir, quelque chose se mettait en place.

— C'est assez grand pour servir de couverture, a-t-il repris. Je vais le porter, dormir dedans, y passer ma vie.

J'ai sorti de mon sac à dos un petit bol de ma fabrication.

— Je m'entraîne... À la maison, je n'ai plus rien fait après ton départ. Je croyais avoir tout oublié, mais ça commence à revenir.

Il a passé les doigts sur la surface intérieure pour vérifier la régularité de ma finition.

— Qui aurait cru ? a-t-il dit en haussant un sourcil. Notre petite Sara est devenue une vraie potière. Non, ça ne s'oublie pas... Tu étais si jeune quand tu as commencé. Pour toi, c'est comme respirer. Ton corps sait ce qu'il a à faire.

Dans cette galerie, en compagnie d'une quinzaine d'étudiants, Elango est en train de fabriquer deux chevaux de plus de deux mètres de haut. Deux archéologues sont également présents pour observer le chantier car ils n'ont encore vu que de vieux tessons en terre cuite et souhaitent en comprendre le processus de fabrication. Un interprète l'accompagne pour traduire du télougou et de l'hindi vers l'anglais et vice versa. Il m'a emmenée voir l'atelier et, avant de commencer, s'est mis en tee-shirt et en short, tenue dont je me souvenais. Pendant quatre heures, il s'est transformé en derviche tourneur, passant d'un élève à un autre, donnant des instructions pour la préparation de l'argile à l'intérieur tout en supervisant la construction d'un four à gaz sur mesure à l'extérieur. L'un des chevaux, fabriqué à partir de grès et non pas de la terre à basse température qu'Elango utilise habituellement, sera ensuite exposé au centre du jardin de la galerie. Il faudra le faire cuire à presque 1 300 °C. Elango a calculé que pour atteindre cette température, le four de la taille d'une pièce devra fonctionner pendant deux jours entiers. Qui sait si le cheval survivra à un enfermement aussi prolongé ? Dans un aparté, qu'il a interdit à l'interprète de traduire, il m'a confié :

— Si tout ceci tourne au fiasco, je suis fichu. Tu imagines s'il explose ? Et si le four n'atteint pas la température requise ? Ce n'est pas d'un cheval que j'aurai besoin pour m'échapper.

Vendredi 21 décembre

Beaucoup de choses à mémoriser et à noter avant d'oublier. Je viens à peine de retrouver ma chambre. J'ai passé finalement cinq jours à Londres. Je dormais dans un sac de couchage dans la chambre d'une amie à Russell Square et, de bonne heure chaque matin, je filais à la galerie, avec mon cartable et mes carnets. Quand Elango était d'humeur loquace, je prenais des notes. Quand il devait travailler, je me retroussais les manches, enfilais un tablier et plongeais les mains dans l'argile. S'il avait envie de faire une pause, on descendait les rues bondées en direction du parc le plus proche, qui n'était guère plus qu'un square aux arbres nus, sous un ciel pareil à de la limonade gelée.

Durant les deux ou trois jours où il a fait beau, on a mangé des sandwichs dans le parc ; on avait besoin d'air frais et d'espace après toutes ces heures d'enseignement intense. Il a bu des litres de Ribena car il pense que ça le réchauffe. Je l'ai vu utiliser une fourchette et un couteau, à l'américaine ; il découpait la nourriture de façon méthodique avant de piquer chaque morceau à l'aide de sa fourchette et d'avaler la bouchée en marmonnant :

— Ils ne peuvent pas utiliser leurs doigts ? Est-ce qu'ils ont aussi besoin d'une fourchette et d'un couteau pour se caresser ?

On a acheté des pizzas pour qu'il puisse manger avec les doigts. Je lui ai pris du piment à saupoudrer sur les parts. Après une longue journée de labeur, il était affamé et je n'ai pas pu m'empêcher de sourire en le voyant engloutir la nourriture comme un gamin. Je me suis rendu compte que je l'ai toujours cru beaucoup plus âgé que moi alors qu'il devait avoir seulement vingt-cinq ans quand il me donnait des leçons. Dès que cette pensée m'a traversé l'esprit, je me suis levée et j'ai foncé vers les toilettes pour m'asperger le visage d'eau froide, me rattacher les cheveux et me scruter dans le miroir d'un air maussade avant d'aller le retrouver.

On a aussi joué aux touristes. Un après-midi, on a descendu la Tamise jusqu'à Greenwich. Des lumières de Noël scintillaient dans les arbres le long de la berge. Vêtu de sa nouvelle veste, manches retroussées au-dessus des poignets, capuche sur la tête, il est resté debout à l'avant du bateau jusqu'à ce qu'on lui demande de s'asseoir. On a traqué les collections de céramique dans différents musées et j'ai décodé pour lui les légendes quand il avait du mal avec l'anglais. On a marché le long du fleuve, il a touché tous les lampadaires chantournés sur les quais comme s'il annonçait à chacun d'eux qu'il était venu. Quand il ne donnait pas ses cours mais qu'il se baladait ainsi, il avait un petit air de vagabond, d'un garçon venu de nulle part qui n'aurait jamais cessé de croire aux signes et aux merveilles. Maintenant que j'ai retrouvé ma chambre, mon poster sinistre de Coriolan et mes piles de livres empruntés à la bibliothèque que je n'ai toujours pas lus, je repense au bonheur pur et simple de la semaine passée et je regrette de ne pas être restée plus longtemps.

Il y a quelques années, alors que j'apprenais la poterie auprès d'Elango, son talent me semblait aller de soi. Tout avait l'air facile pour lui, comme si tourner des poteries était une fonction naturelle du corps humain. En l'observant récemment, j'ai eu l'impression que le brun de l'argile et celui de ses mains ne faisaient qu'un – comme s'il se vidait sur le tour pour prendre la forme de son choix. Ses paumes, ses pouces, le bout de ses doigts semblaient caresser, soutenir, entourer et redresser l'argile, sachant parfaitement à chaque étape ce que celle-ci recherchait. Ainsi attelé à la tâche, il était totalement absorbé, à peine conscient de ma présence alors que j'étais assise à quelques centimètres de lui. Où qu'il soit, il est capable de faire comme s'il était seul au monde – c'est ce qui arrive systématiquement –, et je me demande comment Zohra supporte cet état de fait. Il m'a montré une photo d'elle : elle n'a pas beaucoup changé. Des traits fins, de grands yeux, une cicatrice en travers d'un sourcil, des clavicules saillantes, un petit pendentif autour du cou. C'était une photo d'eux, prise après leur mariage au tribunal où Sudhakar avait triplement officié en tant que témoin, photographe et unique invité.

Dans cette galerie londonienne, il doit sans arrêt collaborer avec d'autres personnes – les fournisseurs, les mécaniciens, les élèves, les propriétaires du lieu. Dès que j'entrais dans la pièce, le ronronnement des tours, la qualité des chuchotements suffisaient à m'indiquer l'humeur d'Elango. Ses humeurs conditionnent l'ambiance et elles me semblent aujourd'hui bien plus changeantes que dans mon souvenir. Durant les quelques jours que j'ai passés là-bas, j'ai constaté que lorsqu'il est joyeux et fredonne des chansons, même les plus renfrognés des étudiants esquissent un sourire ; mais l'atmosphère s'obscurcit dès qu'il gronde et trouve à redire, dès qu'il leur conseille de changer de travail dans une langue qu'ils ne connaissent pas mais dont ils comprennent le sens du fait de son ton sans équivoque. L'encre noire le submerge. Il maugrée. Je sais bien depuis que j'ai été son élève que ses remarques caustiques et ses exigences ne sont que l'autre facette de la certitude qu'il a quant au talent de ses étudiants. Eux l'ignorent.

Quand on s'est retrouvés, il m'a raconté combien les premières années ont été difficiles. Les journées passées au Deccan Gold Hotel, lui et Zohra, isolés dans une chambre clinquante où ils ne se sentaient pas bien, l'image obsédante de son rêve détruit, leur dépendance totale à la charité de Sudhakar. Une lune de miel idéale ! Quel couple n'en aurait pas redemandé ! Il ne riait pas tant le souvenir était encore amer. Le voyage jusqu'à Delhi, Zohra pleurant son grand-père, les cours de céramique pris durant plusieurs années, Sudhakar qui avait tout payé.

— Pourquoi n'es-tu jamais revenu nous voir ? Des gens armés de barres et de bâtons, lancés à vos trousses, ont débarqué. On a cru qu'ils allaient nous tuer. Mon père ne t'a jamais revu, lui qui t'aimait tant…

— J'avais peur, m'a-t-il répondu après un long silence. Et puis, pendant longtemps, on n'a pas arrêté de déménager. Beaucoup de gens refusaient de nous louer une chambre dès qu'ils apprenaient qu'elle était musulmane, d'autres refusaient parce que j'étais hindou… Certains étaient convaincus qu'on allait manger du porc, d'autres qu'on cuisinerait du bœuf… Avant que Zohra n'entre dans ma vie, je n'avais jamais été conscient de l'ampleur des obstacles. On n'a pas arrêté de bouger, tenté de trouver du travail. Je n'avais pas de quoi payer les billets de train, on avait juste assez pour le loyer et la nourriture.

— Mais tu n'as pas eu envie de revoir Chinna ? Tu aurais pu nous écrire.

Il a suffi que je mentionne Chinna pour que son visage se ferme comme si quelqu'un avait tiré d'un coup tous les rideaux. Il a gagné un peu de temps en allumant une cigarette et en buvant quelques gorgées de Ribena. Comme nous étions dans St James's Park, il s'est tourné vers moi pour me montrer les cygnes noirs qui passaient sous le pont, glissant sur le lac. Il a dit qu'il était temps d'y aller si on ne voulait pas être en retard pour le cours de l'après-midi.

— Quand les choses décident de dérailler, ça peut vraiment très mal tourner…, a-t-il repris sur le chemin du retour. Sudhakar nous a lui aussi brutalement abandonnés. Il ne répondait plus aux lettres et son hôtel disait juste qu'il était parti. Je n'avais aucune idée de ce qui se passait. On n'a plus reçu d'argent de lui. Les cours qu'il m'avait payés étaient terminés. Je savais tout des vrais fours, des émaux, du raku, du grès, de la porcelaine… Je me suis rapproché de différents ateliers. Mais je n'avais pas un sou pour louer une remise, ni même un petit espace où creuser une fosse d'enfumage.

— Qu'est-ce que vous avez fait alors ?

Elango a souri.

— S'il y a une chose que je sais faire, c'est travailler. Les grands ateliers ont besoin de main-d'œuvre. Tu verras quand tu en intégreras un. Tu y croiseras des tas de malheureux sous-alimentés, à l'air féroce, aux yeux irrités, qui travaillent l'argile, nettoient, déchargent les camions, haïssent les étudiants qui vont et viennent tranquillement. C'est ce que j'ai fait dans un atelier renommé de Delhi. Personne ne m'adressait la parole. Pas un *namaste*, ni même un sourire. Comme si j'étais invisible.

Zohra et lui avaient tout juste survécu, surtout grâce à l'argent qu'elle gagnait dans une librairie. À cette époque-là, la même conversation revenait en boucle.

— Je veux rentrer… à Moti Block. Retrouver mon ancien poste à la bibliothèque.

— On va se faire tuer. Et qui allons-nous retrouver là-bas de toute façon ?

— Mes oiseaux. Mes amies. Mon appartement. Chinna.

— Chinna est heureux là où il est. Ton grand-père est décédé. Ton appartement a été reloué. Ta tante et tes cousins te détestent parce que tu m'as épousé. Que se passera-t-il s'ils essaient de te retenir loin de moi ?

— Tu es fou ! Nous sommes mariés. Ils ne tenteront rien à présent.

— On nous connaît là-bas. Taatha et Akka y sont encore. Tu crois qu'ils vont nous attendre avec des colliers de fleurs, c'est ça ?

La dispute se poursuivait ainsi jusqu'au petit matin, jusqu'à ce qu'ils n'aient plus la force de parler.

— Les premières années n'ont pas du tout ressemblé à ce qu'on voit dans les films, a poursuivi Elango en grimaçant.

Il y avait deux ans à peine que leur situation avait enfin évolué. Lorsque Sudhakar avait fini par donner de ses nouvelles. Il était tombé gravement malade, avait pensé ne pas s'en remettre, mais avait finalement survécu – prêt à fumer une autre Charminar et boire un autre rhum. Maintenant qu'il pouvait à nouveau compter sur le soutien de son ami, Elango avait vu la chance tourner. Il fallait croire aux miracles, il l'avait toujours su. Il avait décroché un poste de professeur dans un des ateliers et avait recommencé à exposer ses propres œuvres. Il enseignait et fabriquait ses urnes et ses animaux géants sur lesquels Zohra gravait des caractères ourdous, quand Elango le lui demandait. Toujours les mêmes mots :

Chevauche ton esprit libre et vagabond
Jusqu'au ciel.

L'année précédente, ils avaient eu un enfant.

— Je vais veiller à ce qu'il ne devienne pas potier, a ajouté Elango. Et je te jure que je vais veiller aussi à ce qu'il soit athée.

J'aurais cru qu'il aurait été gêné de me raconter tout cela. Sa rencontre avec Zohra, la naissance de leur amour, les subterfuges déployés à chaque rendez-vous. La haine éprouvée envers Akka qui les avait livrés en pâture aux loups. On aurait dit qu'il devait faire en cinq jours les confidences de toute une vie. Je l'ai écouté sans l'interrompre. Cette époque où il m'a connue enfant tisse entre nous, dans ce pays étranger où nous sommes entourés d'inconnus, une toile invisible et robuste. Je sais que jamais il ne se serait confié à moi de cette façon-là si je lui avais rendu visite à Delhi. En nous retrouvant ici, lui et moi sommes comme deux personnes qui peinent à se distinguer de part et d'autre d'un fleuve d'années, et quand il me parle de son passé, il me raconte une histoire aussi lointaine qu'un mythe, aussi intime qu'une lettre d'amour. C'est comme s'il parlait de quelqu'un d'autre, quelqu'un qu'il connaît bien mais qu'il n'éprouve plus le besoin de protéger.

À force de l'écouter, j'ai mieux senti au fil des jours quand laisser un silence s'installer pour susciter en lui l'envie de le remplir ou quand l'encourager à poursuivre par une autre question. J'ai décidé de lui consacrer un livre – je dois le faire maintenant que j'ai lu les notes insipides rédigées à son sujet par la galerie. Personne ne connaît mieux que moi sa vie et son œuvre. Ici, ils ne savent rien de cette ancienne tradition de poterie en terre cuite qu'il perpétue, qu'il a dans le sang, tout comme les siens depuis des générations. Ils ne comprennent pas l'originalité dont il fait preuve en se réinventant à partir de ces racines-là. Voilà ce que je lui ai dit pour le convaincre du bien-fondé de mon projet. Il a répondu par un haussement d'épaules dédaigneux et un sourire moqueur. Puis le lendemain, sans explication, il a accepté.

Même si Elango conserve un souvenir plutôt clair de presque tout, sa mémoire lui fait parfois défaut. Il lui est arrivé d'hésiter.

— Je ne suis pas sûr… Raconte ça comme tu voudras, mais raconte-le. Remplis les trous. Travaille à partir de la terre que tu trouveras. Un potier sait faire ça.

Il a parfois dérivé, me rendant folle à toujours vouloir évoquer de manière perverse autre chose que son passé, repartant dans ses histoires et ses "Il était une fois, il y a fort longtemps"… Un jour, sur les cinq qu'on a passés ensemble, il est resté silencieux. Il voulait juste travailler et m'a ordonné de fabriquer, pour changer, quelques pots dignes de ce nom. Je me suis exécutée. Installée devant un tour à côté du sien, je me suis concentrée sur l'argile qui montait et descendait entre mes doigts et j'ai attendu. Je savais que tôt ou tard, par-dessus le ronronnement des tours, me parviendrait son flot de mots. Quand il a de nouveau éprouvé le besoin de faire remonter les souvenirs par la parole, je l'ai écouté, j'ai enregistré et j'ai noté, même si cela a parfois pris beaucoup de temps – il choisissait ses mots avec tellement de soin que je pouvais presque les imaginer, empruntant un chemin tortueux de son cœur à son cerveau, passant par ses cordes vocales, faisant rouler sa langue pour finir par sortir et former avec les autres une suite logique.

Ce soir, alors que je m'installe dans ma chambre pour mettre en forme toutes ces notes, j'essaie de faire coïncider la vieille image d'Elango conservée dans un coin de ma tête avec cette nouvelle version, plus volatile. Bien que j'aie très envie de le redécouvrir, je ne suis pas sûre de vouloir que ce pilier de mon enfance, à l'air jovial et au regard pétillant, soit transformé. Le fait de savoir modifie notre perception des choses à tout jamais. Elango en est tout à fait conscient mais n'a pas l'air de s'en soucier. Il ne m'aurait peut-être pas parlé de manière si honnête et déroutante s'il n'avait pas été aussi éloigné de son environnement familier dans lequel il aurait été incapable de se confier à qui que ce soit. Mais il se trouve qu'une fille partageant sa langue ainsi que des épisodes importants de son passé a surgi de nulle part.

Et c'est ainsi que, malheureux et affligé, privé de ma patrie, loin des miens, j'ai dû imposer des entraves à mes pensées les plus intimes.

Pourquoi ai-je gardé au fond de moi ce passage de *L'Errant**, si longtemps après l'avoir péniblement étudié en classe ? Est-ce parce que je me sens moi aussi exilée dans ce monde anglais et sa langue ?

J'aimerais pouvoir retourner à Londres et assister à la cuisson du cheval. Maintenant qu'on s'est retrouvés, il a promis de rester en contact. Mais si je veux le revoir, je dois aller à Delhi ; il s'est juré de ne jamais retourner à Kummarapet ni dans ce lieu qui a été autrefois notre ville.

Je crois qu'il a décidé de ne pas revenir parce que l'encre noire se remet à couler dans ses veines dès qu'il se dit qu'il va revoir Chinna. Il a refusé de regarder une photo de Chinna que j'ai sortie pour lui. Je l'ai toutefois laissée sur un comptoir et, à mon retour, elle n'y était plus.

* *The Wanderer* (en français *L'Errant*) est un poème anglo-saxon qui apparaît dans le livre d'Exeter (xe siècle). *(N.d.T.)*

Jeudi 17 janvier
Cela fait trois semaines que je n'ai rien écrit par manque de temps mais je viens de vivre une soirée tellement étrange que j'ai besoin de la mettre sur papier. Je rentrais tard d'un cours et remontais un des interminables couloirs du *college* en direction de ma chambre. On a l'impression d'être à l'intérieur d'une coquille en spirale, parmi des cercles concentriques qui ont quelque chose d'hypnotique, commençant par la fin et se terminant au début. De l'entrée, on ne perçoit qu'une infinité de portes vitrées dont la taille diminue le long d'un couloir recouvert d'une moquette couleur cannelle. Les portes, qui s'ouvrent et se ferment dans une oscillation pesante, sont fonctionnelles, elles savent parfaitement à quoi elles servent : à contenir les incendies et à étouffer les bruits. Ce n'est donc qu'après avoir poussé l'une d'elles que j'ai entendu quelque chose, que j'ai d'abord eu du mal à identifier. J'ai alors aperçu une silhouette au sol. Karin. Étendue de tout son long sur le ventre, elle tapait la moquette de son poing et répétait en hoquetant :

— Miranda, Miranda ! Sors de ta chambre. Ce n'est pas ce que je voulais dire. Vraiment pas.

Entre deux sanglots, elle semblait avoir du mal à reprendre son souffle.

Je sais maintenant qui est Miranda. C'est la fille brune à lunettes rondes, qui lit Derrida et Cixous en français – c'est en tous les cas ce que je me suis dit ce matin quand je l'ai vue sortir ces ouvrages de la bibliothèque où je faisais la queue. Il nous est arrivé de discuter une fois ou deux, et je l'ai déjà vue partir à bicyclette de bon matin avec Karin, mais je sais surtout que c'est la fille qui a fait clignoter une lumière rouge quand on a chanté depuis ma fenêtre au début du trimestre dernier. Miranda fait partie de l'équipe d'aviron à huit du *college*. Je suis allée assister à une course un jour et je me souviens de Karin hurlant et bondissant, comme juchée sur un trampoline, quand le bateau de Miranda s'est rapproché. Après la course, on est tous allés boire un verre et j'ai bien remarqué qu'elles étaient collées l'une à l'autre, les joues en feu, le verbe haut.

Ce soir, Miranda n'a pas fait un bruit. Ses voisins non plus. Les cris de Karin résonnaient entre les murs du couloir mais personne n'avait envie de savoir ce qui se passait. La porte de Miranda est restée close, de même que toutes les autres. J'ai passé de longues minutes plantée là, tétanisée et indécise, avant de faire moi aussi demi-tour. Elle n'aurait pas supporté que je vienne l'aider à se relever pour la ramener dans sa chambre ; aucun sauveteur ne serait sorti indemne de ce type d'intervention auprès de Karin, totalement anéantie par un chagrin si intime. J'ai rebroussé chemin, franchissant une série de portes qui avaient tout vu. J'ai contourné le bâtiment pour pouvoir entrer dans ma chambre en escaladant la fenêtre qui donne sur une cour.

Vendredi 18 janvier

Ce matin, avant de me faire un café et de me brosser les dents, j'étais engluée dans un rêve terrifiant où Karin, Elango et Chinna, prisonniers à l'intérieur d'un cheval en feu, étaient brûlés vifs. J'ai pris ma tasse et me suis postée à la fenêtre pour essayer de me calmer. Il ne faisait pas encore complètement jour, il était sept heures à peine. Quelques minutes plus tard,

Karin est apparue, s'apprêtant à chevaucher sa bicyclette sous une bruine glacée. Toutes sortes de compétitions se profilent, des pièges sont tendus pour tester ses talents d'athlète. Elle doit flotter au-dessus de ces sables mouvants si elle ne veut pas perdre sa bourse. Des lettres de son père remplissent chaque semaine son casier, me dit-elle, exigeant un rapport sur les progrès accomplis, les chronos qu'elle enregistre. Après avoir couru le 400 mètres, puis le 800, elle est rentrée de son entraînement il y a quelques jours, totalement découragée, annonçant qu'elle avait battu un record. J'ai du mal à croire que cela ne l'ait pas tout de même un peu réjouie intérieurement, même si cette joie a certainement été de courte durée.

— Je ne vais rien dire à mon père. C'est exactement ce qu'il attend. Prochaine étape : l'équipe de Malaisie olympique avec lui comme entraîneur. Je suis sa porte d'entrée vers la fortune et la célébrité. Plutôt mourir…

Ce matin, elle avait l'air effectivement éteinte. Pas du tout une briseuse de record. Elle traînait les pieds, les épaules rentrées. Je n'ai pas été surprise de la trouver seule ce soir, assise dans le passage couvert sinistre qui relie deux ailes du bâtiment. Elle fumait malgré les reproches de l'entraîneur chaque fois qu'il décèle sur elle une odeur de tabac. En me rapprochant, j'ai vu que ses yeux étaient remplis de larmes. Elle a levé la tête tandis que j'avançais et m'a fixée, le regard vide, comme si elle ne me reconnaissait pas. Puis elle a murmuré quelque chose, si bas que j'ai dû lui demander de répéter.

— J'ai peur.

Je suis restée à côté d'elle, sans savoir que faire. Peut-être fallait-il que je pose ma main sur son épaule ?

Mais je me suis souvenue de sa réaction quand Darius la touchait. Je me suis assise sur le même banc, gardant mes distances, et j'ai attendu.

— J'ai peur, a-t-elle repris. Je ne sais pas à qui parler. Je ne comprends plus rien.

— De quoi tu parles ?

— De ce qui m'arrive. Si je rentre chez moi et s'ils apprennent…

— S'ils apprennent quoi ?

— Chez moi, des gens se font tuer pour ça…

— Comment veux-tu qu'ils l'apprennent ?

— Par une des étudiantes chinoises par exemple… elles se foutent de moi. Miranda l'a raconté à quelqu'un… et maintenant, tout le monde est au courant. Comment est-ce qu'elle a pu faire ça ? Cette histoire n'avait aucune importance pour elle ?

— Mais tu ne rentres pas chez toi, ai-je répondu, incapable de trouver autre chose à dire.

On est restées là à fumer en silence. Je ne pouvais pas l'abandonner, mais je ne savais pas non plus comment l'aider. Alors qu'elle avait volontiers partagé tous les détails de son histoire avec Darius, elle était à présent sur ses gardes, secrète, refusant de s'épancher. Nous n'avions jamais plaisanté sur sa relation avec Miranda et tout ce que je pensais savoir relevait de la pure hypothèse.

Le froid qui balayait ce passage couvert glissait ses tentacules sous ma veste. J'ai repensé à la fournaise de la cour d'Elango, l'après-midi où j'avais fabriqué ma première vraie tasse. Je me suis souvenue de tous les détails : les piments rouges qui séchaient sur le toit de la cabane, le papillon qui s'était brièvement posé sur ma joue, le *laddu* parsemé de raisins secs qu'Akka m'avait donné. Cherchant à me réchauffer, j'ai essayé d'imaginer et d'éprouver une nouvelle fois la chaleur de ma petite ville en plein été, quand on avait l'impression d'être des oiseaux assoiffés en quête d'ombre et d'eau.

Mais sur ce banc, je n'ai senti que le froid humide et étranger dont les multiples doigts s'agrippaient à toutes mes couches de vêtements et se faufilaient pour atteindre ma peau. Mon esprit était encore à Londres avec Elango. Je me suis demandé s'il était en train de se promener, seul dans la ville, dans son anorak trop grand, sur les traces de choses ou d'êtres qu'il ne trouverait pas. Un repas à manger avec les doigts. Sa femme, son bébé. Le chien qu'il avait abandonné. L'arbre foudroyé en bordure d'étang. La crinière touffue qui faisait tellement partie de lui avait disparu, emportant avec elle la joie débridée qu'il nous communiquait à bord de son *auto-rickshaw* quand nous étions enfants. J'ai repensé aux circonstances extraordinaires de nos retrouvailles ici, sur un autre continent, alors que je croyais ne jamais le revoir.

Dans le jardin intérieur, un oiseau de nuit a commencé à crier et une lueur a empli le ciel, comme si les nuages reflétaient la lumière. De l'autre côté du jardin, on distinguait un halo jaune dans la fenêtre de Miranda qui se découpait derrière les branches nues d'un hêtre.

Après un long silence, alors que j'avais presque oublié ce que je faisais sur ce banc, un mégot entre les doigts, Karin a repris :

— Une fois, mon frère s'est enfui après s'être fait tabasser par mon père avec une tige de bambou. Et tu sais pourquoi il l'a frappé ? Parce que mon frère m'avait donné un harmonica. Il m'avait dit de ne pas en jouer quand mon père était dans les parages, mais j'ai oublié, et quand mon père m'a surprise, j'ai rejeté la faute sur mon frère. Il a fugué pendant cinq jours.

— Moi aussi je me suis échappée un jour… Mais juste au bout de la rue. Personne ne s'en est même rendu compte, ai-je tristement soupiré.

— Tu as dû disparaître pendant cinq minutes à peine.

Karin a gloussé avant d'allumer une autre cigarette. Non sans difficulté car ses mains tremblaient.

Les lumières dans l'enfilade de fenêtres ont commencé à disparaître à mesure que des rideaux étaient tirés. Des morceaux de musique nous parvenaient des différentes chambres, composant à eux tous un concert. Dans la fenêtre de Miranda, une silhouette allait et venait, se brossait les cheveux, empilait des livres. Elle est ensuite restée un long moment immobile jusqu'à ce qu'un carré noir se substitue tout à coup au cadre éclairé. Je savais que Karin fixait elle aussi cette fenêtre. Le passage couvert où nous étions assises donnait d'un côté sur la buanderie et, de l'autre, sur l'escalier menant à la cantine, tout à côté de la loge du portier, si bien qu'une odeur de lessive et de patates bouillies s'échappait dès que quelqu'un poussait les portes battantes. Des étudiants transis, les mains protégées dans leurs manches de sweat-shirts, ont commencé à défiler, seuls ou à deux, en direction du réfectoire. Karin a ramassé son petit tas de mégots, a pris les miens et s'est dirigée vers la poubelle.

Quand elle s'est tournée vers moi, elle semblait subitement transformée. Elle s'est mise à donner des coups de pied dans l'air. Son long manteau vert lui martelait les mollets et sa frange se balançait de droite à gauche. Elle a affiché un grand sourire.

— Allez, en route pour un autre chili con carne et leur foutu crumble aux pommes !

Elle a vissé son béret sur sa tête et a entonné *"parsley-sage-rosemary-and-thyme"* d'une voix de fausset. Deux garçons nous ont dépassées en courant ; l'un d'eux est parvenu à toucher le toit en sautant, il a poussé un cri de joie.

— J'ai envie de rencontrer ton Indien, a dit Karin. Ton potier. Tu l'as retrouvé à Londres, c'est ça ? En fait, pourquoi est-ce qu'on te trouverait pas un mec ? T'as encore jamais couché !

Elle a continué ainsi. Un groupe de garçons a franchi les portes, elle s'est arrêtée pour leur parler. On avait tourné en direction de l'escalier du réfectoire qu'on s'apprêtait à emprunter quand Joe Wintergreen, le portier en poste à ce moment-là, l'a interpellée. Il ne l'aime pas, c'est ce qu'elle m'a confié au début du trimestre. Il a déjà retenu certaines de ses lettres ou ne lui a pas transmis des messages qu'on lui avait laissés. Je ne lui ai pas raconté que j'ai entendu un jour ce même portier l'appeler Mlle Dim Sun au lieu de Wang alors qu'il transmettait un appel pour elle à notre étage via le standard.

— Miranda Walker vient de demander à changer de chambre – elle veut déménager dans une des maisons sur Rose Lane, a-t-il annoncé, un sourire en coin. Vous ne sauriez pas pourquoi par hasard, mademoiselle ?

Karin lui a peut-être balancé une réponse cinglante dont il se souviendra pendant des jours. Je ne l'ai pas entendue. Je n'ai pas pris le temps. J'étais déjà en train de remonter le passage à toute allure pour aller récupérer dans ma chambre mon portefeuille et mes clés de bicyclette. L'évidence me crevait tout à coup les yeux et j'étais furieuse contre moi-même de ne pas y avoir pensé plus tôt. On est vendredi 18. Je sais qu'Elango reprend l'avion le 19, de bonne heure. Je ne peux pas le laisser repartir sans l'avoir revu. J'ai descendu la côte plus vite encore qu'avec Karin à l'époque où on pédalait comme des folles, actionnant furieusement mes jambes comme des pistons. Si je parvenais à attraper le dernier train, je pourrais peut-être le retrouver avant qu'il ne quitte son hôtel. J'ai abandonné mon vélo au parking de la gare et j'ai couru jusqu'au guichet.

Alors que j'écris ces mots, c'est le reflet dans la vitre de mes grands yeux inquiets qui me fixe. Je regarde le paysage brouillé, les arbres sombres, les lumières qui clignotent dans les villes qu'on croise, priant pour que le train aille plus vite, qu'il ne s'arrête pas dans chaque bourgade ordinaire. Comme si ma vie entière, dans toute sa confusion, dépendait de ce trajet. “J'ai envie de rencontrer ton Indien, ton potier”, a dit Karin. Je ne sais pas si je vais arriver à temps et, en admettant que j'y parvienne, j'ignore s'il voudra me voir. Mais maintenant que je l'ai retrouvé, par le fruit d'un hasard incroyable, comment pourrais-je le laisser repartir – juste comme ça ? Si j'arrive dans sa chambre à temps, je peux lui confier les boîtes de chocolats que j'ai achetées à la gare pour Zohra et pour ma mère. C'est une raison suffisante pour vouloir le retrouver. Peut-être que je pourrai l'accompagner à l'aéroport. Quelques heures supplémentaires. C'est tout ce que je demande.

Samedi 19 janvier

Hier soir, dans l'obscurité du taxi qui nous menait à l'aéroport, je suis restée silencieuse, tout comme Elango. Le chauffeur, peut-être plus loquace à une heure moins avancée de la journée, a conduit sans un mot après nous avoir seulement demandé notre numéro de terminal. J'ai regardé à travers la vitre les immenses panneaux publicitaires d'une luminosité aveuglante. Étourdie par mon voyage précipité, je me suis assoupie dans la chaleur du véhicule et des vers d'un poème se sont mis à tourner en boucle dans ma tête. *Je suis partie Tôt / Avec mon Chien / pour rendre visite à la Mer / Du sous-sol les Sirènes / Sont montées pour me Voir.* Quelques heures plus tôt, je m'apprêtais à aller dîner avec Karin, et quelques heures plus tôt encore, dans la matinée, j'avais assisté à un cours de poésie. Une éternité s'était écoulée, me semblait-il. Je n'étais plus cette fille qui avait pédalé jusque chez le professeur Farrell pour prendre place autour de la table et le regarder disposer méthodiquement cinq parts de gâteau, cinq tasses de thé, une petite théière ronde, des sachets de thé Earl Grey et cinq photocopies du même poème.

Mais aucun Homme n'est venu me chercher / le Flot a atteint mon petit Soulier / mon Tablier / puis ma Ceinture et mon Corsage / aussi –

Chaque semaine, M. Farrell nous fait lire et étudier un poème qu'il choisit. Son petit bouc, ses manières réservées, la façon qu'il a de ne jamais nous regarder dans les yeux font que je me demande parfois s'il me reconnaîtrait si on se croisait par hasard dans la rue. Il nous écoute, la tête penchée vers la table comme si notre parole venait de là et, quand il estime qu'on a dit quelque chose d'intelligent, il nous adresse un sourire à peine perceptible. Ce matin, j'ai eu la satisfaction de lui tirer un sourire et un hochement de tête. J'ignorais que le poème que j'avais disséqué et analysé allait faire son chemin en moi jusqu'au soir. Je devais être en train de le murmurer car Elango m'a demandé :

— Qu'est-ce que tu dis ?

— Non, non… Je n'ai rien dit.

— Il est très tard. Tu n'avais pas besoin de m'accompagner à l'aéroport. Tu vas rentrer chez toi en pleine nuit.

Il a tourné la tête et regardé à l'extérieur. Je sentais qu'il était gêné, il avait du mal à le cacher.

— Ce n'est pas grave… Je voulais…

Je n'aurais pas dû venir, ai-je pensé. Cela m'avait semblé une évidence dès que j'avais déboulé dans le hall de l'hôtel. C'était une mauvaise idée. Projetée vers la réception par la porte tambour, j'étais tombée sur Elango, emmitouflé dans son anorak bleu et son écharpe en laine. Il était surpris de me voir là, et loin d'être ravi. J'avais bredouillé quelques explications tout en triturant mes boîtes de chocolat jusqu'à ce qu'on se retrouve dans le taxi que la galerie avait réservé pour lui. Il était déjà plus d'une heure du matin, le vendredi avait cédé sa place au samedi, des gens s'agglutinaient aux coins des rues pour boire des coups. Au début, on s'est forcés à discuter un peu de la ville et de la galerie où il avait animé son atelier. Une fois sur l'autoroute, il n'y a plus eu entre nous que le vrombissement du moteur et l'obscurité que l'on fendait à toute vitesse.

Et Lui / Il m'a suivie / de près – Et j'ai senti sur ma Cheville son talon d'Argent / Puis mes Souliers qui débordaient de Perles –

— Ce n'était pas la peine de venir, a-t-il répété. Mais finalement, c'est bien que tu sois là. J'avais oublié quelque chose.

Il a plongé la main dans son sac à dos, s'est mis à farfouiller à l'intérieur, a marmonné un juron parce qu'il ne trouvait pas ce qu'il voulait, et puis tout à coup, il m'a tendu quelque chose.

Et il a avancé comme s'il Voulait me dévorer / Tout entière telle la Rosée sur la Manche d'un Pissenlit, et Puis / j'ai bougé / moi aussi –

— Qu'est-ce que c'est ?

— Ouvre, tu verras.

Quand il a allumé le plafonnier, je l'ai soudainement vu, penché vers moi. Le regard attentif. Un sourire aux lèvres.

En ouvrant le coffret en bois rectangulaire muni de robustes fermoirs en laiton, j'ai découvert des outils rangés dans des compartiments dédiés – des mirettes tranchantes aux fines poignées polies, des palettes de bois plus ou moins incurvées, usées à certains endroits. Il y avait aussi des outils que je ne connaissais pas : des couteaux de bois, de petites palettes, des boutons. Des outils de modelage à lames pointues. Je les ai caressés, j'en ai sorti un ou deux de leur emplacement avant de les reposer.

Elango a éteint la lumière et s'est de nouveau enfoncé dans le siège.

— C'est un potier coréen qui me les a donnés quand j'avais à peu près ton âge. Ils sont à toi maintenant.

— Mais tu ne t'en sers pas ? Je ne peux pas te les prendre…

— Si, je m'en sers, mais j'en ai d'autres… et je peux m'en procurer d'autres encore maintenant que je voyage. Usman Bhai s'est servi de ce jeu pour réaliser la calligraphie sur le premier cheval. Quant à Zohra… elle a les siens. Elle ne veut pas utiliser ceux-ci… Pour elle, ce ne sont que de mauvais souvenirs.

Il s'est tu de nouveau après avoir évoqué ces souvenirs qui expliquaient le refus de Zohra de les toucher. Je me suis demandé ce qu'elle avait fait des autres outils liés à d'autres souvenirs douloureux : les plumes en bambou de son grand-père, ses encriers… Je n'ai pas eu le courage de poser la question de peur de déclencher chez Elango une de ses humeurs sombres.

— Un maître se doit de transmettre quelque chose de précieux à son élève, a-t-il ajouté. Je me suis dit que ça pourrait convenir.

Le taxi engloutissait les kilomètres, les mâchait, les digérait. Pas un seul feu rouge pour nous ralentir, aucun chantier. On allait si vite que j'avais l'impression qu'on fendait l'air en flottant juste au-dessus de la route. Les premiers panneaux indiquant l'aéroport sont apparus en un éclair derrière la vitre. C'était trop tôt – il ne pouvait pas partir si tôt. Une énorme vague noire de désespoir m'a submergée. Dans quelques minutes, il serait avalé par les portes de l'aéroport. Je devrais rentrer, seule et sans vraiment savoir par quels moyens. Je n'avais pas envie de partir. J'avais envie de monter dans cet avion, de rentrer chez moi, avec lui, de retrouver mes proches. Ma mère. Chinna. Et même Tia.

— Je prendrai soin des outils, ai-je marmonné, incapable de faire de grands discours.

Elango a éclaté de rire.

— Ils ne sont pas censés être regardés, ils sont faits pour être utilisés.

Tout comme mon père nous parlait, à Tia et moi, de tectonique des plaques, Elango s'est alors mis à me raconter l'exposition de Delhi où il avait rencontré ce potier coréen qui lui avait ensuite envoyé le coffret. Il m'a décrit la séance durant laquelle l'homme avait réalisé un pot qui lui arrivait à la taille – il l'avait fabriqué patiemment, superposant des rouleaux d'argile dont chaque exemplaire pesait aussi lourd qu'une trompe d'éléphant. Il s'agissait de poterie *onggi*, avait-il expliqué. Elango avait observé la manière dont le potier avait peaufiné la forme finale en frappant la surface du pot à l'aide d'une grosse palette de bois (celles que contenait le coffret étaient minuscules par comparaison). Une fois le pot terminé, il avait vu le potier danser au son puissant d'une musique tout en projetant des pâtes d'argile colorées qu'il lissait et peignait, comme en état de transe. Bien plus tard, le pot avait fini tapissé de multiples couches de pâte et le potier couvert de la tête aux pieds d'argile, de sueur et de couleurs. Elango n'avait pas pu le quitter des yeux. C'est à ce moment-là qu'il avait compris que pour produire quelque chose qui en vaille la peine, il fallait s'immerger – quasiment littéralement – corps et âme dans la création.

J'ignorais quand je réentendrais ces intonations et ces paroles, la langue singulière de mon enfance. J'ai écouté Elango comme si ma vie dépendait de ma capacité à mémoriser chacun de ses mots.

Les panneaux indiquant l'aéroport ont grossi, des avions volant à basse altitude sont passés au-dessus de nos têtes, des panneaux publicitaires ont surgi. Elango parlait encore. Nous avons déchargé sa valise, le taxi est parti et nous avons balayé du regard l'enfilade de terminaux, les horaires de départ, les numéros de portes, les chariots. Quand nous sommes arrivés devant les portes menant à la zone de contrôle que je n'aurais pas le droit de franchir, j'ai réussi à esquisser une sorte de sourire. Il s'est éloigné, son anorak bleu et son sac à dos sombre se fondant parmi beaucoup d'autres vestes, manteaux, bagages et au revoir, et j'ai senti se former tout au fond de moi un énorme flot de larmes prêt à me suffoquer. J'ai serré les dents et tenté de me concentrer sur des détails pratiques. Comment rentrer ? Le métro fonctionnait-il encore à cette heure ? Devais-je passer la nuit à l'aéroport ?

J'ai senti une main effleurer mon épaule et Elango est réapparu devant moi. Il a enlevé son écharpe de laine qu'il a enroulée autour de mon cou.

— Tu en as plus besoin que moi dans ce pays glacial, m'a-t-il dit avant de disparaître.

J'ai pris le train ce matin pour rentrer après avoir passé la nuit sur les sièges de l'aéroport. C'est samedi soir. Ce matin, la ville était calme, tout le monde cuvait sa soirée du vendredi. Hébétée, incapable de garder les yeux ouverts, je ne me suis pas risquée sur mon vélo que j'ai laissé à la gare et je me suis traînée péniblement jusqu'à mon *college* en prenant des raccourcis. Je me suis engagée d'un pas chancelant sur l'un des ponts qui enjambent notre petite rivière, m'appuyant contre le parapet quand ma tête tournait trop. Les saules qui avaient versé dans ce cours d'eau des pleurs verts puis jaunes étaient à présent dépouillés dans la lumière fraîchement délavée de ce matin pâle. À l'horizon, il était impossible de distinguer le ciel de l'eau. Des sonnettes de bicyclettes tintaient, des voix indistinctes s'interpellaient. J'ai entendu un crissement de pas sur le pont, je me suis retournée. Darius était là, accompagné de deux autres garçons dont il s'est détaché pour venir vers moi.

— Que s'est-il passé ? Ça va ?

Il parlait d'une voix hésitante comme à son habitude. Il est resté à mes côtés, s'appuyant contre la rambarde alors que ses amis poursuivaient sans lui. Il a passé un bras autour de mes épaules.

— Allez, viens, on va se prendre un chocolat chaud, OK ?

Il a incliné son grand corps gauche vers moi et je me suis laissée aller tout contre lui, comme si c'était un mur.

Mercredi 23 janvier

Karin vient de nouveau tous les jours à l'atelier – c'est la première fois depuis ces premières semaines de cours où on s'est rencontrées. Elle arrive, accroche rapidement son manteau à une patère, balance son cache-nez par-dessus, inspecte ses doigts d'un air sombre et s'attaque à ses ongles avec les dents. Durant les deux heures qui suivent, elle se montre férocement asociale puis elle nettoie son tour, lave ses outils et les essuie avant de les ranger dans leurs casiers. Et elle s'en va. Elle ne prononce pas un mot tout du long – aucune question sur la soirée où je l'ai plantée dans le passage sans crier gare, ni sur mon potier indien. Aucune confidence au sujet de Miranda.

Jeudi 14 février

Elle a fréquenté l'atelier plusieurs jours d'affilée et puis, tout aussi brusquement qu'elle a réapparu, elle a cessé de venir. Il s'avère que durant tout ce temps, elle fabriquait une série de vases, tous identiques, à ventre rond et cou fin. Une fois la consistance cuir obtenue, elle travaillait ses pièces à l'aide d'outils de modelage. Avant de partir, elle recouvrait son étagère d'un linge humide, puis revenait à l'atelier poursuivre son travail. Maintenant qu'ils sont cuits et terminés, je découvre qu'elle a retourné chacun des vases pour en faire un visage, doté de traits asiatiques classiques : des yeux bridés, un nez retroussé. Elle a utilisé des émaux et des pigments pour rougir leurs joues rebondies. Elle a planté sur leur crâne de vrais cheveux. Les siens.

Je suppose que je n'étais pas la seule à me demander ce qu'elle faisait. J'ai surpris les autres étudiants qui occupent l'atelier à jeter des coups d'œil dans sa direction avant de détourner promptement le regard. Chez nous, tout le monde aurait regardé par-dessus son épaule et lui aurait posé des dizaines de questions. Ici, manifester sa curiosité est un signe d'impolitesse.

Il y a quelques minutes, un des colocataires de Miranda dans la maison de Rose Lane, un Américain prénommé Jake, m'a raconté en levant les yeux au ciel que "ma copine Karin" était "cinglée". Il m'a appris que durant toute la semaine qui a précédé la Saint-Valentin, Miranda a reçu des boîtes superbement emballées contenant des vases en forme de têtes humaines, avec cheveux et tout ce qu'il faut. Elles étaient accompagnées d'un petit rouleau de papier portant un message tapé à la machine. Un mot seulement. Jiaying. Yingtai. Dongmei. Qingzhao. Liling. Que des prénoms féminins chinois.

Samedi 16 février

Un peu plus tôt dans la soirée, je suis tombée sur Karin à une soirée organisée dans le *college* voisin – cela faisait un bon moment qu'on ne s'était pas croisées. C'était une soirée sans occasion particulière, juste un week-end festif, une fête pour "tout oublier" parce que ce semestre n'en finit plus, ennuyeux, triste, avec pour seule perspective les examens du trimestre prochain. Des guirlandes lumineuses avaient été suspendues aux arbres, il y avait de la musique, l'ambiance était animée, les gens allaient et venaient depuis la pièce où était installé le buffet. L'alcool et la frénésie du moment leur permettaient de faire abstraction du froid. La musique était tellement forte qu'on sentait les basses résonner jusque dans nos muscles et dans nos os. Je suis restée à l'écart, un gobelet de vin à la main, à observer les danseurs s'agiter sur la grande table solide qui avait été sortie. Karin se trouvait parmi eux, elle dansait avec Darius. Comme si leur violente rupture de St Ives n'avait jamais eu lieu. Entre ses bottes qui lui arrivaient au genou et sa minijupe, Karin dévoilait une bande de peau que Darius ne pouvait s'empêcher de toucher. Elle trébuchait, gloussait, faisait le pitre. Buvait, sautait de la table pour venir discuter avec moi. Pas un mot sur Miranda ou les poupées chinoises en terre cuite. Elle me rappelle ces fontaines de couleur dont les jets s'élancent vers le ciel, spectaculaires, magnifiques, puis retombent sans laisser de trace, si ce n'est quelques banals tuyaux, avant de s'élancer de nouveau. On aurait dit qu'après avoir été mise en marche, Karin ne s'arrêtait plus jusqu'au moment où elle allait s'effondrer. Les paillettes émeraude étincelaient sur ses sourcils, la neige avait des reflets bleus et blancs. Ma première vraie neige.

J'avais fait un double tour autour de mon cou avec l'écharpe en laine d'Elango. Elle était encore imprégnée de son odeur, mélange de fumée et d'après-rasage qui réveillait en moi la vertigineuse envie de partir d'ici pour retourner à Londres – tout en sachant qu'il n'y était plus. Il était de retour à Delhi où il avait retrouvé son enfant et Zohra. J'imagine que le temps là-bas doit être frais mais ensoleillé, des nuées de perruches à collier doivent envahir les jardins colorés disséminés dans la ville. Après avoir passé la journée au soleil, Elango et Zohra ont dû se lover sous d'épaisses couvertures, jurant que jamais plus ils ne se sépareraient.

J'ai enlevé l'écharpe et je l'ai fourrée dans mon sac.

Karin a sauté de la table, a crié quelque chose par-dessus la musique, est repartie. Nous faisions des allées et venues entre l'extérieur et l'intérieur, nous perdant de vue dans la pénombre de certains coins du jardin, nous retrouvant régulièrement. Nous étions en train de fumer près d'un banc couvert de neige quand un garçon dégingandé est passé près de nous. Ses cheveux bruns et bouffants ressemblaient à une miche de pain bien gonflée et il avait un cache-nez bleu vif autour du cou. J'ai reconnu son ton et son accent – c'était un ami de Darius que j'avais déjà croisé, un Hongrois émacié qui a toujours l'air d'être à la recherche de gens à opprimer de sa gentillesse. Une fois, il m'a coincée dans une porte pendant de longues minutes, me bombardant de questions sur les famines et les inondations en Inde comme si j'en étais personnellement responsable. Et le jour où Darius est venu à ma rescousse sur le pont alors que je rentrais de la gare, il était avec lui.

Le Hongrois m'a regardée d'un air inquiet.

— J'ai demandé de tes nouvelles à Darius le lendemain, je me faisais tellement de souci pour toi. J'espère qu'il a veillé à ce que tu ailles mieux.

Se tournant vers Karin, il s'est incliné devant elle, une main sur le cœur. Dans l'obscurité, ses dents semblaient phosphorescentes. Je percevais son visage relevé vers elle tandis qu'il lui parlait mais impossible d'entendre quoi que ce soit de leur conversation dès que le morceau suivant a été lancé, à un volume assourdissant. Darius poussait la neige du bout de ses bottines, formant à nos pieds un petit monticule. Après le départ de son ami hongrois, il n'a pas levé les yeux vers Karin, qui ne m'a plus adressé la parole de toute la soirée. Je ne sais pas ce qu'elle imagine qu'il s'est passé ce jour-là entre son petit ami et moi, mais je sens encore l'acidité du vin transformer ma gorge et ma langue en morceaux de carton.

Mercredi 20 mars

C'est la fin du trimestre et les *colleges* se sont vidés. Les étudiants britanniques sont rentrés chez eux et les étrangers qui peuvent se le permettre sont partis eux aussi, pour un séjour dans un pays plus chaud. Je suis restée dans un bâtiment quasiment vide en compagnie d'une poignée d'autres étudiants. Je sais que Karin est elle aussi dans les parages, on se salue de la tête quand on se croise mais elle ne surgit plus à l'improviste pour s'affaler sur mon lit et discuter à bâtons rompus comme elle le faisait avant. Les portes battantes au niveau de ma chambre ont cessé de claquer, il n'y a plus de bruits de pas. Le réfectoire est fermé.

Comme je n'ai jamais été très portée sur tout ce qui concerne la nourriture, je me débrouille comme je peux avec cette interruption de la restauration : je me suis acheté un livre de cuisine indienne et, dans un élan de nostalgie, je me suis préparé un *dahl* et du riz. Pendant toute la journée du lendemain, la cuisine au bout du couloir a senti ma maison. Yutaka, le garçon japonais qui s'exprime par monosyllabes et occupe une chambre dans le même couloir que moi, plissait le nez chaque fois qu'il y entrait mais je n'ai pas réussi à déterminer s'il détestait cette odeur ou s'il avait envie de goûter. Je n'en ai offert à personne. J'ai tout mangé, avec les doigts, dans l'intimité de ma chambre, regrettant qu'Elango ne soit pas là pour partager ce moment d'émancipation de la tyrannie des couverts.

Hier, encouragée par le succès de ma première expérience, j'ai décidé d'aller faire des courses. Il y a une épicerie pakistanaise près d'une station-service où je me rends d'un coup de vélo à des heures improbables si j'ai besoin de cigarettes ou de café. C'est un peu loin, au-delà du périmètre de l'université. J'ai hésité car ma bicyclette a un pneu crevé, mais j'ai finalement décidé que je ne pouvais pas remettre au lendemain, que je pouvais y aller à pied malgré la pluie. J'ai établi une liste d'ingrédients à partir du livre de cuisine, enfilé ma veste la plus chaude ainsi que des bottines et je suis partie. Mon père aurait souri. Lui qui aimait cuisiner a essayé de m'apprendre mais je n'ai jamais coopéré. Il laissait toujours un grand désordre derrière lui et chacune de ses séances de cuisine était suivie d'une scène de reproches rituelle que ma mère se plaisait à jouer tout en rangeant. Après sa mort, il nous est devenu impossible de nous asseoir à la table de la salle à manger – les deux mètres carrés de sa chaise vide nous faisaient l'effet d'un désert hurlant. Par tacite consentement mutuel, Tia, Amma et moi avons commencé à nous servir dans la cuisine avant d'aller manger devant la télé, une assiette sur les genoux.

Il faisait chaud dans cette épicerie aux éclairages crus où plusieurs personnes bavardaient. La caissière Reshma a ouvert une boîte en métal et m'a offert un *kabab*. "Un petit souvenir de la maison maintenant que le *college* est fermé ?", m'a-t-elle proposé en souriant. J'ai passé en revue les étalages tout en mastiquant ma boulette de viande, effarée par ma naïveté culinaire. Je n'avais jamais accordé la moindre attention à tous ces grains de cumin et de coriandre, à toutes ces lentilles rouges et haricots mungo disposés sur les étagères. Ils avaient même du *ghee*. J'ai rempli mon panier, j'ai payé et je suis repartie. J'ai relevé ma capuche pour me protéger du grésil avant d'entamer le long trajet de retour, l'esprit occupé par les menus que je prévoyais.

Je me trouvais sur le trottoir entre le magasin et le croisement de la station-service quand le garçon blond et trapu, qui avait payé sa bière juste avant moi à la caisse, m'a dépassée à bicyclette. Parvenu à mon niveau, il a ralenti et m'a frappée violemment au niveau de l'épaule.

— Espèce de salope ! Ton curry, ça pue la merde ! a-t-il hurlé.

Il a ensuite vidé sur ma tête le fond de sa canette de bière avant de la balancer sur le trottoir et de filer, en me faisant un doigt d'honneur.

Malgré la violence du coup et la bière qui me dégoulinait sur le visage, j'étais restée debout. Pendant quelques secondes, je n'ai pas bougé. Voyant des pommes de terre rouler sur la pente cimentée, je me suis demandé pourquoi des légumes se baladaient sur les trottoirs avant de me rendre compte que mon sac m'avait glissé des mains et que toutes mes courses étaient éparpillées. Je me suis baissée pour ramasser ce qui était tombé. Les tomates avaient roulé trop loin, le paquet de riz s'était percé et les grains faisaient comme un tapis de neige sur la chaussée. Impossible de retrouver le petit tube de safran de la taille d'une piécette mais qui valait de l'or.

Tout en écrivant ces lignes, j'ai encore du mal à respirer. Tout s'est passé si vite… Il a disparu avant même que je puisse réagir. S'il avait été à pied, je lui aurais assené un coup de sac et je l'aurais assommé avec ma boîte de pois chiches. Mais je n'ai pas eu le temps – il a disparu avant même que je comprenne quoi que ce soit.

C'est ce que je me raconte, mais au fond de moi, une petite voix me susurre que non, Sara ne ferait jamais une chose pareille. C'est une lâche, elle s'est échappée de l'école durant une émeute, oubliant sa petite sœur tellement elle était occupée à sauver sa peau.

Que faire une fois que j'avais récupéré ce qui pouvait l'être ? Je devais agir avec méthode si je voulais contrôler ma peur. Peut-être m'attendait-il en bas de la rue ou bien dans la partie déserte qu'il me fallait traverser avant d'arriver aux grilles de mon *college* ? J'ai pensé retourner au magasin – mais que pourraient-ils faire ? Ils n'appelleraient sûrement pas la police pour un incident aussi banal. Je n'étais pas blessée.

J'ai essuyé mes cheveux pleins de bière avec mon écharpe et j'ai remonté ma capuche de façon à cacher mon visage. J'ai repris mon chemin, mais j'avais bizarrement du mal à avancer car mes jambes flageolaient et je n'arrêtais pas de trébucher. Je sentais la bière. Les gens allaient me prendre pour une ivrogne s'ils me voyaient tituber ainsi. J'avais du mal à rester debout. Il me fallait dépasser la pompe à essence, traverser aux feux et longer la rangée de maisons qui présentaient toutes les mêmes fenêtres en saillie et les mêmes éclairages filtrés par des voilages. Une odeur de persil et de fromage fondu flottait dans une portion de rue. Venait ensuite un tronçon obscur parmi les bois qu'il faudrait que je franchisse rapidement après avoir rassemblé mon courage. Le seul bruit que je percevais était le chuintement des pneus sur les routes mouillées. J'étais la seule personne dehors en cette soirée pluvieuse.

J'ai repensé au cheval. Il protégeait des villages entiers. J'ai enfoncé la main dans la poche de mon jean et j'ai serré le petit tesson de terre cuite que j'avais toujours sur moi.

En tournant dans une des rues, j'ai aperçu sur Rose Lane la maison dans laquelle Miranda s'est installée. Une bâtisse sombre en forme de cube, qui se profilait au loin, les volets clos – tous les occupants avaient dû rentrer chez eux. Une règle tacite veut que tous ceux qui rentrent chez eux pour les vacances se plaignent de la quinzaine étouffante qu'ils vont vivre, enfermés avec leurs frères et sœurs et leurs parents. Miranda n'y avait pas dérogé, se lamentant bruyamment à la cantine quand le sujet avait été évoqué. Je l'avais croisée le lendemain, sur le départ, en compagnie d'une mère qui portait un ample cardigan de cachemire, d'un père à l'air débonnaire qui avait jeté ses bagages dans la voiture tout en lui ébouriffant les cheveux, d'un épagneul survolté installé à l'arrière qui tentait de passer par la fenêtre. Pas une seule fois elle ne s'était retournée alors que Karin se trouvait près de la grille, à essayer d'insérer une clé dans son cadenas de bicyclette, ce qui lui prenait bien plus de temps que nécessaire. Depuis, Karin fréquente frénétiquement la bibliothèque, elle révise jusqu'à des heures indues. Elle est en dernière année et prépare ses examens de fin d'études.

J'ai reconnu tout au long de Rose Lane d'autres maisons qui appartiennent à mon *college*. Toutes fermées. Quand une seconde bicyclette m'a frôlée, mon cœur s'est emballé. Je me suis repliée sur l'autre côté du trottoir malgré les plantes grimpantes qui me fouettaient le visage, l'eau qui en dégoulinait, les gouttelettes qui me glissaient dans le cou. Le trimestre précédent, un skinhead rasé avait poursuivi Karin dans la rue, sans savoir qu'il avait choisi pour proie une athlète de niveau olympique. Ce souvenir m'a fait sourire. Mais ma peur est revenue, ainsi que le froid. Mes cheveux ruisselants de bière formaient sur ma tête une sorte de casque glacé.

Alors que je terminais le trajet en courant presque, plusieurs incidents me sont revenus, comme une série de coups de feu. La dernière nuit où Elango était parti sous la pluie avec Zohra, pour ne plus jamais revenir. Les cinq hommes qui avaient tambouriné à notre porte avant d'entrer de force pour les débusquer, hurlant des insultes. Mon incapacité à comprendre pourquoi il ne pouvait pas revenir, pourquoi cette foule avait détruit son œuvre et brûlé sa maison. La façon dont Chinna l'avait cherché partout. Ses gémissements et ses pleurs durant toute cette première nuit chez nous. La façon dont il s'échappait sans cesse pour retourner à Kummarapet – mais la maison et l'atelier d'Elango avaient eux aussi disparu, tout comme le *moringa*. Il ne restait plus de l'ancienne cour qu'un tas de cendres et de métal tordu où les hommes de Taatha empilaient déjà du matériel de construction.

Vasu et Revathi, qui étaient venus s'asseoir sur notre perron pour nous raconter en pleurant comment on les avait chassés de chez eux. Vasu, qui avait sauvé le précieux coffret d'outils coréens, le confiant à ma mère pour qu'elle l'envoie à Elango – ce même coffret était désormais à moi, tel un talisman passé de main en main.

C'est seulement trois quarts d'heure plus tard, une fois la porte de ma chambre verrouillée, que j'ai laissé tomber tous mes sacs de courses pour plonger ma tête dans mes mains et pousser deux sanglots de soulagement. J'avais encore le souffle court lorsqu'un de mes voisins est venu frapper à ma porte. "Tu viens ? On va commencer à regarder le film. Un Tarkovski. *Nostalghia*."

Jeudi 21 mars

Je ne comprends pas pourquoi je suis encore si chamboulée alors que ce sale raciste ne m'a même pas fait mal. J'ai une migraine, la gorge sèche, je suis incapable d'articuler le moindre mot. Je voudrais être chez moi – chez moi au temps où mon père était encore vivant, où ma mère était forte, où Elango vivait en bas de la rue et où j'étais suffisamment menue pour qu'il me hisse dans son *autorickshaw*. Je suis tout à coup dans la chambre d'hôpital de mon père, l'intensité de sa douleur se lit dans son regard, il est muselé par un masque à oxygène. Puis, c'est la mousson à Bombay et on attend des nouvelles des chirurgiens cardiaques qui sont en train de l'opérer. Depuis les grandes fenêtres, je regarde les rues battues par la pluie.

— Je n'arrête pas de penser à l'inondation après le départ d'Elango, dis-je à Tia.

Ma mère somnole sur une chaise. Elle murmure :

— Le chirurgien n'est toujours pas sorti ? C'est si long…

— Rendors-toi, Amma. On ne sait toujours rien.

Je me lève et m'approche d'une des fenêtres. Dehors, un homme se bat contre un parapluie que le vent a retourné ; voilà le genre de parapluie que je serais si j'en étais un. La pluie frappe la vitre contre laquelle j'appuie mon front. Comment est-il possible qu'elle ne me mouille pas alors que seule cette pellicule transparente nous sépare ? Je me demande pourquoi, alors que mon père se trouve à quelques pas de moi, la cage thoracique découpée et la poitrine ouverte, je repense à cette journée qui remonte à quelques années – j'avais treize ans seulement et j'étais incapable de me réjouir même si ma mère venait de m'annoncer que Chinna était à présent à nous car personne ne savait quand Elango reviendrait ni même s'il reviendrait.

Ce jour-là aussi, il était tombé des trombes d'eau. Il avait plu sans discontinuer pendant quarante-huit heures : une pluie monotone, ininterrompue, comme si le ciel avait été créé pour déverser son eau sur la terre. Il y avait eu une crue subite car un barrage avait cédé en amont du fleuve qui était monté d'un coup. Les gens se trouvant sur les berges avaient dû courir se mettre à l'abri quand un mur d'eau avait déferlé sur eux en rugissant. Il avait inondé les bâtiments le long de la rive et emporté les cabanes ainsi que les maisons. L'étang derrière Kummarapet avait lui aussi débordé, engloutissant ce qui restait du cheval brisé. Le vent avait fait voler en éclats la remise d'Elango et l'arbre foudroyé avait été en partie déraciné.

Un des bâtiments que le fleuve avait engloutis abritait des archives, parmi lesquelles un fonds précieux de manuscrits et d'ouvrages ourdous. Les pièces du rez-de-chaussée, le sous-sol et ses rayonnages avaient été immergés – des manuscrits enluminés à la main, d'anciens numéros de journaux et de périodiques, des exemplaires uniques de recueils de poésie, des collections rassemblées et préservées durant des décennies. Beaucoup de ces manuscrits avaient fini par être restaurés. Il faut mettre les livres gorgés d'eau dans un congélateur pour les sauver. Il y avait tant de livres dans ces archives qu'on avait dû retirer des corps de la morgue pour pouvoir stocker des ouvrages à la place.

Lorsque l'eau s'était retirée, les gens s'étaient précipités dans les archives inondées pour sauver ce qu'ils pouvaient. Pataugeant dans la boue et le papier, ils étaient tombés au cœur du bâtiment sur Usman Alam. Le calligraphe aveugle y avait jadis disposé d'un bureau, racontait le journal de ma mère et, selon un employé – un certain Sadiq Mehmood, ancien élève du vieil homme –, celui-ci fréquentait de nouveau les lieux depuis quelque temps car il avait envie de toucher et de sentir les livres anciens même si ses yeux ne lui permettaient plus de les lire.

On avait retrouvé le calligraphe assis à son bureau, effondré sur un ouvrage, de l'eau jusqu'aux genoux. Manifestement, il était mort à cette table, mais personne ne savait quand il était entré dans le bâtiment ni pourquoi il n'en était pas sorti lorsque l'eau avait commencé à monter.

Jeudi 30 mai

À la suite de cette soirée de mars, je suis tombée gravement malade. Le *college* était encore désert, il n'y avait guère que Yutaka et Karin dans le couloir. Ne sachant que faire d'autre, j'ai décidé d'ignorer la gêne qu'il y avait entre nous et je me suis traînée jusqu'à la chambre de Karin, dans un tel état de déshydratation que j'avais du mal à bouger les bras ou les jambes. Elle a pris les choses en main, me conduisant sur-le-champ à l'infirmerie. Par la suite, pendant plus de deux semaines, j'étais tantôt brûlante, tantôt gelée. Je toussais tellement que toute ma cage thoracique me faisait souffrir. La pièce où je me trouvais avait une fenêtre mais comme le rideau était tiré, j'ai complètement perdu la notion de temps. Je savais lorsque quelqu'un entrait, mais j'avais du mal à ouvrir les yeux pour voir qui c'était et il m'était impossible de parler. J'avais beau être éveillée, je ne pouvais pas bouger.

Quand j'ai fini par retrouver ma chambre, au mois d'avril, il ne restait plus que quelques semaines avant les examens. Je n'avais pas la force d'aller à la bibliothèque et mes yeux brûlaient dès que j'essayais de lire. Je n'arrivais pas non plus à rester assise longtemps. Karin passait ses examens terminaux en mai, elle avait donc très peu de temps. Elle est venue néanmoins deux fois par jour, comme si rien n'avait jamais entamé notre amitié. Elle vérifiait que j'avais de quoi manger et passait une heure tous les soirs à me faire la lecture. J'avais beau lui répéter que c'était inutile, que toutes ces notes de cours, tous ces essais qu'elle me lisait s'imprimaient à peine dans mon cerveau ralenti et embrumé, elle a poursuivi.

— Je crois en l'osmose, me disait-elle. Reste couchée, n'essaie même pas d'écouter. Ça va finir par entrer.

Elle a persévéré pendant une semaine, lisant à voix haute des essais critiques sur le roman victorien ou la poésie métaphysique. Elle s'arrêtait sur les mots compliqués qu'elle prononçait lentement, en en détachant les syllabes. "Con-tra-pun-ti-que." "Su-bli-mi-nal." "An-thro-po-mor-phis-me." Elle levait les yeux au ciel et poussait de hauts cris. Pour l'amour du ciel, quel était l'intérêt de connaître tout ça ? Elle, au moins, apprenait à concevoir des avions.

Elle m'a laissée me débrouiller seule quand elle a estimé que je ne risquais plus rien. Elle s'est alors enfermée pour réviser. Si elle obtenait une mention très bien, ainsi qu'elle en avait l'intention, elle aurait la possibilité d'entamer un doctorat à Leyde.

Mardi 18 juin

Les examens sont terminés depuis longtemps et les festivités qui ont suivi sont déjà de l'histoire ancienne. C'est le début des vacances d'été. Karin et moi sommes en route pour l'aéroport où l'on va prendre deux avions différents. Le mien a pour destination Rome, où je retrouve une amie avant d'entamer un périple. Le sien va à Amsterdam. Elle va passer l'été à travailler chez Boeing avant de commencer son doctorat. Cette fois, ce n'est pas une bourse pour sportif de haut niveau qu'elle a obtenue. Désormais, elle n'est plus obligée de courir.

— Viens me voir l'année prochaine quand les cours auront repris, me dit-elle avant de franchir les contrôles de sécurité et d'ajouter, dans un sourire effronté : Amsterdam, c'est une ville cool… On y fumera de l'herbe, on ira voir des tableaux de Rembrandt et on vivra dans une péniche sur les canaux. On peut même avoir une aventure !

Elle me fait un clin d'œil, agite son passeport dans ma direction et disparaît.

Je lui ai donné un mug que j'ai fabriqué pour elle. J'ai utilisé un émail rouge foncé et j'y ai gravé quelques mots à l'aide des outils coréens d'Elango. "Osmose forever".

Le vieux chien vénérable de Kummarapet

Comme tous les jours, Chinna faisait sa promenade dans la ruelle. Il préférait à présent les balades courtes dans les environs de la maison car sa vue avait décliné tout comme son ouïe, et une de ses pattes était raide, mais pas au point de l'empêcher de faire fuir les oiseaux trop culottés qu'il croisait dans la cour. Et quand venait un épisode de chaleur, deux ou trois fois par an, quelque instinct archaïque réveillant en lui son goût pour le reniflage et la chasse, il retrouvait la force qu'il pensait avoir perdue.

Il faisait exactement le même trajet chaque jour, s'arrêtant aux mêmes endroits qu'il flairait avant de poursuivre son chemin. Son museau sombre était parsemé de blanc, les plis de son cou s'étaient avachis et, vus sous un certain angle, ses yeux ressemblaient à deux morceaux de verre. Il se contentait de déambuler lentement, de s'assurer que tout allait bien et de rentrer pour observer les allées et venues sur la placette depuis son poste privilégié sur la véranda.

Pendant toute la journée, la femme lui parlait. Elle n'avait personne d'autre à qui parler. Ça, le chien le voyait bien. La femme lui parlait des définitions de mots croisés et d'une nouvelle machine que son bureau venait d'acquérir et qui obsédait le rédacteur – un ordinateur. Il allait remplacer les machines à écrire, c'est ce qui se disait. Elle lui racontait que Sara avait terminé l'université et commencé une autre formation. À Londres. Dans une école d'art. C'était chouette, non ? Elle lui parlait des dauphins d'eau douce que Tia étudiait quelque part à l'est. Pour les faire venir, elle chantait. En écoutant la voix de la femme, Chinna sentait une douce somnolence le gagner.

Lorsqu'il atteignit le quatrième lampadaire sur son parcours, Chinna s'arrêta pour le renifler. Il remarqua une femme un peu plus loin, au bout de la ruelle. Une inconnue dont l'odeur provenait d'un flacon. Chinna aimait les hommes qui sentaient la sueur, la chaleur et la nourriture. Il aimait enfouir son museau dans leur entrejambe pour humer davantage encore leurs effluves. Cette femme sentait le plastique et le verre. Et autre chose encore. Une odeur de viande avariée. Ce qui l'intrigua, si bien qu'il releva le museau pour tenter de mieux la capter.

Elle descendit la rue dans sa direction. Elle prenait son temps et inclinait la tête d'un côté. Elle s'approcha en souriant.

— Tashi, Tashi, dit-elle. Allez viens, on rentre. Ça fait longtemps…

Chinna baissa la tête et l'observa. Il avait du mal à comprendre ce qu'elle disait. Il ne saisissait que certains mots à partir d'intonations et de sons familiers. Il ne comprenait presque rien à ce que cette femme racontait, et pourtant, elle remuait quelque chose tout au fond de lui. Cette voix. Ces sons. C'était tout à la fois troublant et agréable, cela venait titiller une zone en lui cadenassée depuis longtemps.

— Tashi, je t'ai rapporté ton jouet préféré. Et un os.

Elle sortit de son sac un objet mou et blanc. Un lapin à grandes oreilles. Une des oreilles était déchirée. Elle appuya sur son ventre et Chinna perçut alors comme un cri d'oiseau ou de souris. Il n'y prêta aucune attention. Ce qu'il voulait, c'était retrouver cette odeur de viande pourrie.

La femme lui tendit le jouet et s'approcha davantage encore. Elle ouvrit son sac et y plongea une main. Elle commença à en sortir quelque chose. Un petit objet dur tomba par terre, elle se pencha pour le ramasser. C'était un geste très ancien, encodé dans l'esprit de tous les ancêtres de Chinna – on doit garder à l'œil tout humain qui se penche vers le sol, il est peut-être en train de ramasser un projectile qu'il va utiliser contre vous. Chinna montra les crocs et lui adressa un grognement rauque.

Il s'éloigna, en prenant son temps. Il ne fallait pas oublier qui il était. Hors de question de courir. Il s'appelait Chinna, c'était le vieux chien vénérable de Kummarapet, qui avait vécu et aimé dans ce quartier, engendrant de multiples copies de lui-même.

Il renifla attentivement le lampadaire près duquel il passait, leva la patte et contempla le filet d'urine qui formait une petite flaque. Quand il eut terminé, il prit la direction de la maison. C'était la fin de sa promenade quotidienne. Il allait passer la prochaine heure assis sous la véranda. Une nouvelle génération de gamins s'arrêterait pour le caresser. Certains lui apporteraient des biscuits et la mère des deux filles leur rappellerait que trop de sucre, ce n'était pas bon pour un vieux chien. Elle viendrait s'asseoir à côté de lui, le caressant de temps à autre, et il saurait, à l'odeur familière de café, que c'était bientôt l'heure de sa ration de mouton et de riz.

Puis viendrait la sieste, douce et profonde, durant laquelle il rêverait de cet homme à la tignasse hirsute qui, jadis, l'avait trouvé dans une forêt, baigné dans un étang, porté, et avait mâché pour lui des bouts de nourriture.

REMERCIEMENTS

C'est à Rukun Advani qu'incombe la responsabilité de ce roman ainsi que des précédents – sans lui, aucun de ces livres n'existerait. Ses alliés, Piku, Soda, Barauni et Biscoot, me secondent avec détermination dans mes recherches et Chinna fait partie de leur meute.

Je n'aurais pu écrire ce livre sans la générosité et l'amitié de plusieurs potiers, parmi lesquels ma première enseignante, Bani de Roy, qui m'a transmis les idées de Shoji Hamada dont elle avait été l'élève, ainsi que Jeff Diehl et Donna Diehl de l'atelier Lockbridge Pottery en Virginie-Occidentale, qui ont fait preuve d'une extrême générosité envers l'inconnue que j'étais – ils m'ont donné des cours, m'ont hébergée et m'ont fait découvrir le travail du potier coréen Kang-hyo Lee, notamment ses techniques Onggi dont je ne savais rien jusque-là. Merci aussi à Manishita Bhattacharya, guide qui m'a tant inspirée, amie qui me manque beaucoup. Merci aux potiers de Kumartuli à Calcutta, plus particulièrement Basudeb Paul. Merci à mes compagnons d'atelier et à mes professeurs de l'atelier Delhi Blue Pottery. Merci surtout à ma mère, Sheela Roy qui, bien avant qui que ce soit d'autre, m'a appris à fabriquer des choses.

Alors que je m'efforçais de donner forme à ce roman, mon neveu, Abhishek Roy, m'a envoyé des extraits des

Védas et des Purana et il m'a suggéré d'autres pistes. Ce moment où l'enfant de la famille se transforme en camarade et conseiller a quelque chose de miraculeux. Je lui suis très reconnaissante pour la gentillesse qu'il manifeste envers sa vieille tante.

Il existe de nombreux écrits, souvent contradictoires, sur le mythe du cheval immergé. Pour l'approche générale, je me suis beaucoup inspirée de l'essai érudit de Wendy Doniger intitulé "La jument sous-marine dans la mythologie de Shiva" (*The Journal of the Royal Asiatic Society of Great Britain and Ireland*, 1971, n° I, p. 9-27). Pour les aspects plus "techniques", le documentaire en ligne d'Ed Doherty sur le projet de réalisation du cheval d'Ayyanar à l'École américaine de Chennai m'a sauvée quand j'ai dû annuler mon voyage d'étude en raison de la pandémie.

Mes remerciements vont à Arvind Krishna Mehrotra qui m'a autorisée à emprunter ses brillantes traductions iconoclastes de Kabir (*The Essential Kabir*, Delhi, 2011), à Parvati Akki qui m'a aidée avec le télougou, à Haider Zaidi qui m'a éclairée sur la calligraphie des pages de garde, à S. A. A. Zaidi, Jennifer Dubrow et au professeur Muzaffar Alam qui m'ont fourni des informations sur les techniques calligraphiques, à la bégum Anees Khan qui a fondé, à Hyderabad, Nasr, une école tout à fait exceptionnelle. Mes remerciements vont aussi à Elahé Hiptoola, ma camarade de classe à Nasr qui, en compagnie de Zakiya-Apa, m'a décrit la période du Ramadan.

C'est à ma première éditrice américaine, Martha Levin, que je dois des remarques éclairantes et utiles sur la première version de ce roman. Poulomi Chatterjee, Priya Singh, Rebecca Strong et Robina Pelham Burn ont accompagné la publication de ce livre avec sagesse et attention. Je remercie Susan Wightman pour son élégante mise en page ainsi que Monica Reyes-Alvarez pour son éblouissante couverture. Je n'oublie pas Thomas Abraham avec qui la frontière entre travail et amitié a toujours été brouillée, pour mon plus grand bonheur.

Ce roman comptera parmi les premiers titres de la nouvelle maison d'édition de Christopher MacLehose, ce qui établit une réjouissante symétrie : mon premier roman a été une de ses premières publications quand il a fondé MacLehose Press en 2008. Voyager avec lui vers ce nouveau catalogue souligne la place fondamentale que Christopher occupe dans ma vie. Il est pour moi une force, et pas seulement dans mon existence d'écrivaine.

Je suis infiniment reconnaissante à ma famille et mes amis d'avoir accédé à mes demandes, plus particulièrement à Myriam Bellehigue qui a relu le premier jet de ce roman malgré les problèmes de santé d'un de ses proches. Quand nous nous sommes rencontrées il y a trente ans, nous étions étudiantes et n'avions aucune idée de la longue collaboration littéraire qui nous attendait. Sans ses relectures clairvoyantes de mes manuscrits, il manquerait quelque chose à mes romans ; sans ses mots, ils n'existeraient pas en français dans la meilleure des traductions possibles. Je lui dédie ce livre, avec toute mon affection.

A. R.

Ranikhet, mars 2021.

OUVRAGE RÉALISÉ
PAR L'ATELIER GRAPHIQUE ACTES SUD
ACHEVÉ D'IMPRIMER
SUR ROTO-PAGE
EN AOÛT 2023
PAR L'IMPRIMERIE FLOCH
À MAYENNE
POUR LE COMPTE DES ÉDITIONS
ACTES SUD
LE MÉJAN
PLACE NINA-BERBEROVA
13200 ARLES

DÉPÔT LÉGAL
1re ÉDITION : NOVEMBRE 2023
N° impr. : 103065
(Imprimé en France)